OONA & SALINGER

Frédéric Beigbeder est né en 1965. Romancier, feuilletoniste au *Figaro magazine* et directeur de la rédaction du magazine *Lui*, il est notamment l'auteur de *L'amour dure trois ans* (1997), qu'il a porté à l'écran en 2012, *99 francs* (2000) adapté au cinéma en 2007, *Windows on the World* (2003, prix Interallié), *Un roman français* (2009, prix Renaudot) et *Oona & Salinger* (2014).

Oona O'Neill : 4e épouse de Charlie Chaplin
Fille d'Eugene O'Neill +
   Agnes Boulton
Actrice
   Enfants dont Geraldine

JD Salinger : écrivain américain
Roman L'Attrape-cœurs
chansons, Robert Burns 1782
   poème
      Comin' Thro The Rye
" si un cœur/corps attrape
un cœur/corps qui vient
à travers les seigles "

FRÉDÉRIC BEIGBEDER

Oona & Salinger

ROMAN

GRASSET

Crédits des photos : p. 20 : DR ; p. 54 : DR ; p. 57 : © Corbis ;
p. 59 : DR ; p. 148 : essai d'Oona O'Neill pour Eugene Frank ;
p. 184 : © Rue des Archives BCA ;
p. 299 et 320 : photos de Frédéric Beigbeder.

© Éditions Grasset & Fasquelle, 2014.
ISBN : 978-2-253-01740-0 – 1ʳᵉ publication LGF

Aussi fièrement que ma chatte Kokoschka
apportant sur l'oreiller un moineau disloqué,
ensanglanté, mais qui respire encore,
je dépose ce livre, ainsi que mon cœur racorni,
aux pieds[1] de Madame Lara Micheli.

---

1. Cambrés et menus.

« Are you going to Scarborough fair ?
(War bellows blazing in scarlet battalions)
Parsley, sage, rosemary and thyme
(Generals order their soldiers to kill)
Remember me to one who lives there
(And to fight for a cause they've long ago forgotten)
She once was a true love of mine. »

Barde anonyme du Yorkshire, XVIᵉ siècle.
(Les paroles antimilitaristes, entre parenthèses,
furent ajoutées par Paul Simon en 1966.)

Ceci n'est pas une fiction

Quand on demandait à Diana Vreeland si ses souvenirs les plus extravagants étaient factuels ou fictifs, elle répondait : « It's faction. »

Ceci est un livre de pure faction. Tout y est rigoureusement exact : les personnages sont réels, les lieux existent (ou ont existé), les faits sont authentiques et les dates toutes vérifiables, dans les biographies ou les manuels d'histoire. Le reste est imaginaire, et pour ce sacrilège, je prie les enfants, petits-enfants et arrière-petits-enfants de mes héros de pardonner mon intrusion.

Aux Etats-Unis, une étiquette a été inventée par Truman Capote pour désigner ce genre de roman : « non-fiction novel ». Interviewé par George Plimpton dans le *New York Times* du 16 janvier 1966, il définit son projet comme « une forme narrative qui utilise toutes les techniques de l'art de la fiction, tout en restant on ne peut plus proche des faits ». En français, on devrait traduire son expression par : « roman non fictionnel ». Quelle horreur.

Je préfère dire « faction » car ce mot existe dans notre langue. Il insinue l'idée – émoustillante en temps de paix – que l'auteur de ce récit serait une sorte de soldat effectuant un tour de garde, ou le chef d'une dangereuse sédition.

Les personnages de ce livre ayant eu des vies très secrètes, la place du romancier en fut augmentée d'autant. Mais je tiens à proclamer solennellement ceci : si cette histoire n'était pas vraie, je serais extrêmement déçu.

FB

Au printemps de l'année 1980, les habitués du Paley Park de New York furent témoins d'une scène assez inhabituelle. Une longue limousine noire se gara devant le jardin public ; il devait être aux alentours de quinze heures. Le chauffeur de la voiture ouvrit la portière à une passagère d'une soixantaine d'années, vêtue d'un tailleur blanc et portant des lunettes de soleil, qui descendit lentement du véhicule. La dame demeura immobile un instant, tritura nerveusement son collier de perles, comme si elle priait avec un chapelet, puis se dirigea vers le coin gauche du parc. S'avançant lentement vers le mur d'eau, sous les arbustes, la femme riche retira de son sac à main quelques morceaux de porcelaine brisée. Son comportement devint alors très étrange. Elle s'agenouilla sur le sol et se mit à creuser frénétiquement la terre, de ses ongles manucurés. Un mangeur de hot dog se demanda pourquoi cette chiffonnière fouillait les plates-bandes au lieu de chercher des victuailles dans la poubelle, située à l'autre extrémité du square. Sur le moment, il n'y prêta pas attention mais il lui sembla bien que la sexagénaire enterrait sa porcelaine

cassée dans un trou et tassait de ses mains une motte
de terre par-dessus, à quatre pattes sous le jardin
vertical, comme un enfant dans un bac à sable. Ceux
qui finissaient de déjeuner à ciel ouvert furent encore
plus stupéfaits lorsque la bourgeoise se releva, les
mains pleines de terre, et remonta dignement dans sa
Cadillac. Malgré ses lunettes noires, on pouvait déceler sur son visage la satisfaction du travail bien fait.
Elle avait l'air d'une excentrique comme on en voit
parfois dans les rues de New York, surtout depuis
la démocratisation des barbituriques. Le chauffeur
referma la portière, fit le tour du véhicule, s'installa
au volant et la longue berline glissa sans bruit vers la
5e Avenue.

Jerry, une introduction

« *J'ai envie de raconter une histoire.
Saurai-je un jour raconter autre chose que
mon histoire ?* »

Pierre Drieu la Rochelle, *Etat civil*, 1921

Au début des années 2010, je me suis aperçu que je ne voyais plus personne de mon âge. J'étais entouré de gens qui avaient tous vingt ou trente années de moins que moi. Ma petite amie était née l'année de mon premier mariage. Où étaient passés ceux de ma génération ? Leur disparition avait été progressive : la plupart étaient occupés par leur travail et leurs enfants ; un jour, ils avaient cessé de sortir de leurs bureaux ou de leurs maisons. Comme je changeais souvent d'adresse et de téléphone, mes vieux amis n'arrivaient plus à me joindre ; certains d'entre eux mouraient parfois ; je ne pouvais m'empêcher de penser que ces deux tragédies étaient peut-être liées (quand on ne me voyait plus, la vie s'arrêtait). La pénurie de contemporains dans mon entourage avait peut-être une autre explication : je fuyais mon reflet. Les femmes de quarante ans m'angoissaient avec leurs névroses identiques aux miennes : jalousie de la jeunesse, cœur endurci, complexes physiques insolubles, peur de devenir imbaisable, ou de l'être déjà. Quant aux hommes de mon âge, ils ressassaient des souvenirs de vieilles fêtes, buvaient, mangeaient, grossissaient et perdaient leurs cheveux en se plaignant de leur épouse, ou de leur célibat, sans discontinuer. Au mitan de leur vie, les gens ne parlaient que d'argent, surtout les écrivains.

J'étais devenu un authentique gérontophobe. J'avais inventé une nouvelle sorte d'apartheid : je ne me sentais bien qu'avec des êtres dont j'aurais pu être le père. La compagnie des adolescents m'obligeait à des efforts vestimentaires, me forçait à adapter mon langage et mes références culturelles : elle me réveillait, me galvanisait, me rendait le sourire. Pour dire bonjour, je devais faire glisser ma paume sur la paume de mes jeunes interlocuteurs, puis fermer mon poing pour taper le leur, et ensuite frapper ma poitrine du côté gauche. Une simple poignée de main aurait trahi la différence de génération. De même, je devais éviter les plaisanteries datées, par exemple ne pas dire que je ramais comme Gérard d'Aboville (« Qui ça ? »). Lorsque je croisais des camarades de classe, je ne les reconnaissais pas ; souriant poliment, je prenais vite la fuite : les êtres de mon âge étaient décidément bien trop vieux pour moi. J'évitais soigneusement les dîners en ville avec des couples mariés. Toutes les obligations bourgeoises me faisaient peur, en particulier les réunions de quadragénaires en appartement de couleur taupe avec bougies parfumées. Ce que je reprochais aux gens qui me connaissaient, c'était précisément cela : me connaître. Je n'aimais pas être cerné. Je voulais retrouver ma virginité à 45 ans. Je ne sortais que dans des bars neufs pour enfants décoiffés, des boîtes de nuit lisses et plastifiées, aux toilettes privées de souvenirs, des restaurants à la mode dont mes vieux complices apprendraient l'existence deux ou trois ans plus tard, en feuilletant *Madame Figaro*. Parfois je draguais une jeune fille qui finissait par m'expliquer, avec un regard attendri, que sa mère était dans le même rallye que moi. Unique concession à la vieillesse : je ne tweetais pas. Je ne comprenais pas l'intérêt d'envoyer des phrases à des inconnus alors qu'on peut les rassembler dans des livres.

Je reconnais que mon refus de fréquenter ceux de mon âge était un refus de vieillir. Je confondais jeunisme et jeunesse. Ce qu'on voit sur chaque ride du visage de ses proches, c'est sa propre mort au travail. Je pensais sincèrement qu'en ne fréquentant que des adolescents qui parlaient de Robert Pattinson plutôt que de Robert Redford, j'allais vivre plus longtemps. C'était du racisme antimoi. On peut jouer les Dorian Gray sans cacher un portrait maléfique dans son grenier : il suffit de se laisser pousser la barbe pour ne plus apercevoir son vrai visage dans le miroir, d'être disc-jockey de temps à autre avec ses vieux 45 tours, de porter des tee-shirts suffisamment larges pour qu'on n'y distingue pas le ventre qui pousse, de refuser de mettre des lunettes pour lire (comme si un homme qui lit un livre en le tenant à bout de bras pouvait rajeunir), de se remettre au tennis en survêtement American Apparel anthracite à liséré blanc, de poser en photo dans les vitrines des magasins Kooples, de danser avec des surfeuses mineures au Blue Cargo d'Ilbarritz, et d'avoir la gueule de bois tous les jours.

Au début des années 2010, j'étais devenu incollable sur la biographie de Rihanna ; c'est dire si ma situation était préoccupante.

Trois ans plus tôt, dans une cafétéria de Hanover, New Hampshire, j'étais tombé sur cette photographie d'une adorable morte.

Cette jeune femme se nomme Oona O'Neill : notez sa coiffure à la Gene Tierney (la mèche avec raie sur le côté, le front dégagé), l'éclat de sa dentition, et la carotide tendue de son cou qui exprime sa confiance en l'existence. Le fait que cette fille ait vécu donne du courage. Cette infante « brunette » aux sourcils dessinés se remplit les poumons d'air pur, elle semble croire que tout est possible. Et pourtant, son enfance... Elle avait deux ans quand son père quitta sa mère pour s'installer en Europe avec une nouvelle épouse ; Oona lui adressait alors des cartes postales déchirantes : « Papa, je t'aime tant, ne m'oublie pas ! » Il ne la revit que huit ans plus tard.

En 1940, Oona O'Neill était amoureuse de mon écrivain préféré.

J'ai découvert cette photo alors que J.D. Salin-

ger avait encore trois ans à vivre. J'étais parti avec
Jean-Marie Périer tourner un documentaire sur lui
à Cornish, dans le New Hampshire. L'idée était
aussi absurde que banale : rendre visite à l'auteur le
plus misanthrope au monde était devenu une sorte
d'excursion touristique pratiquée par des milliers de
fans. L'auteur de *L'Attrape-cœurs* avait emménagé
en 1953 dans une ferme au milieu de la forêt de
Nouvelle-Angleterre. Il n'avait plus rien publié depuis
1965, mon année de naissance. Il n'accordait aucune
entrevue, refusait toute photographie et tout contact
avec le monde extérieur. Et moi, j'incarnais le monde
extérieur qui allait envahir son espace privé avec une
caméra haute définition. Pourquoi ? Sans que je le
sache à l'époque, mon attirance pour ce vieillard avait
quelque chose à voir avec mon dégoût croissant pour
les gens de mon âge. Salinger, comme moi, aimait
les filles beaucoup plus jeunes. Tous ses romans ou
nouvelles donnaient la parole à des enfants ou à des
adolescents. Ils symbolisaient l'innocence perdue, la
pureté incomprise ; les adultes étaient tous laids, cons,
ennuyeux, péremptoires, engoncés dans leur confort
matériel. Ses meilleures nouvelles sont celles où il utilise les dialogues infantiles pour exprimer son dégoût
du matérialisme. *The Catcher in the Rye* s'était vendu
à 120 millions d'exemplaires dans le monde depuis
1951 : un court roman qui racontait l'histoire d'un
garçon viré de son pensionnat, traînant dans Central
Park et se demandant où vont les canards quand le
lac est gelé en hiver. Sa théorie était puérile, sûrement fausse et peut-être dangereuse, mais Salinger
avait inventé l'idéologie dont j'étais la victime consen-

tante. Il est l'auteur qui a le mieux défini le monde
actuel : un monde séparé en deux camps. D'un côté,
les individus sérieux, les bons élèves à cravate, les
vieux bourgeois qui vont au bureau, se marient avec
une ménagère superficielle, jouent au golf, lisent des
essais qui parlent d'économie, acceptent le système
capitaliste tel qu'il est : « Des mecs qu'arrêtent pas
de raconter combien leur foutue voiture fait de miles
au gallon. » Et de l'autre, les adolescents immatures,
les enfants tristes, éternellement en première année
de lycée, les rebelles qui dansent toute la nuit et les
désaxés qui errent dans les forêts, ceux qui posent des
questions sur les canards de Central Park, discutent
avec des clochards ou des bonnes sœurs, tombent
amoureux d'une adolescente de seize ans, et ne travaillent jamais, restent libres, pauvres, solitaires, sales
et malheureux – bref : les rebelles éternels qui croient
contester le modèle consumériste mais ont en réalité
poussé les pays occidentaux à s'endetter durant les
soixante dernières années, et servi à vendre des milliards de dollars de produits de grande consommation depuis les années 1940 (disques, romans, films,
séries tv, vêtements, magazines féminins, clips vidéo,
bubble gums, cigarettes, voitures décapotables, sodas,
alcools, drogues, tous produits promus par d'arro-
gants marginaux « mainstream »). J'avais besoin de
me confronter avec le fondateur du fantasme infantile
qui fait rêver le monde développé. Salinger est l'écrivain qui a dégoûté les humains de vieillir.

Nous avions loué une camionnette pour gravir les
collines vertes. Nous sommes arrivés à Cornish par
une splendide matinée de printemps, le jeudi 31 mai

2007 à 11 h 30. Le ciel était bleu mais le soleil glacé. Les soleils froids sont inutiles, c'est une escroquerie de parler de printemps par cette température, à quelques encablures du Québec. L'adresse de Salinger était facile à trouver sur internet : depuis l'invention du GPS, plus personne ne peut se cacher sur notre planète. Je vais maintenant vous donner l'adresse qui fut pendant soixante ans la plus secrète du monde. A Cornish se trouve un vieux pont couvert qui traverse la rivière Connecticut. Quand vous le traversez en provenance du village voisin de Windsor, vous avez l'impression d'être Clint Eastwood dans *Sur la route de Madison*. Vous tournez alors à gauche, sur Wilson Road, et roulez quelques centaines de mètres jusqu'à un petit cimetière de pierres tombales grises qui se trouve sur votre droite, derrière une clôture basse peinte en blanc. Prenez alors Platt Road, la route à droite qui gravit la colline le long de ce cimetière broussailleux et couvert de mousse. Si vous faites cette excursion de nuit, vous vous croirez à présent dans le clip de *Thriller* de Michael Jackson. La quête salingérienne demande du courage ; beaucoup d'apprentis reporters ont rebroussé chemin à l'approche des hautes frondaisons foisonnantes. Quelque part Bernanos parle d'un « silence liquide » : avant le 31 mai 2007 je ne voyais pas ce que cette expression signifiait. Dans la camionnette, nous n'en menions pas large, le réalisateur Jean-Marie Périer, le producteur Guillaume Rappeneau et moi-même. Pourtant, Jean-Marie en a vu d'autres : par exemple, il a suivi la tournée américaine des Rolling Stones en 1972, qui n'avait rien d'une promenade bucolique. Et maintenant il me regardait avec consternation, l'air de dire : « C'est toi qui as eu cette idée à la con, mon petit vieux, alors cesse de te liquéfier. »

La route rétrécissait et serpentait dans des ornières tapissées d'herbes au milieu d'une forêt de grands pins, de vieux bouleaux, d'érables et de chênes hauts de plusieurs siècles. La lumière était tamisée par les feuillages noirs ; dans cette forêt sépulcrale, même en pleine journée, sous les entrelacs de branchages, on avait l'impression qu'il était minuit. L'entrée dans la forêt est un rite magique : il y a des traversées sylvestres dans tous les contes de fées, dans la littérature romantique allemande comme dans les films de Walt Disney. Le soleil clignotait à travers les arbres : jour, nuit, jour, nuit ; la lumière apparaissait et disparaissait comme si le soleil voulait nous adresser un message en morse. « Faites demi-tour. Stop. Fuyez pendant qu'il en est encore temps. Halte. Mayday, mayday. » Les forêts romantiques peuvent devenir des contrées hostiles comme dans *Le Projet Blair Witch* ou à Hürtgen, l'enfer vert de l'hiver 1944-1945. Je savais que j'allais me dégonfler. Jamais je n'aurais osé déranger l'homme qui m'a donné le goût de la lecture, cet écrivain américain qui était la tendresse et la révolte personnifiées. Ma mère m'a bien éduqué et je suis beaucoup trop timide. Après un kilomètre sous les feuillages, le paysage s'est dégagé sur la droite. La lumière est revenue d'un coup, comme si Dieu avait allumé un projecteur géant. C'était comme une clairière, mais quand une clairière est en pente, on l'appelle un pré, ou un champ, ou un vallon, qu'est-ce que j'en sais, j'ai grandi dans une ville. Le chemin

vers la maison de J.D. Salinger est sur Lang Road,
c'est la première route, sur la droite. Elle monte,
avec à tribord une grange rouge. Je peux même vous
donner son téléphone : 603-675-5244 (l'un de ses
biographes l'a révélé). C'est là que je ne suis pas
sorti de la voiture, là que je tremblais de frousse, là
que j'ai été un pleutre. J'imaginais le vieux Salinger
(88 ans à l'époque) méditant dans un fauteuil à bas-
cule, avec ses chats faisant leurs griffes sur de vieux
coussins, derrière la maison, sous une véranda, près
d'un tas de bûches… Le cottage se situe en haut de
la colline, la vue de sa baraque devait être merveil-
leuse, englobant de sa terrasse la rivière et les prairies
mouchetées de maisons blanches. Le ciel était traversé
d'oiseaux bruns et le soleil glacial illuminait les arbres
du mont Ascutney, la montagne bleue, en face. L'air
était parfumé sur la pelouse envahie de mélilot – je
me suis renseigné pour connaître le nom de ces fleurs
dorées éparpillées partout dans le comté. Des gené-
vriers poussaient le long de la colline verdoyante, analogue à celle de Sare que j'aimais dévaler en roulant
entre les brebis quand j'avais huit ans, pour couvrir
de bouse mon pantalon NewMan. Cet endroit était
extrêmement calme… comme un panorama sur le
Nouveau Monde. Personne d'humain n'avait le droit
de troubler une telle paix.

— Allez Fred, dit Guillaume Rappeneau, on n'a
pas fait tout ce chemin pour faire demi-tour !

— Je… Non… Je ne pensais pas que… (Soudain
j'avais la même élocution que Patrick Modiano.)
Quand même… on n'est pas des paparazzi…

— Mais bien sûr que si, idiot, tu bosses à *Voici* !

Tu ne te rends pas compte, s'il nous ouvre, c'est un scoop mondial, même s'il nous claque la porte au nez, l'image sera worldwide !

— Mais... Salinger est octogénaire, il est sourd comme un pot, et puis c'est un vétéran de la Seconde Guerre mondiale, il est sans doute armé...

— Ah. T'aurais pu nous le dire plus tôt, ça.

Devant la ferme de Salinger, un panneau de bois indiquait « NO TRESPASSING ». La veille, nous avions interviewé le romancier Stewart O'Nan dans son jardin, à quelques kilomètres de là. Il m'avait rappelé la devise de l'Etat du New Hampshire : « LIVE FREE OR DIE ». Les armes automatiques étaient toujours en vente libre dans cet Etat, malgré des massacres récurrents dans les écoles.

— Je savais que tu te dégonflerais, dit Jean-Marie Périer. T'es vraiment un mytho.

— Non, je... je suis... poli.

Toute l'équipe éclata de rire dans la voiture, et moi aussi – par politesse. Mais je ne déconnais pas. La courtoisie est, avec la timidité, un de mes gros handicaps dans la vie. J'ai toujours pensé que si tout le monde était bien élevé, la société n'aurait plus besoin de lois. Et je me voyais mal sonner à la porte d'un reclus comme un sale gosse déguisé en sorcière qui réclame des bonbons le soir de Halloween.

Etre un ermite est une tradition respectable, qui se perpétue dans cette région des Etats-Unis depuis « la Dame blanche » : Emily Dickinson, poétesse ayant vécu toute sa vie recluse à Amherst, de 1830 à 1886, à une heure de voiture au sud de la maison de Salinger, dans le Massachusetts. Celle qui ne fut publiée qu'après sa mort a écrit ceci : « L'Absence est de la Présence concentrée. » Cette phrase parle de Dieu mais aussi de publicité. Ce n'était pas forcément un choix de refuser la société : soit c'est un handicap, une incapacité sociale, soit c'est un calcul, un moyen de se rendre plus présent, de forcer les autres à penser à vous, ou de sauver son âme, d'exister, de vibrer. Pour Dickinson, ce fut sans doute une douleur et une infirmité que d'être incapable de quitter sa chambre. Certains de ses biographes évoquent un chagrin d'amour… Elle était amoureuse d'un révérend, marié et père de famille… Un amour impossible… Proust dit la même chose qu'Emily Dickinson dans *Les Plaisirs et les Jours* : « L'absence n'est-elle pas pour qui aime, la plus certaine, la plus efficace, la plus vivace, la plus indestructible, la plus fidèle des présences ? »

C'est ici qu'Oona O'Neill intervient. Pour me faire pardonner d'avoir renoncé à quelques mètres du but, j'avais invité à déjeuner mon équipe dans le restaurant préféré de Salinger : « Lou's » à Hanover, à côté de l'université de Dartmouth. La serveuse n'a pas voulu nous dire quand l'écrivain était venu pour la dernière fois (j'avais lu quelque part qu'il y brunchait tous les dimanches). Toute la région respectait la tranquillité de l'auteur mythique. La radio passait *Smoke Gets in Your Eyes* des Platters. Au mur, je regardais fixement une photographie en noir et blanc prise dans un nightclub des années 1940 : des jeunes filles en robe du soir et colliers de perles posaient en compagnie d'hommes plus âgés vêtus de costume trois-pièces et portant des chapeaux. Sur le cadre était inscrite cette légende : « Stork Club, 1940 ». Ces quinquagénaires étaient sans doute morts depuis longtemps en 2007, et les jolies filles qui souriaient sur la photo, soixante ans plus tard, étaient soit enterrées, soit sur le point d'y passer, bavant dans un fauteuil roulant, et ne gardant aucun souvenir de cette joyeuse soirée. Et puis, à côté sur le mur, Oona.

En sortant du restaurant, je me suis remis à grelotter. Pourtant il flottait un parfum printanier : les fleurs jaunes qui se penchaient sur la rivière Connecticut se nomment verges d'or. Seuls les vieillards s'intéressent au nom des fleurs : ils veulent connaître les plantes qui vont bientôt leur pousser dessus. Dans cette région, il y a des champs de marguerites si blancs qu'on dirait des pistes de ski. L'écrivain favori de Salinger, Francis Scott Fitzgerald, est venu en février 1939 à Dartmouth avec Budd Schulberg pour travailler sur un scénario intitulé *Winter Carnival*, pour United Artists (la société fondée par Chaplin). Il était tellement saoul qu'on a dû l'hospitaliser à New York, avant de le rapatrier à Hollywood, où il décéda l'année suivante, en mangeant une barre chocolatée chez Sheilah Graham, au 1443 North Hayworth Avenue. C'est Budd qui m'a raconté ses « séances de travail » avec Scott. Je l'ai rencontré à Deauville, en 2005, quand on lui a décerné le prix littéraire du festival. A quelques années près, Salinger aurait très bien pu engloutir des donuts avec Miss O'Neill, Scott Fitzgerald et Schulberg ici même, en 1939, devant le Dartmouth College (Oona avait quatorze ans, Salinger vingt, Scott quarante-trois et Budd vingt-cinq). Plus je vieillissais, plus mon siècle rétrécissait.

J'aurais bien voulu savoir si Salinger avait revu

Oona après la guerre. Mon côté midinette, sans doute. Je pense que c'est Oona qui a inspiré le roman qui allait nous interdire de vieillir pour toujours. Je ne connaîtrai jamais la réponse : Jerry Salinger est mort le 27 janvier 2010, trois ans après ma visite avortée à Cornish. Les lettres de J.D. Salinger à Oona O'Neill restent cachées en Suisse, à Corsier-sur-Vevey, où ce livre se termine.

I

Manhattan romance

« *I knew he'd be a writer. I could smell it.* »
Oona O'NEILL à propos de J.D. SALINGER

A New York, en 1940, tout le monde fumait partout, dans les bars, les restaurants, les taxis, les trains et surtout au Stork Club. Quand on sortait de cette boîte, on avait toujours les yeux qui piquaient et les cheveux qui sentaient la cigarette. Les gens s'abîmaient davantage la santé qu'aujourd'hui, parce que personne ne leur reprochait de creuser le déficit de la Sécurité sociale, celle-ci n'ayant pas encore été inventée. Il était presque onze heures du soir ; on avait du mal à discerner les visages des clients attablés dans la longue salle du bar. Le Stork n'était pas un club mais un nuage opaque. Sous un filet rempli de ballons de baudruche, l'orchestre en smoking reprenait des chansons de Cab Calloway. Ou bien était-ce Cab Calloway en personne ? Sur le mur était dessinée une cigogne coiffée d'un haut-de-forme en train de fumer sa clope. Le restaurant était tellement bondé le dimanche soir que les clients devaient hurler pour commander des boissons aux serveurs en spencer et nœud papillon noir. Mais cela ne les dérangeait pas : les Américains parlent toujours fort, en particulier quand on leur allonge du bourbon sur de la glace pilée.

En provenance de La Nouvelle-Orléans, un jeune blondinet à la voix haut perchée ne pouvait s'arrêter de sourire quand il sortait avec le Trio des Héritières : Gloria Vanderbilt, Oona O'Neill et Carol Marcus, les premières « it-girls » de l'histoire du monde occidental, cachées derrière un rideau de fumée. Le jour, il envoyait des textes à des journaux qui ne les publiaient pas encore. Et la nuit, il essuyait ses lunettes rondes avec sa pochette de soie noire, avant de les remettre sur son nez, de même que le carré de tissu, dans la poche extérieure gauche de sa veste blanche, en laissant soigneusement dépasser quatre triangles pointés vers le plafond, comme des flèches dirigées vers les ballons suspendus au-dessus de sa tête. Il pensait qu'être bien habillé rendait intelligent, et dans son cas, c'était vrai. Il avait seize ans, s'appelait Truman Capote, et la scène se déroulait à cette adresse : 3 East 53rd Street.

— Mes petites, vous êtes mes cygnes.

— Pourquoi tu nous traites de cygnes ? demanda Gloria en lui soufflant une bouffée de cigarette à la figure.

— Eh bien tout d'abord vous êtes blanches, dit Capote en se retenant de tousser, ensuite vous vous déployez avec élégance, vous avez de longs cous gracieux…

— Et un bec pointu et orange, peut-être ?

— Oui, toi Gloria tu as le bec très pointu, tu nous le prouves chaque soir. Mais plutôt peint en rouge, en étalant dessus, ainsi que sur tes incisives, le contenu de ton tube de rouge à lèvres.

— Mais où sont nos ailes ? demanda Oona.

Truman Capote n'avait d'yeux (bleus) que pour le serveur, un jeune Antillais aux dents écartées qui ressemblait à Yannick Noah bien avant la naissance de Yannick Noah.

— Soyez gentil d'aller nous chercher quatre vodka-martini, s'il vous plaît jeune homme, ainsi je serai sûr de vous voir vite revenir.

Truman sourit à la plus jolie des trois.

— J'ai cassé vos ailes pendant votre sommeil, Oona darling, pour vous empêcher de vous envoler loin de moi. Je vous séquestre encore une décennie. Ne vous inquiétez pas, ça passera vite.

— Truman, dit Gloria, si nous sommes tes cygnes, alors toi tu es quoi… un petit porcelet ?

L'éclat de rire fut général. Gloria avait prononcé cette méchanceté comme si elle réglait définitivement la question. Truman devint tout rose ; il est vrai qu'un amateur de charcuterie aurait eu du mal à résister à son charme. Mais ses yeux clairs pétillaient de malice et tout ce qu'il disait était léger et amusant, ce qui le distinguait tout de même d'un plat de cochonnailles. Dans le même bar, à l'autre bout de la salle, un type mesurant un mètre quatre-vingt-dix regardait la table six sans rien dire, puisqu'il ne disait jamais rien. De toute façon, tous les regards du Stork convergeaient vers la table six, celle située dans le coin, au bout de la salle en forme de « L ». En 1940, Jerome David Salinger avait vingt et un ans. Il habitait encore chez ses parents, 1133 Park Avenue, au coin de la 91e Rue.

Comme il était grand, beau et bien habillé, on le laissait parfois entrer seul au Stork Club, l'endroit le plus fermé de New York. Son père était un Juif enrichi dans le commerce de fromage casher et de viande fumée. Pour l'instant, Jerry n'avait aucune raison de devenir l'inventeur de l'éternelle adolescence à crédit.

Pour l'instant, c'est un grand timide qui allume une cigarette avec la même décontraction que Humphrey Bogart – ce geste impeccable lui a demandé des semaines d'entraînement devant le miroir de sa salle de bains. Truman Capote est plus snob que lui, mais aussi plus sensible et drôle, bien qu'imbu de sa personne. Il est physiquement l'inverse de Salinger : aussi petit que l'autre est géant, les yeux bleus alors que l'autre les a noirs et perçants, cheveux blonds face au brun ténébreux (une parfaite trogne d'enfant de l'Alabama face à un grand dadais mimant les intellectuels new-yorkais). Ils se forcent tous à fumer cigarette sur cigarette pour avoir l'air majeurs ; ils se savent privilégiés de pouvoir boire de l'alcool dans cet endroit très exclusif. C'est le seul moment de leur existence où ils se comporteront comme des adultes. Capote note déjà tout ce qu'il voit et répète tout ce qu'il entend. Il sait très bien qu'il ne serait jamais entré dans ce club sans ses trois cygnes. Elles sont son sésame : on leur déroule le tapis rouge partout, elles posent en photo dans *Harper's Bazaar* et *Vogue*. Ce sont des post-flappers et des pré-féministes : en festoyant, fumant et bougeant sous de légers bouts de soie surmontés de colliers bruyants, elles poursuivent, sans le savoir, une lente émancipation entamée dans les années 1920 et qui est loin d'être

achevée. Lui ne fait que suivre le mouvement, et dis-
traire ces suffragettes de porcelaine. Trente-cinq ans
plus tard, il racontera tout cela méchamment (dans
Prières exaucées), ses amies lui tourneront le dos, et il
en mourra de chagrin, confit dans l'alcool, la drogue
et les tranquillisants. Mais pour l'instant Truman a
cette frimousse préoccupée des enfants délaissés par
leurs parents qui ont compris très tôt qu'il leur fallait emmagasiner des souvenirs pour occuper leur
solitude. La fête n'est jamais gratuite pour un artiste.
Les écrivains qui sortent le soir ne s'amusent jamais
complètement : ils travaillent, que voulez-vous ; vous
croyez qu'ils déconnent alors qu'ils sont au bureau, en
train de chercher la phrase qui justifiera leur gueule de
bois du lendemain. Si la moisson est bonne, quelques
lignes survivront à la relecture et seront intégrées à
un paragraphe. Si la soirée est ratée, il n'y aura rien
en magasin, pas même une métaphore, une blague,
un calembour ou un ragot. Malheureusement, quand
il n'y a rien à glaner, les écrivains ne s'avouent pas
vaincus : l'échec leur fournit un prétexte pour sortir
plus encore, buvant davantage, comme des chercheurs
d'or qui s'acharneraient dans une mine désaffectée.

J.D. Salinger s'est approché de leur tablée. Il se
tenait toujours un peu voûté pour ne pas trop domi-
ner les autres : il n'était pas seulement le plus grand
mais aussi le plus vieux. Le pied de Capote frétillait
sous sa chaise comme la queue d'un chien excité.
C'est lui qui parla le premier.

— Mesdemoiselles, pourriez-vous me dire quel
est ce grand oiseau au plumage noir ? Un héron, un
flamant ?

— Hello, there. Mon nom est Salinger. Jerry Salinger, enchanté. Personnellement, mon oiseau préféré est… (il réfléchit un peu trop longtemps) la Fille Américaine en Short.

Bel exploit d'arriver à faire sourire les filles les plus condescendantes de New York. Truman comprit le message et regarda le grand échalas pencher son nez pour baiser les mains du trio : si c'était un oiseau, alors c'était une cigogne qui avait toute sa place dans ce club (« *stork* » signifiant « cigogne » en français, got it ?). Oona était la plus timide de toutes. La plus douce aussi, malgré sa robe noire aux épaules dénudées. Son silence, ses rougissements de pimprenelle étaient traversés par ses yeux noirs : elle ressemblait aux portraits d'ingénues de Jean-Baptiste Greuze exposés à la Wallace Collection, Londres. Elle paraissait ne pas savoir qu'elle était belle, alors que tout le monde le lui répétait depuis sa naissance, sauf son père. La maladresse, le manque de confiance en soi, les bégaiements embellissaient chacun de ses gestes – sa manière de serrer contre elle son verre, de tourner les glaçons avec l'index avant de le sucer comme s'il saignait, de s'excuser en permanence d'être là comme si elle ne savait pas que le Stork avait besoin de sa présence pour rester à la mode. L'adjectif « clumsy » semblait avoir été inventé pour désigner sa redoutable gaucherie. On avait envie d'adopter ce chat abandonné. Gloria était plus élaborée, Carol plus blonde – elle copiait la boucle crantée de Jean Harlow et ses sourcils dessinés à la main. Tel était le secret de leur amitié : plus qu'un trio, elles formaient un panel ; il y en avait pour tous les goûts, aucune ne concurrençait l'autre. Si l'on aimait les femmes sophistiquées, les vamps fatales, il y avait Gloria, la grande milliardaire. Si l'on préférait les sensuelles ou les hystériques, si l'on avait peur de s'ennuyer ou si l'on aimait se faire engueuler, il fallait choisir Carol. Et si l'on n'était attiré ni par l'argent, ni par l'extravagance… Si l'on cherchait une autiste à protéger, un ange à sauver… on risquait fort de tomber dans le piège d'Oona.

Oona imposait le respect par son calme. C'était la moins exubérante de la bande mais pas la moins fascinante. Quand elle souriait, deux fossettes se creusaient dans ses joues, et l'on se disait qu'au fond, la vie était presque supportable à condition d'avoir toujours les yeux brillants. Depuis ses quinze ans, sa mère ne s'occupait presque plus d'Oona, qui vivait chez Carol, au 420 Park Avenue. Depuis ses quinze ans, le doorman en uniforme bleu laissait rentrer Oona O'Neill au Stork quand elle le désirait parce que le patron était fou de son nom de famille. Sherman Billingsley la surveillait, l'appelait « my most beautiful baby », l'installait à la meilleure table de la Cub Room (le carré VIP), et offrait les verres. Il était snob comme un bidet du Waldorf Astoria, et c'est ainsi qu'il faisait tourner son fonds de commerce : une bande de jolies filles, même mineures – surtout mineures – met de l'ambiance, en particulier si elles portent des noms célèbres qui attirent les photographes et les hommes riches.

— Poussez-vous les filles, dit Truman, faites de la place à Jerry, enfin ! Jerry, je vous présente mes cygnes.

— Je ne trouve pas que cette demoiselle ressemble à un cygne, murmura Jerry. Je dirais plutôt
une colombe blessée. Comment vous appelez-vous,
cher oiseau-tombé-du-nid ?

— Euh... Vous allez vous moquer... hésita Oona.

— Dites toujours.

— Oona. C'est du gaélique.

— C'est joli, Oona. Et ça veut dire...

— ... unique, paraît-il.

— Mais oui, suis-je bête, ça s'entend à l'oreille.
Oona = « One ».

Capote éclata d'un rire aigu.

— C'est une fée, Una, dans les légendes celtiques,
dit-il. La reine des fées.

— Hum... Et avez-vous des pouvoirs magiques ?
demanda Jerry.

A ce moment-là, le jeune serveur apporta les verres.
J'ai oublié de dire qu'au même instant, la France
était occupée par l'Allemagne. A Paris, avec le décalage horaire, les troupes allemandes défilaient sur les
Champs-Elysées.

— Eh bien oui, vous voyez, répondit Truman,
Oona fait apparaître de la vodka sur les tables !

— Je sais aussi faire disparaître les cendriers...
dit Oona.

— Cette kleptomane collectionne les cendriers
volés, ricana Gloria.

— On se demande à quoi sert la police, dit Carol.

C'est alors qu'Oona sourit pour la deuxième fois
de la soirée. Quand Oona souriait, les paupières
mi-closes, on n'entendait plus le brouhaha. C'était
comme si quelqu'un avait baissé le volume du reste

du monde. En tout cas, c'est ce que Jerry ressentait :
la bouche d'Oona, le contraste entre ses lèvres rouges
et ses dents blanches, ses pommettes hautes, son vernis à ongles lie-de-vin assorti à sa bouche cerise, cette
perfection de fille de la haute société le rendait complètement sourd. Que signifiait cette brune ? Pourquoi cette fille qu'il connaissait depuis cinq minutes
lui donnait-elle mal au ventre ? Quelqu'un pouvait-
il lui interdire d'avoir cette mine d'enfant prise en
faute ? Lui aussi avait envie d'appeler les flics. L'Etat
devrait défendre aux femmes de se servir aussi bien
de leurs paupières. Jerry marmonna :

— Une loi antiOona…

— Pardon ? Que dites-vous ?

— Il grommelle !

— Hahaha ! Encore une victime d'Oona ! dit Truman. Vous allez pouvoir fonder un club avec Orson !

Truman tourna la tête vers la table à l'autre bout du
« L », où Orson Welles lorgnait vers eux, par-dessus
l'épaule d'une fille qui ressemblait à Dolores del Rio,
mais qui était la femme d'Errol Flynn, l'actrice française
Lili Damita, dont le mari était en tournage. (Aucun
inconnu ne pouvait s'asseoir à la table à l'autre bout
du « L ».) Orson Welles ne cessait de jeter des regards
mystérieux vers les filles, surtout vers Oona, puis
détournait le regard dès qu'il sentait que sa maîtresse
risquait de le surprendre. A 25 ans, le célèbre anima-
teur de radio tentait la méthode du bel indifférent.
Cette méthode ne marche pas avec les filles timides,
qu'il faut brusquer au contraire. Ignorez une arriviste,
elle risque de le remarquer. Mais si vous snobez une
timide, vous lui rendez service, et vous ne la connaî-

trez jamais. Surtout si vous êtes célèbre, c'est-à-dire deux fois plus effrayant qu'un type normal. Orson Welles se retourna vers Lili Damita qui aspirait une crêpe Suzette en face de lui. Jerry Salinger s'y prenait autrement : il parlait très bas, d'un ton monocorde, en espérant que le reste de la tablée ne l'entendrait pas. Il s'adressait à Oona comme s'ils étaient seuls au monde, et par conséquent ils le devinrent un peu, ce soir-là.

— Oona O'Neill, en fait votre nom est une allitération… A mon avis, reprit Jerry, votre père a choisi ce prénom parce qu'il ressemblait à son nom de famille. C'est un choix narcissique.

— Je ne sais pas, il ne me parle plus depuis que j'ai dit à un magazine que j'étais une « Irlandaise délabrée ». Il pense que je vais mal finir. En attendant, c'est lui qui va mal depuis qu'il a arrêté de boire. La dernière fois que je l'ai vu, ses mains tremblaient.

Mais le reste de la tablée avait l'ouïe fine :

— Oona va bien finir, parce qu'elle a mal commencé, dit Gloria. Comme nous !

— Je n'ai jamais connu mon père, et le sien est mort quand elle avait dix-huit mois, dit Carol en montrant Gloria du doigt.

— Et moi, s'écria Truman, ma mère m'a abandonné quand j'avais deux ans.

— Et moi, dit Oona, c'est mon père qui s'est barré quand j'avais deux ans.

— Un toast au Club des Orphelines Dorées ! ajouta Gloria en levant son verre.

Les trois filles trinquèrent avec Truman et Jerry, lequel avait presque honte que ses parents fussent toujours mariés. Leurs verres produisirent, en s'entrechoquant, précisément le même tintement que le triangle dans le troisième mouvement du concerto pour piano en *fa* de George Gershwin.

— Un peu de respect, dit Truman : vous savez que vous parlez à la future Glamour Girl du Stork ?

— Oh non pitié, s'énerva Oona, vous n'allez pas remettre ça…

— Levons nos verres à la nouvelle Zelda !

Oona rosissait encore, de rage cette fois. Ça l'exaspérait de rougir à chaque fois qu'ils rabâchaient cette histoire idiote. Les clients du Stork Club élisaient chaque année une « Glamour Girl » et elle faisait partie de la liste des finalistes. Elle n'avait rien demandé et c'était aussi à cause de cette bêtise que son père ne lui adressait plus la parole. Doit-on considérer comme un honneur d'être « Miss Boîte à la mode » ? Non. Doit-on refuser cette distinction comme si elle avait la moindre importance ? Non plus. Voilà le genre de dilemmes qu'affrontait la jeunesse dorée new-yorkaise en 1940, pendant qu'un drapeau rouge et blanc à croix gammée flottait en haut de la tour Eiffel.

— Zelda Fitzgerald n'est pas une insulte, dit Oona, mais tout de même, le plus intéressant chez elle, ce sont les livres de son mari.

— Je lève mon verre à Francis « Scotch » Fitzgerald ! dit Truman.

— Vous écrivez, Jerry ? Vous avez une tronche d'écrivain. Je les reconnais à dix miles à la ronde. Ce sont de sales égocentriques, affreusement intelligents, à fuir comme la peste.

— Vous trouvez qu'il a l'air intellectuel ? demanda Gloria. Il se tait beaucoup, non ?

Jerry songea qu'il n'avait jamais entendu un prénom pareil. Oona. Il sonnait comme un gémissement de plaisir. Ooo… suivi par un cri de libération : aaaa ! Et entre les deux voyelles, la consonne qui évoque la lune : (m)oona… Ce prénom était aussi hypnotique que la personne qui le portait. Jerry se disait que les hommes pourraient toujours se casser la figure, tant qu'il y aurait des femmes comme elle pour les ramasser.

— Je… je n'ai jamais vu les pièces de votre père, dit-il. Mais je sais que c'est notre meilleur dramaturge.

— Ce n'est pas le meilleur, dit Truman, c'est le seul ! Le premier à montrer des pauvres. Je ne sais pas si c'était une bonne initiative, tous ces marins déprimants, ces prostituées au grand cœur, ces marginaux suicidaires… Quel cafard !

— Depuis son prix Nobel, c'est un trésor national, corrigea Jerry.

Il n'en savait rien mais voulait faire plaisir à la fille en prenant la défense du père. Et puis il n'aimait pas l'agressivité gratuite, mondaine. Il trouvait plus stimulant d'être drôle sans dire du mal des gens ; du coup, il ne faisait rire personne.

— C'est surtout un mauvais père, conclut Oona, recrachant la fumée de sa cigarette vers le plafond comme si elle était allongée sur le divan d'un psychanalyste.

— Ces Irlandais sont tous des alcooliques, dit Truman. Essayez de trouver un Irlandais qui ne boive pas !

— Pour écrire on a le droit de boire, dit Carol. Mais pour éduquer ses enfants, c'est contre-indiqué.

— Je ne connais pas son œuvre. Mon problème, voyez-vous Mademoiselle O'Neill, reprit Jerry avec confusion, c'est que je suis mal à l'aise au théâtre : j'ai toujours envie de tousser quand il ne faut pas, et puis j'ai toujours l'impression d'être assis sur le fauteuil qui grince le plus fort de toute la salle… Je ne sais pas pourquoi je n'arrive jamais à oublier que je suis assis devant des gens payés pour réciter des dialogues, et les comédiens me transmettent leur trac. C'est idiot… j'ai à leur place la trouille qu'ils oublient leur texte.

— Il y a aussi les postillons, dit Truman. Au théâtre, mieux vaut éviter de s'asseoir dans les premiers rangs, à moins d'avoir un bon parapluie.

— Pardonnez-nous. Je suppose que… vous devez en avoir marre qu'on vous parle de votre père.

— C'est difficile de porter son nom. Je me considère davantage comme une orpheline que comme la « fille de ». C'est bizarre d'être orpheline d'une personne vivante et célèbre. Tout le monde me parle de lui comme si j'en étais proche, alors que je ne l'ai vu que trois fois dans les dix dernières années.

Oona se tut, gênée d'avoir confié quelque chose d'aussi intime à un inconnu. Sentant l'embarras de son amie, Gloria vint à sa rescousse en chantant « Hi-de-hi-de-hi-de-ho ». L'orchestre poussait *Minnie the Moocher* un peu trop fort dans les aigus. Les vibrations de la contrebasse faisaient trembler les murs recouverts d'acajou. Cette chanson raconte l'histoire d'une prostituée entretenue par un cocaïnomane. Un vrai sujet de pièce pour Mr O'Neill père. Il est toujours amusant de voir des bourgeois reprendre en chœur des paroles naturalistes. Lors de dîners de bonnes familles, en présence d'enfants en bas âge, il m'arrive de sourire quand tout le monde fredonne *Walk on the Wild Side* et les too too doo too doo too too doo doo de Lou Reed (l'histoire d'un travelo qui tapine).

— Ecoutez, dit Gloria Vanderbilt. Moi, tant mieux si j'ai hérité de la fortune familiale. Mais je me serais bien passée du reste : les photos, les ragots, les gigolos, les escrocs... What a mess ! Truman, mon amour, commande une autre tournée de vodka-martini, par pitié.

La famille de Gloria avait contruit la moitié de New York et pourri son enfance. Tout en faisant signe au maître d'hôtel, Truman changea de sujet. Dès que quelque chose de douloureux approchait, Capote le fuyait. Question de survie. C'est ce qui faisait de lui l'adolescent le plus séduisant de New York.

— Toutes ces filles sans pères, dit-il à Jerry, il faut bien que quelqu'un s'en occupe... Elles se sont évadées de Park Avenue pour étudier l'art dramatique. Les filles de l'Upper East Side font toutes du théâtre, parce qu'elles veulent être aimées, et que les personnes censées les aimer sont parties en week-end dans les Hamptons.

— Mon père est à Paris, et ma mère à Los Angeles, dit Oona.

— Regardez Orson, là-bas. Mon Dieu, qu'il est sinistre ! Il n'a jamais joué du O'Neill ? Il devrait !

Je le vois bien tabassant sa femme avec une bouteille vide.

— Moi je le trouve presque beau. J'ai adoré quand il a fait croire à la radio que les martiens attaquaient Broadway.

— Je ne vois pas ce qu'il y avait de sensationnel. Les martiens attaquent Broadway tous les soirs.

Depuis huit heures post meridiem, Gloria Vanderbilt jetait des « hello » à tous les beaux mecs qui passaient. S'ils lui renvoyaient un sourire, elle quittait la table pour aller au bar, puis revenait avec des cartes de visite qu'elle faisait circuler de fauteuil en fauteuil, avant de les oublier dans le cendrier blanc. C'était un grand honneur quand la riche héritière restait assise sur la banquette rouge avec sa bande d'amis bruyants. Carol se leva pour danser avec Truman. Leurs cheveux étaient si blonds… Pour les retrouver parmi les danseurs, il suffisait de suivre deux flammes au milieu de la piste de danse, comme des feux follets sur un marécage.

Pour séduire une fille très convoitée, il faut lui faire croire que vous avez le temps… alors que vous ne l'avez pas. Ne pas vous jeter dessus comme les autres, mais marquer votre intérêt. C'est un jeu subtil et contradictoire. Vous n'avez que deux minutes pour faire passer ces deux messages : je m'en fous mais je ne m'en fous pas. En réalité, si la fille reste avec vous plus de deux minutes, c'est qu'elle vous a choisi, alors taisez-vous.

Oona jeta un coup d'œil discret à Jerry qui se rongeait les ongles ; elle comprit que lui aussi se deman-

dait ce qu'il faisait là. Ils se jaugeaient sans parler.
Le miroir au-dessus du bar servait à deux choses :
espionner les autres et vérifier sa coiffure. De temps
en temps, l'un ouvrait la bouche pour commencer une
phrase, mais ne la prononçait pas. L'autre essayait à
son tour mais rien ne sortait, hormis quelques volutes
de Chesterfield. Ils cherchaient des choses à se dire
qui ne soient pas des banalités. Ils sentaient qu'il leur
fallait être digne l'un de l'autre. Que parler ensemble
devait se mériter. Ou alors ils échangeaient des bor-
borygmes, mais l'essentiel du temps que dura leur
première rencontre (une bonne demi-heure tout de
même), ils le passèrent à boire de minuscules gorgées
de vodkatini en inspectant attentivement le fond de
leur verre comme s'ils y cherchaient un trésor, une
olive ou une contenance.

— ...
— Euh...
— Je...
— ...
— Hum...
— Il fait chaud...
— Oui...
— ...
— Cette chanson...
— *Smoke Gets in Your Eyes* ?
— Peut-être...
— Mm...
— ...
— ...
— Joli titre...
— Ah oui...

— Ici on a tout le temps de la fumée dans les yeux…

— La meilleure version est celle de Fred Astaire… quand il danse, on dirait qu'il glisse…

— Comme un patineur en escarpins…

— Mm… Vous savez que vous lui ressemblez un peu ?

— Ah ?

— …

— Vous dites ça à cause de mon visage allongé.

— (sourire gêné)

— (soupir décontenancé)

— Passez-moi le cendrier s'il vous plaît…

— Tenez…

— C'est vrai que j'ai le visage en forme de cacahuète.

— Mais non, il est très joli Fred Astaire.

— Pardon de vous demander cela mais… quel âge avez-vous ?

— Quinze ans, pourquoi ?

— …

— …

— … pour rien…

— Et vous ?…

— Vingt et un…

— …

— …

— Vous savez…

— Quoi ?

— Je me tais, mais… je ne m'ennuie pas.

— Moi non plus.

— J'aime bien me taire avec vous.

— ...

— ...

J'arrête ici de retranscrire ce dialogue entre deux carpes car le lecteur va penser que je tire à la ligne (ce qui est vrai) ou que je ne lui en donne pas pour son argent (ce qui est faux). Il s'agit pourtant de l'exacte retranscription de la première non-conversation entre Oona O'Neill et Jerome David Salinger. Ces deux grands paralytiques n'osaient même pas se regarder, étant assis côte à côte, face à la salle. Ils contemplaient le ballet des serveurs et écoutaient l'orchestre s'époumoner sous le filet de ballons. Oona griffait sa serviette de table, Jerry humait son verre comme s'il y connaissait quelque chose en martinis, son autre main cramponnée à l'accoudoir de son fauteuil telle une personne phobique dans un avion au décollage. Parfois, il levait un sourcil ou deux. On connaissait l'existence du « small talk », ce soir-là Oona et Jerry inventèrent le « silent talk ». Un silence bavard, un vide lourd de sous-entendus. Le reste de la table faisait du bruit avec du rien, eux avaient une curiosité mutique. C'était énervant à voir, tant de profondeur soudaine au centre de la légèreté new-yorkaise. Ces deux personnes mal dans leur peau se sentaient peut-être soulagées de pouvoir enfin se taire à l'unisson. Les autres revinrent s'asseoir, épuisés par la drague et la danse. Truman regardait Jerry avec attendrissement en disant des trucs du genre :

— Il paraît qu'Orson a tourné un film sur la famille Hearst. Aucun journal ne va en parler !

— Arrêtez de la dévorer des yeux, darling. C'est gênant, essayez au moins de fermer la bouche.

— Avez-vous vu *Le Dictateur* ? Chaplin est hilarant, mais ça m'a fait bizarre d'entendre sa voix. Je l'imaginais plus grave.

— J'adore quand il imite l'allemand, dit Carol : « Und Destretz Hedeflüten sagt den Flüten und destrutz Zett und sagt der Gefuhten !! »

— Et ça veut dire quoi ?

— C'est du faux allemand. T'es vraiment bilingue, toi, quand tu bois.

— Si ça se trouve, le vrai Hitler fait aussi ses discours en allemand de cuisine. C'est pour ça que personne n'a cru ce qu'il disait.

La blonde Carol riait trop fort à ses blagues, pour les faire exister. Elle n'aimait pas quand Oona avait du succès. Elle ne voulait pas la partager, elle voulait la garder pour elle, comme la petite sœur qu'elle n'avait jamais eue. On voyait qu'elle était agacée car elle sortait nerveusement son poudrier et se tamponnait le visage avec la houppette. Gloria était contente de ne pas être la seule « fille de » à la table. Telle est la malédiction des filles de célébrités : au lieu de profiter de leur nom avec insouciance (après tout elles n'ont pas choisi leurs parents), elles se sentent toujours défigurées par leur patronyme comme un sac à main enlaidi par un gros logo doré. Mais les trois amies savaient à quoi s'en tenir : les hommes étaient d'abord attirés par leur physique. La notoriété et la fortune de leurs parents n'étaient que des cerises (empoisonnées) sur le gâteau de leurs corps menus. Pendant qu'ils continuaient à galéjer, Jerry, lui, fronçait les sourcils. Il n'est pas sorcier d'imaginer ce qu'il pensait : « Mais qu'est-ce qu'elle a de plus que les autres, cette fille ?

Pourquoi sa tête de souris m'inspire-t-elle comme ça ?
Pourquoi est-ce que j'adore INSTANTANÉMENT
ses sourcils et sa tristesse ? Pourquoi je me sens si
con et si bien à ses côtés ? Qu'est-ce que j'attends
pour lui prendre la main et l'emmener loin d'ici ? »

— Moi, ce que je préfère chez Chaplin, c'est Paulette Goddard, dit Gloria. Qu'est-ce qu'elle est chic !

— Il a toujours eu bon goût avec ses femmes : il
les choisit très jeunes, murmura Truman entre son
absence de lèvres.

— Moi, son *Dictateur* ne m'a pas fait rire. Hitler
ne fait pas rigoler les foules en Europe, lâcha Jerry
Salinger avant de regretter son incapacité à être frivole. Je me demande si Hitler a vu ce film.

Une seconde après, il se leva de table, fit demi-tour
vers la porte de sortie, puis se retourna rageusement
vers Oona, comme un acteur de la Royal Shakespeare
Company soignant sa sortie de scène.

— It was nice not-talking with you, Miss O'Neill.

— Hey ! Mais la nuit est jeune ! s'écria Truman.

— Il me FAUT une crêpe Suzette MAINTE-
NANT sous peine de DÉCÈS, dit Carol.

— Nice not-to-meet-you too, Jerry, dit Oona à
voix basse… (puis, afin de cacher son rougissement,
Oona se tourna vers ses copines tandis que le grand
échalas marchait vers le vestiaire en mangeant un
morceau de peau de son pouce gauche.) Il est bizarre
ce dadais… Quelle heure est-il ?

— Trop tôt pour aller se coucher, dit Capote.

— On doit attendre le lâcher de ballons.

— There's a great day coming mañana, entonna
l'orchestre.

Tous les dimanches au Stork Club, c'était la « Nuit des ballons » : au douzième coup de minuit, les filles se battaient pour faire exploser tous les ballons de baudruche qui tombaient sur leurs têtes. A l'intérieur de quelques-uns se cachaient des bons pour des surprises, des bijoux, des cadeaux, une robe ou un foulard... Les gagnantes criaient alors encore plus fort, à la limite de l'orgasme, et les perdantes hurlaient aussi, de rage et de jalousie, puis tout le monde noyait ces émotions dans un flot de whisky. Il faudrait relancer cette mode des soirées « ballons-surprises » aujourd'hui : on manque de nuits pétaradantes. En explosant, la centaine de ballons faisait un bruit de rafale de pistolet mitrailleur MP 38, qui couvrait momentanément les rumbas. Carol était la plus dingue du trio. Debout sur la table, elle était prête à griffer ou mordre quiconque se mettrait en travers de son chemin vers le Ballon Suprême qu'elle faisait éclater avec ses ongles coupants comme des rasoirs[1].

J.D. Salinger rentra chez ses parents à pied, non

---

1. Carol eut plus tard la réputation d'être une sacrée emmerdeuse. Son dernier mari (l'acteur Walter Matthau) fut le seul capable de lui tenir tête. Une anecdote célèbre : alors qu'elle se plaignait constamment du froid durant un voyage glacial en Pologne dans les années 1960, lors duquel ils visitèrent notamment le mémorial d'un célèbre camp d'extermination, Walter Matthau finit par lui dire : « You ruined my trip to Auschwitz ! » Gloria Vanderbilt était la plus fêtarde de la bande. Orpheline à dix-huit mois, elle se maria quatre fois, publia des poèmes et des romans érotiques, et lança les premiers « designer jeans ». Plus tard elle fut l'inventeur du concept de « cougar » : elle surnomma l'un de ses jeunes amants « le Nijinski du cunnilingus ». (Note de l'auteur hilare.)

loin d'un immeuble où j'ai vécu, quarante-quatre étés plus tard, chez mon oncle George Harben, sur Riverside Drive. Le sourire triste d'Oona était gravé dans sa mémoire et sur les immeubles de Park Avenue. Il contemplait son visage allongé dans les vitrines. Fucking Fred Astaire. Il avait froid au crâne car il avait oublié son chapeau au Stork mais trop honte de revenir le chercher devant toute la troupe. Il passa les semaines suivantes à décortiquer chaque seconde de cette soirée. Pourquoi était-elle restée avec lui si longtemps ? Pourquoi n'avait-il pas été capable de lui parler autrement que par onomatopées ? Qu'aurait-il fallu dire pour se rendre inoubliable ? Au moment de rentrer dans son immeuble, en fouillant dans la poche de sa veste pour chercher ses clés, il sentit un objet lourd. Quelqu'un avait glissé dans sa veste le cendrier blanc du Stork Club. Bien qu'inanimée, la vision de la cigogne fumeuse portant haut-de-forme lui redonna le sourire.

II

Fille de Nobel

« La vie, c'est la peur. Une longue agonie de la naissance à la mort ! La vie, c'est la mort ! »

Eugene O'NEILL, *Le Rire de Lazare*, 1927

En France, Eugene O'Neill est quelque peu oublié. On néglige ce dramaturge renfrogné et moustachu, qui transposa le réalisme des Nordiques aux Etats-Unis. On préfère les originaux à la copie : Ibsen (le Norvégien) et Strindberg (le Suédois) ont inventé ce théâtre de scènes de ménage et de prises de tête métaphysiques. Dans *Une maison de poupée* ou *Mademoiselle Julie*, les portes claquent comme

chez Feydeau mais on rit nettement moins. Les ayant
lus attentivement, Eugene O'Neill a mis en scène
à partir de 1917 des drames torturés, en y ajou-
tant l'alcool, la drogue et les putains pour le cachet
naturaliste. Il choisissait soigneusement ses décors :
l'action se passait sur un baleinier immobilisé dans
les glaces du Grand Nord, ou dans un bar crasseux
de marins, ou dans un sanatorium pour tuberculeux, ou au milieu d'un champ de mines... Tout
ce folklore hystérique, ces psychanalyses de groupe,
ces monologues aigris, nous paraissent aujourd'hui
démodés et emphatiques. Pourtant, sans Eugene
O'Neill, pas de Tennessee Williams. Donc pas de
Marlon Brando. Donc ni Johnny Depp, ni Sean
Penn, ni Ryan Gosling. Voyez, jeunes lectrices, que
le passé sert à quelque chose.

La vie d'Eugene O'Neill est une tragédie. Evidemment, son art lui ressemble. Si l'on énumère
ses malheurs, on commence à lui pardonner son
caractère taciturne. Il est né à New York en 1888,
juste après la mort de son grand frère âgé de deux
ans (Edmund), d'une rougeole mal soignée. Sa mère,
Ella O'Neill, ne se remit jamais de ce deuil, et devint
morphinomane à la naissance d'Eugene : à l'époque,
les médecins prescrivaient facilement de la drogue
dure aux jeunes mères pour se remettre des dou-
leurs de l'accouchement. Son père était un acteur
de théâtre irlandais qui buvait pour oublier la mort
de son premier fils et passait sa vie en tournée, interprétant toujours le même rôle (celui d'Edmond Dan-
tès dans *Le Comte de Monte-Cristo*). Dans *Le Long
Voyage vers la nuit* (1942), Eugene O'Neill décrit sa

mère défoncée qui erre dans la maison, tenant dans ses mains sa robe de mariée et pleurant les beaux jours passés. C'est une scène dont il fut souvent le spectateur dans son enfance. La toxicomanie de sa mère culpabilisait Eugene : durant toute son enfance, son père lui répéta que sa mère avait commencé à se droguer le lendemain de sa naissance. Eugene O'Neill tenta de se suicider en 1912, à 24 ans ; son frère Jamie réussit, lui, à se tuer en novembre 1923. Eugene se mit à boire autant de whisky que son père. Et puis, un soir de 1917, à New York, dans l'arrière-salle d'un bar nommé le Hell Hole, « le Trou de l'Enfer », au coin de la 6e Avenue et de la 4e Rue, il vit cette personne :

Agnes Boulton voulait devenir écrivain comme lui. En attendant, elle signait des articles dans les magazines et, parfois, une nouvelle de « pulp fiction ». Eugene se mit à trembler nerveusement. Il était assis

dans un coin du bar et la fixait tristement comme
un malade frustré. Une amie commune les présenta :
« Voici Gene O'Neill, l'auteur de théâtre. » Il continua de la dévisager, ne lui adressa pas la parole de
la soirée et se mit à boire frénétiquement en traçant
des cercles concentriques avec la pointe de sa chaussure dans la sciure dispersée sur le sol. Quand Agnes
quitta le bar, Eugene proposa de la raccompagner
à pied à son hôtel situé dans Greenwich Village, le
Brevoort. Intriguée par son mutisme, elle accepta.
Ils marchèrent silencieusement dans la nuit. Arrivés
devant le Brevoort, Agnes dit probablement quelque
chose comme : « Bon, eh bien, bonne nuit, alors. »
Elle n'oublia jamais la phrase que prononça alors
Eugene O'Neill. La regardant droit dans les yeux,
il lui dit : « A partir de maintenant, je veux passer
chaque nuit de ma vie avec vous. Je suis sincère.
Chaque nuit de ma vie. »

Agnes le crut. Ils se marièrent dans l'année. Rete-
nez bien cette phrase : elle marche avec les jeunes
filles romantiques, les littéraires ou les désaxées. Inu-
tile d'attendre pour leur déclarer votre flamme. Avec
ces folles, il faut rapidement exprimer son désir, sinon
on devient un copain asexué, et c'est fichu à jamais.

Eugene O'Neill ne le savait pas mais – peut-être à
cause de son enfance – il était allergique à la paternité. Quand il apprit qu'Agnes était enceinte, il partit
se saouler la gueule, et ne dessaoula pas de toute sa
grossesse. Leur fille Oona O'Neill naquit le 14 mai
1925 aux Bermudes. Elle avait le nez droit de sa
mère et les yeux noirs de son père. Eugene la trouva
très jolie mais il estima vite que ses braillements le

dérangeaient dans son écriture. Pour Gene O'Neill, les enfants étaient un obstacle à la création. Ils étaient une création qui empêchait de créer. Agnes enceinte devenait une concurrente, puisque lui aussi devait pondre son œuvre. « A quoi bon porter des enfants ? Pourquoi donner naissance à la mort ? » écrit-il dans *Le Grand Dieu Brown*. Et ce monologue, dans *Le Premier Homme* : « Au diable les enfants !… La haine ! Oui, la haine ! Pourquoi la nier ? Il faut que je le dise à quelqu'un… C'est lui que je hais, l'enfant ! (…) Pourquoi faut-il que tu introduises dans notre vie cette chose nouvelle ? » Bien sûr ce sont des personnages théâtraux qui s'expriment et n'engagent en rien l'opinion personnelle de l'auteur. Il va de soi.

Les deux autres fils d'Eugene O'Neill (Eugene Jr, alcoolique comme son père, et Shane, héroïnomane comme sa grand-mère) se suicideront plus tard. Tant qu'Agnes s'occupait exclusivement de lui, Eugene était heureux. A partir de la naissance des enfants, il ne songea qu'à s'enfuir. Eugene, qui durant son enfance avait été négligé par un père absent et une mère déconnectée de la réalité, reproduisit exactement le même schéma avec sa progéniture. On ignore si la psychanalyse soigne les névroses, mais la preuve est faite que l'art dramatique ne les guérit pas.

Bienvenue dans la famille d'Oona. La promesse d'Eugene devant l'hôtel Brevoort ne fut pas tenue longtemps. Eugene O'Neill cessa de voir ses enfants après avoir quitté Agnes pour une actrice, quand Oona était âgée de deux ans. En 1928, il déménagea à Paris pour se remarier. Cependant il continua d'écrire à Oona pour se déculpabiliser de l'avoir abandonnée. Les lettres et les photos qu'Eugene lui envoyait d'Angleterre, de France ou de Chine, où il suppliait sa petite fille de se souvenir de lui, peuvent être considérées comme une version moderne et épistolaire du supplice de Tantale. Durant toute son enfance et son adolescence, Oona O'Neill ne vit son père brièvement qu'à trois reprises. Elle l'aimait tant qu'elle pleurait à chaque fois qu'elle le reconnaissait dans les journaux.

La plus célèbre pièce d'Eugene O'Neill, *Le Long Voyage vers la nuit*, est tellement autobiographique qu'il exigea qu'elle soit publiée vingt-cinq années après sa mort. Sa veuve Carlotta, droguée au bromure, n'attendit pas si longtemps : la pièce fut représentée deux ans après le décès d'Eugene, en 1956. Il y exhibe son cauchemar familial : père acteur vieillissant et alcoolique, mère toxicomane, un fils acteur raté, un autre fils marin tuberculeux. Il n'y mentionne jamais sa fille. « Seul avec moi-même dans un autre monde… C'était comme si je marchais au fond de la mer. Comme si j'étais noyé depuis longtemps. Un fantôme qui aurait fait partie du brouillard… » On voit qu'Eugene était particulièrement peu doué pour le bonheur. Un autre de ses textes, *La Corde* (1918) raconte l'histoire d'un père qui a préparé un nœud coulant autour d'une poutre dans sa grange en attendant que son fils s'y pende.

Les gens viennent de quelque part : Oona O'Neill n'a connu comme figure masculine qu'un père ombrageux, obsédé par le passé, le silence, les secrets et les revenants. Un homme dont l'occupation favorite consistait à gratter ses plaies : « Life is a lie », disait-il. « La vie est une cellule solitaire dont les murs sont des miroirs. » L'image est parlante, mais ses conséquences terribles : Eugene O'Neill était emmuré vivant dans son œuvre. Il pouvait être gentil et bienveillant pendant une minute, puis méchant, cassant, cruel la minute d'après. Il se nourrissait de son propre désespoir. Le plaisir de disparaître, ce n'est pas J.D. Salinger qui l'a inventé, mais peut-être bien Eugene O'Neill, à la suite d'Emily Dickinson. Il est l'un des premiers auteurs au monde à décrire la famille décomposée, devenue la norme occidentale au siècle suivant. Il a vu arriver la fin de cette structure que la société chrétienne pensait immuable. L'angoisse, l'alcool, la solitude, les traumatismes sont d'immenses atouts pour forger un écrivain mais constituent les plus graves handicaps pour être un père de famille. On devrait peut-être interdire aux écrivains dépressifs de faire des enfants.

A force d'imiter les écrivains nordiques, il était logique qu'Eugene O'Neill reçût une récompense suédoise. En 1936, le prix Nobel de littérature vint couronner un illustre dramaturge contemporain qui avait déjà reçu trois fois le prix Pulitzer dans son pays, pour *Beyond the Horizon*, *Anna Christie* et *L'Etrange Intermède* (et qui par la suite en reçut un autre, pour *Le Long Voyage vers la nuit*, à titre posthume).

Lors d'une de ses rares visites à New York, Eugene O'Neill convia Oona à déjeuner avec sa nouvelle femme. Après le repas, il promena ses enfants dans une grande Cadillac à Central Park. Oona avait six ans. Elle vomit dans la voiture flambant neuve sur son père et sa belle-mère. Durant toutes les années 1930, elle chercha à entrer en contact avec ce père génial dont tout le monde lui parlait mais qui ne lui adressait jamais la parole. Ses nombreuses demandes écrites de visites, de rendez-vous, de nouvelles restaient sans effet : sa belle-mère lui répondait que ce n'était pas le bon moment, que son père devait se concentrer sur son travail, qu'ils avaient déjà des invités à la maison, ou bien, quand ils s'installèrent près de San Francisco, que « le changement de climat n'était pas bon pour sa santé », que « l'endroit où ils vivaient à la campagne n'était pas très amusant pour les enfants ». Un jour, Eugene O'Neill écrivit lui-même : « Cela fait trop longtemps qu'on ne s'est pas vus. » Oona avait alors quatorze ans : effectivement, elle n'avait pas croisé son père depuis huit ans. Conviée à dîner à Tao House, la nouvelle propriété de son père, Oona s'évanouit à table. La vérité, c'est qu'il ne la vit quasiment plus jamais après son divorce. Le jour où Oona rencontra quelqu'un d'aussi célèbre que son père, qui lui parlait et acceptait qu'elle l'écoute, elle décida instantanément de tout sacrifier pour lui. Le bonheur est très simple : il consiste à inverser le malheur.

Mais nous n'en sommes pas encore là. Pour l'instant, Oona va avoir seize ans, elle passe l'été 1941 avec son frère et sa mère, sur une plage du New Jersey nommée Point Pleasant, au sud de New York. C'est ici que son grand-père maternel a acheté une vieille maison de deux étages au coin de Herbertsville Road et de Hall Avenue, au milieu des pins, à l'embranchement de la Manasquan River. C'est ici que sa mère est venue s'installer après son divorce. Oona a grandi là dans une opulente mélancolie. Sa mère pleurait souvent en écoutant Lena Horne. Elle s'essuyait les yeux le dos tourné, pour qu'Oona ne la voie pas s'essuyer les yeux le dos tourné. C'est ici que Salinger va la revoir.

III

Le cœur d'une histoire brisée

« *Le cerveau peut recevoir des conseils,
mais pas le cœur, et l'amour, n'ayant pas de
géographie, ne connaît aucune frontière.* »

Truman CAPOTE
Les Domaines hantés, 1948

Si la lune est ronde et jaune comme une rondelle de citron, c'est que toute la vie est un cocktail. Les vagues atlantiques cassaient sur le sable, inlassablement, avec une respiration continue, un rugissement liquide qui couvrait le bruit des pas de Jerry et Oona sur les planches du boardwalk, en direction du Martell's Tiki Bar. Les silences sont moins embarrassants au bord de la mer.

Permettez-moi de traduire en français un extrait d'une nouvelle, inédite dans notre langue, publiée par la revue *Esquire* en septembre 1941, intitulée *Le Cœur d'une histoire brisée*. Selon moi, J.D. Salinger y écrit ce qu'il a pensé d'Oona O'Neill la première fois qu'il l'a vue. C'est le premier texte où il trouve le ton qui sera celui de *L'Attrape-cœurs* dix ans plus tard.

« Shirley lisait une publicité pour cosmétiques à l'arrière d'un bus et quand Shirley lisait, Shirley relâchait légèrement la mâchoire. Et pendant le court moment où sa bouche était entrouverte, les lèvres séparées, Shir-

*ley était probablement la femme la plus fatale de tout
Manhattan. Horgenschlag voyait en elle un remède
contre la monstrueuse solitude qui avait tenaillé son
cœur depuis son arrivée à New York. Oh, la souffrance ! La souffrance d'être debout près de Shirley sans
pouvoir se pencher pour embrasser ses lèvres séparées !
La souffrance impossible à exprimer ! »*

La répétition du mot « souffrance » est peut-être
un hommage puéril à celle du mot « horreur » à la
fin du *Cœur des ténèbres* de Conrad.

Le Cœur d'une histoire brisée imagine les diffé-
rentes versions d'une rencontre qui n'a pas eu lieu :
les phrases que l'homme amoureux est incapable
de prononcer. « *Pour écrire une belle histoire où
un-garçon-rencontre-une-fille, il est préférable que
le garçon rencontre la fille.* » Finalement, ici Justin
Horgenschlag vole le sac à main de Shirley dans
l'espoir de la revoir, il est arrêté et envoyé en prison,
et de sa cellule il lui écrit des lettres enflammées,
mais meurt flingué par un gardien pendant une
mutinerie. Jerry a cette vision de l'amour à vingt
et un ans, quand il rêve d'Oona la nuit : l'amour
est plus beau quand il est impossible, l'amour le
plus absolu n'est jamais réciproque. Mais le coup de
foudre existe, il a lieu tous les jours, à chaque arrêt
d'autobus, entre des personnes qui n'osent pas se
parler. Les êtres qui s'aiment le plus sont ceux qui
ne s'aimeront jamais.

*« Ce qui est important c'est de vous aimer, Made-
moiselle Lester. Il y a des gens qui croient que l'amour*

c'est le sexe et le mariage et le bisou de six heures et les enfants, et peut-être que c'est ça, Mademoiselle Lester. Mais savez-vous ce que je pense ? Je pense que l'amour est un contact et pourtant pas un contact. »

Cette dernière phrase est difficile à traduire. Salinger écrit : *« Love is a touch and yet not a touch »*, je ne sais pas comment rendre cette expression en français. *« L'amour c'est saisir et ne pas saisir »* ? *« Toucher et ne pas toucher »* ? *« Connaître et ne pas connaître »* ? *« L'amour c'est atteindre sans atteindre »* ? Une chose est sûre : c'est une des plus parfaites définition de l'amour naissant, et elle sonne mieux en anglais. Elle rappelle le titre d'un roman de Hemingway : *To Have and Have Not.*

C'est dans *Le Cœur d'une histoire brisée* que Salinger invente ce style d'autodérision tendre, le personnage de jeune paumé, romantique et pathétique, qui séduira les lecteurs du monde entier dans les années 50. Avant la guerre, Salinger tient déjà l'idée de l'individu abandonné dans la grande ville, de l'éternel adolescent éperdu et perdu, égocentrique et lucide, pauvre et libre, amoureux transi et frustré complet qui est le cliché absolu de la condition humaine occidentale au XXIe siècle. (Salinger fut extrêmement fier de voir sa nouvelle publiée par Arnold Gingrich, dans *Esquire* : le même publiait, cinq ans avant, trois fragments autobiographiques de Scott Fitzgerald connus désormais sous le titre de *La Fêlure*.) Nous vivons à présent dans l'ère salingérienne de l'indétermination orgueilleuse, du

luxe fauché, du présent nostalgique, de la révolte
endettée. Nous avons une soif infinie de plaisir, de
bonheur, d'amour, de reconnaissance, de tendresse.
Et cette soif ne sera jamais étanchée par la simple
consommation, ni consolée par la religion. Justin
Horgenschlag fait une belle déclaration d'amour à
Shirley Lester, mais auparavant il lui a piqué son sac !
Sa lettre est envoyée de prison. Elle ne répond pas.
(Dans la nouvelle, elle répond poliment mais à la fin
on apprend que sa lettre est imaginaire.)

Le monde est désormais habité par des êtres horriblement indépendants, complexés, insatisfaits ;
des amoureux incapables d'aimer, des moutons qui
refusent d'être des moutons, mais broutent quand
même, en se fantasmant à l'écart du troupeau ; bref,
d'excellents clients pour Freud, Bouddha, Fashion
TV et Facebook.

Jerry Salinger ne peut pas prévoir tout ce gâchis
futur, mais il sent confusément que quelque chose
va arriver au moment où, à l'été 1941, il rend visite
à une amie de la mère d'Oona O'Neill : Elizabeth
Murray, dont il a connu le frère au lycée. Il veut
revoir Oona, son visage d'ange, ses pommettes
hautes, ses fossettes mutines, ses yeux de biche
effarouchée. Elle l'énerve un peu, avec son côté
« people » : Oona a finalement été élue « Glamour
Girl » du Stork Club, sa photographie entourée
de vieux cravatés est parue en page six du *New
York Post*, quoi de plus vulgaire ? C'est comme si,
aujourd'hui, elle avait accepté de passer dans une
émission de téléréalité. La « Debutante of the Year »

a posé ensuite pour des publicités où elle exploitait la notoriété de son père : « La magie de la crème de visage Woodbury permet à Oona O'Neill de garder tout son éclat et sa fraîcheur ». La conférence de presse au Stork fut une des pires erreurs de sa vie. En pleine guerre, elle posait avec un immense bouquet de roses rouges à la main. Sherman Billingsley, le patron du Stork, lui avait glissé un verre de lait pour ne pas avoir de problèmes avec les flics. Un journaliste peu érudit demanda à Oona ce que faisait son père dans la vie... Sans se démonter, elle répondit : « Il écrit. »

Un autre journaliste : — Comment réagit-il à votre élection en tant que Débutante de l'Année ?

Oona O'Neill : — Je l'ignore et je n'ai pas envie de le lui demander.

Un autre journaliste : — Que pensez-vous de ce qui se passe dans le monde ?

Oona O'Neill : — Alors qu'une guerre mondiale est en cours, il serait déplacé de ma part de donner mon opinion dans un nightclub.

Découvrant sa photo dans le *Post*, son père fit une seule déclaration publique : « Dieu, délivrez-moi de mes enfants ! » Il écrivit ensuite une lettre à son avocat (celui qui gérait la pension alimentaire versée à Agnes O'Neill) : « Oona n'est pas un génie mais seulement une sale enfant gâtée, paresseuse et frivole, qui n'a pour l'instant rien prouvé à part qu'elle peut être plus bête et mal élevée que la plupart des filles de son âge », puis une lettre à Oona très cruelle : « Toute cette publicité que tu as eue est de mauvaise qualité, sauf si ton ambition est d'être une actrice de cinéma de seconde zone, le genre qui a sa photo dans les journaux pendant deux ans et puis retourne dans l'obscurité de sa stupide vie sans talent. »

Ce portrait peu flatteur n'empêche pas Jerry d'avoir de nouveau des problèmes respiratoires quand il revoit Oona sur la plage de Point Pleasant. Il sait qu'elle a lu Fitzgerald et comment résister au danger d'une jeune brune de seize ans aux attaches fines qui a lu Fitzgerald ? Elle est encore vêtue de noir, mais cette fois avec un pantalon et un tricot de baby doll qui prouvent qu'elle ne réfléchit pas trois heures sur sa tenue du soir. Cette fille le rend asthmatique. Ils s'asseoient dans un bar du bord de mer avec Elizabeth et Agnes, la mère d'Oona. Sa grâce enfantine, sa silhouette svelte, son teint laiteux lui font serrer les dents. Il a remarqué qu'à chaque fois qu'il est attendri par quelqu'un, qu'il s'agisse d'un être humain ou d'un chaton, il serre les dents très fort, comme un sadique. Au début, c'est le bide. Imaginez que vous êtes la « it-girl » de New York et que votre mère vous présente un grand maigrichon qui respire mal et serre les dents. « On s'est déjà vus, vous ne vous souvenez pas de moi ? » Non, elle ne se souvient pas de leur première rencontre au Stork Club. La question à ne jamais poser aux gens qui sortent souvent : « Tu te souviens de moi ? » Bien sûr qu'ils ne se souviennent pas, abruti, ils croisent tous les soirs trois cents personnes ! Jerry est mortifié. Tandis que les deux dames commandent des thés, il embraye sur ses cours à Columbia University, dans la classe d'écriture de Whit Burnett, le directeur de la revue *Story*.

— Alors, comment s'adresse-t-il à ses élèves, ce fameux Whit ? demande Oona.

— Il arrive à ses cours en retard, lit à haute voix une nouvelle de Faulkner, puis s'en va en avance.

Là il marque un point car Whit Burnett est un ami du père d'Oona. Elle en veut à son père de ne jamais s'être occupé d'elle mais ne peut réfréner une curiosité maladive à propos de tout ce qui le concerne. Jerry a du mal à se l'avouer : oui, il est attiré par Oona AUSSI parce qu'elle est la fille d'un des plus grands écrivains américains vivants ; ce n'est pas glorieux de sa part mais pourquoi le nier ? Il est agité, passionné, il a peur des silences timides de la dernière fois, il essaie de l'impressionner en décrivant Burnett qui a publié sa première nouvelle *Les Jeunes Gens* dans sa revue.

— Il m'en a refusé un paquet avant. Et là, tout d'un coup, il me donne vingt-cinq dollars. C'est la première fois qu'écrire me rapporte de l'argent !

— Si quelqu'un vous paie pour ce que vous écrivez, soit c'est un fou, soit c'est que vous êtes un écrivain, dit Oona avec la condescendance d'une maîtresse d'école félicitant un bon élève. Surtout si ce quelqu'un se nomme Whit Burnett.

Durant les mois écoulés entre le Stork Club et la plage de Point Pleasant, Jerry a eu le temps de rattraper son retard : il a lu tout Eugene O'Neill. Il gaffe en complimentant Oona sur ses « jambes écartées » alors qu'il voulait dire « dents écartées », et finalement Oona renverse son verre de bière sur la table du Tiki Bar. Il éclate de rire, essuie la flaque avec la manche de sa chemise. Pour la première fois, elle descend de sa lune. Ils sont deux extraterrestres à moues : elle boudeuse, lui intense. La mère et sa copine ont fini leur thé glacé, elles se lèvent pour rentrer, ils vont enfin avoir un moment tranquille pour boire de l'alcool en tête à tête, sur fond de Benny Goodman grésillant à la radio. Elle regarde ses mains aux longs doigts fins. Elle a envie de toucher une des grandes mains qui sont posées sur la table : sa paume a l'air douce, elle se dit qu'elle aimerait vérifier. A seize ans, ça n'engage à rien de poser sa main sur la main d'un garçon. A quarante ans, c'est plus grave. Elle s'apprête à le faire quand il prend un air réprobateur.

— Excuse-moi de revenir là-dessus mais… qu'est-ce que c'est que cette histoire de « Debutante of the Year » ? Tu as donné ton accord pour que le Stork Club se fasse toute cette publicité sur ton dos ?

— Euh… Non, enfin oui, ce sont des amis qui l'organisent… Je sais, c'est ridicule… A cause de cette mascarade, maintenant mon père pense que je me sers de son nom pour m'amuser et être invitée partout… ce qui est la stricte vérité ! Il n'est jamais là, autant que son nom me serve à quelque chose, non ? De toute façon il ne m'a jamais adressé la parole de sa vie, alors s'il ne me parle plus jamais, ça ne change rien. Tiens, regarde la lettre qu'il m'a envoyée.

Elle sort de son sac une enveloppe couverte d'une écriture à la calligraphie sévère, le genre d'écriture qui veut démontrer son importance rien que par la forme des consonnes et des voyelles. Typiquement l'enveloppe qu'on a peur d'ouvrir parce qu'on se dit que ça doit être un contrôle d'impôts ou une citation à comparaître au tribunal. Elle en lit le contenu à haute voix : « Je ne veux pas voir le genre de fille que tu es devenue depuis un an. Les seules nouvelles que j'ai de toi m'arrivent par la presse people. » La commissure de ses lèvres descend d'un centimètre. Elle relève la tête et poursuit :

— Si tu avais une fille, tu lui écrirais une chose pareille, toi ?

— Je ne sais pas, peut-être qu'il veut te brusquer pour que tu ne deviennes pas une de ces roulures mondaines. C'est une preuve que la vie que tu mènes ne l'indiffère pas, contrairement à ce que tu crois.

— Pas du tout, il ne pense qu'à lui, je salis le nom « O'Neill », moi il s'en tape, c'est le prestige de l'écrivain qu'il a peur de voir entaché dans les rubriques nocturnes. Tu ne peux pas comprendre à quel point il se fout de moi, toi, je suppose que tes parents sont toujours ensemble…

— Si ça peut te faire plaisir, je peux leur demander de divorcer.

Oona hausse les épaules. Jerry porte un manteau gris à col de velours noir nommé Chesterfield, comme les cigarettes et les canapés. Il est trop étroit et ses bras dépassent des manches : le pardessus commence à dater un peu. Mais Jerry est plus sûr de lui qu'avant ; la publication de ses premiers textes lui a donné la confiance qui lui manquait. Il se prend pour un héros de roman. Il va plonger ? Il plonge :

— Finis ta bière, Oona, commande une vodka-martini et dis-moi des choses importantes. Je ne veux

pas bavarder, j'essaie de te connaître. Que s'est-il
passé, putain ? Pourquoi t'a-t-il laissée tomber ? Ce
n'est pas parce qu'on quitte la mère qu'on doit aban-
donner la fille. Je vais te dire ce que j'en pense : je
pense que ton père est un grand tragédien jusque
dans sa vie de famille. Il ne fait plus la différence
entre sa vie et son art. On le voit dans sa dernière
pièce : il parle de lui, il utilise son malheur – donc le
tien – pour pondre son théâtre. Bref, c'est un grand
auteur et une petite personne.

Oona est estomaquée. Personne ne lui parle de
son père autrement qu'en termes élogieux, d'habitude. Elle sent les larmes monter à ses yeux, porte
sa main à sa bouche, se lève et sort du coffee shop
en courant (non pour fuir Jerry mais pour cacher ses
reniflements). Jerry règle la note et la poursuit dehors.
Il l'attrape par le bras, elle se retourne et… il trouve
qu'elle pleure très bien.

— Pardon, dit-il. Je ne voulais pas te choquer…
mais en fait, si, je voulais te faire réagir.

— Non… mais c'est pas grave, c'est toi qui as
raison, simplement j'en ai marre qu'on me parle tout
le temps de lui.

— C'est toi qui as commencé à en parler. Ne m'en
veux pas de m'intéresser à Gene. Je… J'ai une curiosité pour toi. Il n'y a rien de criminel là-dedans, tu
comprends ? Tu me plais, c'est ainsi. Si tu veux, je
m'en vais tout de suite et tu ne me reverras jamais.
Tu n'as qu'un mot à dire et je dégage.

— Quel mot ?

— Good bye.

— Ça fait deux mots. Reste.

Elle comprend qu'elle a encore affaire à un soupirant éploré. Oona les trouve pénibles, c'est la pire
catégorie de dragueurs, mais ce sont aussi les seuls
gentils. Les autres catégories de séducteurs sont :
le violeur pâle à tendance suicidaire, le Don Juan
méchant, le frimeur qui se vante de ses précédentes
conquêtes, le passif agressif qui t'injurie pour provo-
quer le râteau qu'il redoute, le rigolo anti-érotique et
bien sûr le pervers narcissique, qui est la catégorie la
plus douloureuse, avec l'homosexuel refoulé. Mais le
soupirant éploré est le plus lourd de tous. « Comme
elle sourit bien après les larmes ! » se dit Jerry. Il a
envie de lui mordre la langue jusqu'au sang. Il a envie
d'enfoncer ses doigts dans cette bouche innocente.
Il a envie d'éplucher cette paumée de bonne famille.
Sa voix est sucrée, rauque, enrouée, mélancolique.
C'est le genre de fille qui parle en regardant la mer.
Les mouettes aboient, je ne plaisante pas, elles font
vraiment « ouah ouah » comme des chiens qui vole-
raient en rase-mottes au-dessus de la plage. Ecoutons
de plus près ce que dit alors Oona au bord de l'eau.

— Gene, enfin... mon père, je ne le connais pas.
Je te jure, je l'ai vu plus souvent en photo qu'en
vrai. Je n'ai pas lu ses pièces. Quand tout le monde
me parle de lui, je fais comme si je savais de qui ils
parlent mais en fait, je ne sais pas quel est ce type
qui m'a donné la vie. Je porte le nom célèbre d'un
inconnu qui pose dans les journaux et me reproche
de faire la même chose. Quand il est parti des Bermudes, j'avais deux ans. Il a fichu le camp pour
répéter une pièce qui s'appelait *L'Etrange Intermède*... Tu parles. Il aurait dû l'intituler *L'Eternel*

Intermède ! J'ai toujours senti que je l'encombrais ; il n'a jamais supporté ses enfants, il nous a toujours considérés comme une corvée. Si je le croisais dans la rue maintenant, je ne sais même pas s'il me reconnaîtrait… Ah, merde.

Elle regarde Jerry, arrête de le regarder, et son menton se met à trembler de façon incontrôlée. Elle s'en veut de ne jamais parvenir à évoquer son père sans se décomposer.

— Tu comprends maintenant pourquoi j'évite ce sujet ? dit Oona. C'est dingue, depuis le temps je devrais pouvoir contrôler mes émotions, ah, merde, il m'aura vraiment fait chier toute ma vie !

— Je n'arrive pas à savoir si je te préfère quand tu pleures ou quand tu souris.

— J'espère quand même que tu préfères me faire sourire, sinon on ne va pas s'entendre.

— Parce que tu as envie qu'on s'entende ?

— Arrête de t'inquiéter, grand Jerry, bien sûr qu'on va coucher ensemble ce soir, comme ça tu seras débarrassé et tu pourras passer à une autre.

Elle sourit de nouveau, cruellement. Elle a repris le dessus. Jerry se tait. Qu'est-ce qu'elle est forte ! Claquemurée dans sa douce solitude d'adolescente de la high society, fière de son chagrin et de son milieu. Elle va et vient entre tendresse et cynisme d'une façon irrésistible. Le fait-elle exprès ? Une fille, ça s'ouvre et se referme : le problème est de trouver le bon mot de passe. Plus elles sont belles, célèbres et gâtées, plus le code d'entrée est difficile à déchiffrer. Les séduire exige des compétences d'espionnage sophistiquées que Jerry n'acquerra que deux ans plus tard, en 1943, dans les services de renseignement du 12ᵉ régiment de la 4ᵉ division d'infanterie.

Ils marchent le long de la plage vers la jetée. L'océan Atlantique gronde toujours en fond sonore : pratique pour meubler les conversations. Les mouettes rient, elles semblent se moquer de ce couple désassorti – un grand brun et un petit elfe. Il y a du sable dans le vent : il se dépose sur leurs cils. Dans un film, on pourrait les suivre en long travelling arrière. Cette figure de style, très utilisée par Woody Allen, se nomme le « walk and talk ». Heureusement qu'Oona se remet finalement à parler, parce que marcher sans rien dire, à la longue, ça fait plutôt Bergman.

— Ecoute, dit Oona, je t'ai menti tout à l'heure, quand j'ai dit que je ne me souvenais pas de notre première rencontre. Je sais qui tu es : tu es le géant mystérieux du Stork. On parle souvent de toi avec le Trio des Orphelines. Truman t'a surnommé « Celui qui Part Avant l'Addition ».

— Hey ! Mais je croyais que c'était le patron qui régalait !

— Mais oui ! Je te taquine… Capote aime dire des horreurs sur les gens qu'il aime, c'est sa façon de démontrer son affection. J'ai lu ta nouvelle parue dans *Story*, *Les Jeunes Gens*. J'ai cru que tu avais pris des notes sur notre soirée !

— J'avais pris des notes sur notre soirée.

— Je peux te parler franchement ?

— Euh… C'est toujours un peu inquiétant quand les gens demandent ça.

— Ce que tu écris est marrant mais on ne voit pas bien où tu veux en venir. C'est un dialogue de sourds, le gars et la fille se tournent autour mais ne se rencontrent jamais, c'est ça ? A quoi ça rime ? A part te foutre de la gueule de la jeunesse dorée et nous expliquer que les jeunes friqués sont tous des crétins qui ne pensent qu'à picoler et draguer…

— Voilà, c'est ça ! Tu as parfaitement compris mon message.

— OK mais dans ce cas, Fitzgerald l'a fait avant toi en mieux.

— Je débute…

Jerry ne parvient pas à cacher son humiliation. Il soupire en passant sa main dans les cheveux, doigts écartés, geste censé signifier : « je suis au-dessus de tout ça » mais qu'Oona décrypte comme : « pour qui se prend cette petite morue ? » Le vent dans les voiles de Point Pleasant couvre à présent le cri des chiens volants.

— C'est bien, reprend-elle, tu te fais les dents. Mais ne fais pas cette tête, c'est déjà génial d'être publié, à ton âge. Tu sais que Truman est devenu vert quand il a appris que tu étais publié avant lui, j'ai cru qu'il avait attrapé une hépatite. Tu sais ce qu'il a dit ? « Ce qui compte n'est pas d'être publié, mais d'être publié dans le *New Yorker*[1]. »

— Capote ressemble à un fœtus.

---

1. La première nouvelle publiée par Truman Capote, *My Side of the Matter*, le fut en 1945 dans *Story*, la même revue qui avait publié *The Young Folks*, premier texte de J.D. Salinger, en mars 1940. Cinq ans avant lui. (Note de l'auteur.)

— (riant aux éclats) Ce n'est pas gentil de critiquer les personnes de petite taille !

— Ce n'est pas une critique mais un constat : cet être humain n'est pas terminé, sauf s'il s'agit d'un troll. En tant que troll, il est parfaitement réussi.

— Arrête de dire du mal de mon meilleur ami, Mister Je Pars Avant l'Addition !

Ils continuaient de parler en marchant et de marcher en parlant. Jerry rapporta deux bières de la buvette, et un sac de pop-corn. Ils en jetaient aux goélands qui les attrapaient au vol. Oona rigolait fort en buvant à la bouteille comme la mère de Jerry – en partie irlandaise – et c'était peut-être une des raisons inconscientes de son attirance. Les Irlandaises ont un truc en plus. Sexy comme des Anglaises, mais plus vivantes, moins snobs, plus vraies, moins hautaines. Riant plus fort, avec plus de seins et de taches de rousseur sur les joues. Plus saoules, aussi. Un orgue de Barbarie se mit en marche à côté d'eux.

— Au secours ! s'exclama Oona. Je déteste la musique d'automate.

Ils s'éloignèrent de la machine à manivelle – ancêtre de la techno – et se rapprochèrent d'un dancing avec des lampions où swinguait un groupe de jazz.

— Il fait trop chaud pour danser, dit Oona.

— Défais ton chignon.

— Si je le défais, je deviens trop jolie. Or je ne peux pas me le permettre ce soir.

— Pourquoi ?

— Après ils veulent tous coucher avec moi. Ça va nous gâcher la soirée.

Jerry ne savait pas sur quel pied danser, du coup ils

dansaient mal mais ils dansèrent longtemps. Le sextet jazzait sous les lampions avec des solos alternés ; les instruments de musique, argentés ou dorés, brillaient sous les ampoules peintes. Oona se piqua une fleur dans les cheveux. Jerry avait les siens gominés par la sueur. Il retira sa veste et leurs corps s'enroulèrent. En ce temps-là, la danse était le seul moyen légal de se rapprocher de quelqu'un. L'orchestre rugissait plus fort que l'océan. La danse libéra la chevelure d'Oona : son chignon se détacha et il se mit à pleuvoir des cheveux sur ses épaules. La fleur tomba par terre et ils la piétinèrent sauvagement en chantant « *I can't dance, got ants in my pants* », ce qui signifie « Je ne peux pas danser, j'ai des fourmis dans mon pantalon » (par souci de correction, nous ne traduirons pas la suite de la chanson :

> *Let's have a party,*
> *Let's have some fun,*
> *I'll bring the hot dog*
> *You'll bring the bun.)*

Epuisés, hilares d'avoir transformé leur timidité en transpiration, le couple retourna s'asseoir devant les deux bières désormais tièdes qui leur collèrent deux belles moustaches blanches.

— Tu n'aimes pas plaire ? demanda Jerry.

— Non. C'est ça qui plaît, répondit Oona.

Elle riait à ses propres plaisanteries mais pas par autosatisfaction, plutôt parce qu'elle craignait de ne pas être drôle. Comme si elle était son propre chauffeur de salle.

— Tu danses presque aussi mal que moi et Dieu sait que c'est difficile, dit-elle.

— J'ai envie de t'embrasser, alors je fais exprès de mal danser pour qu'on puisse vite retourner s'asseoir.

Oona fit semblant de ne pas avoir entendu mais quelques secondes après, ils se tenaient par la taille dehors, côte à côte. Oona lui reprocha son parfum et sa coupe de cheveux.

— Tu ne penses qu'à séduire des milliers de filles, dit-elle.

— Veux-tu m'épouser ? demanda Jerry.

— Jamais de la vie. T'es trop jeune !

— Regarde ce que j'ai dans la poche. Je crois que cette chose t'appartient.

Jerry plongea sa main dans son manteau et sortit le cendrier du Stork Club. Reconnaissant l'objet, Oona éclata d'un rire encore plus bruyant, et rougit pour la première fois de la soirée. Jerry fronça les sourcils comme un policier :

— Miss O'Neill, vous êtes coupable de vol de cendrier nocturne.

— Hey ! Mais techniquement ce n'est pas moi qui l'ai volé : c'est toi qui es sorti du Stork avec cette porcelaine dans ta poche.

— Ce qui fait de moi un receleur clandestin. Merci du cadeau. Ne t'inquiète pas, si la police m'avait arrêté, je ne leur aurais pas balancé ton nom. Je serais allé tout seul à Sing Sing. Tu crois qu'ils m'auraient laissé ma machine à écrire ?

— Si tu m'offres une cigarette, nous pourrons mettre de la cendre dans ce récipient.

— Bonne idée.

Une allumette craqua : deux lampions rouges supplémentaires dans le crépuscule. Jerry vit qu'elle n'avalait pas la fumée. Les silences entre eux duraient de moins en moins longtemps. L'air était tiède, la nuit s'allongeait sur le sable, les réverbères de la promenade s'allumaient les uns après les autres comme une guirlande. Ils passèrent devant le cinéma de la plage, qui projetait *Autant en emporte le vent*.

— Hey, dit Oona, si on y allait ?

— Je l'ai déjà vu.

— Il paraît que c'est mieux que le livre.

— Bof… Je ne vois pas l'intérêt de s'enfermer dans le noir pendant trois heures quand on peut te regarder. Tu n'as qu'à fermer les yeux et imaginer que je suis Clark Gable et que je viens de t'offrir un ridicule bonnet français.

— Tu sais que Scott Fitzgerald a travaillé sur le scénario de ce film ?

— Ils n'ont pas dû garder grand-chose. Le pauvre vieux, tu sais que sa mort m'a fait de la peine.

— Ecoute, Jerry. Je pense que j'ai envie que tu m'embrasses, mais à une condition : que ce soit sans conséquence.

— Franchement, est-ce que j'ai la tête d'un type qui assume les conséquences de ses actes ?

Il se pencha vers elle mais n'osa pas aller jusqu'au bout. C'est elle qui se mit sur la pointe des pieds pour finir le trajet. Tout d'un coup elle se sentit soulevée dans les airs, au sens propre comme au figuré. Ils s'embrassaient, elle lévitait et il la portait. Le vertige était imprévu : ce premier baiser aurait pu avoir un goût de tabac froid, mais comme le nez de Jerry respirait les cheveux parfumés d'Oona, il eut pour toujours ce goût sucré, et elle inspirait fort dans son cou une odeur de savon à la cannelle. Quand deux langues se touchent, parfois il ne se passe rien. Mais parfois il se passe quelque chose... Oh mon Dieu, il se passe quelque chose qui donne envie de fondre, de se désagréger, c'est comme si on entrait en l'autre les yeux fermés, pour tout déranger à l'intérieur. Il la serrait contre sa bouche, en apnée. Lorsqu'il la déposa sur le boardwalk, elle n'avait qu'une envie : redécoller.

— Tout cela est parfaitement normal.

— Vooui parfaitement. Peut-être devrions-nous recommencer ?

Et c'était très agréable de recommencer. Ils recommencèrent beaucoup. A chaque fois qu'il l'embrassait, elle avait l'impression de s'envoler et lui de tomber par terre. C'était un miracle qu'ils tinssent encore debout. Une prouesse aussi exceptionnelle que ce subjonctif imparfait.

— Bon, bon. Plutôt que de revoir la guerre de Sécession, si on allait chez toi finir des bouteilles de vodka en écoutant des disques de Cole Porter ? En tout bien tout honneur. On restera dans ton salon. Ta maman montera se coucher et on dansera sur *Moonlight Serenade*.

— Je te signale que *Moonlight Serenade* n'est pas de Cole Porter mais de Glenn Miller. Deuxièmement, je n'ai pas de vodka chez moi, rien que du vin blanc. Troisièmement, je mentais quand je disais que j'allais coucher avec toi.

— Je sais, Adorable Morte de la Table Six.

— Hein ? Qu'est-ce que tu racontes ?

— *The Lovely Dead Girl at Table Six*, c'est le titre de la nouvelle que j'écris en ce moment. J'espère que le *New Yorker* prendra celle-là.

— T'es fou.

— Je sais aussi. Tu as faim ?

— Jamais.

— Pourquoi moi ?

— Pardon ?

— Pourquoi m'as-tu choisi, moi ? Tu as tout New York à tes pieds.

— Je ne t'ai pas choisi, je me laisse faire, c'est différent. Arrête de faire cette tête. Embrasse-moi encore avant que je ne change d'avis.

Je rappelle à toutes fins utiles, mais cette incise a son importance, que durant cette soirée Churchill supplia Roosevelt d'entrer en guerre pour encercler Hitler qui envahissait la Russie.

Dans le salon de la vieille maison de Point Pleasant, Jerry et Oona inventèrent un jeu : obéir aux chansons. Par exemple, écouter *Night and Day*... « Only you beneath the moon and under the stars » sous la lune et les étoiles, *Smoke Gets in Your Eyes* en s'envoyant la fumée des clopes dans les yeux, *Cheek to Cheek* collés joue contre joue, etc. Heureusement qu'Oona ne possédait pas le disque de *Stormy Weather*.

Sa mère, Agnes Boulton O'Neill, était très libérale, elle lui faisait confiance et de toute façon n'avait aucune autorité. Comme beaucoup de mères ayant divorcé à l'époque où personne ne le faisait, elle se sentait tellement coupable de l'échec de son mariage qu'elle pardonnait tout à sa fille. Jerry n'en revenait pas d'être là, dans le salon aux tentures sombres, avec la fameuse Oona O'Neill, pendant des heures, seul avec la plus belle adolescente de New York, qui tenait un verre dans sa main blanche, qui le regardait, l'écoutait, lui répondait. Il savait que c'était une occasion rare, qui ne se reproduirait peut-être jamais (et d'une certaine façon, il avait raison, car cette soirée ne se reproduisit jamais).

— Mais pourquoi ne m'as-tu jamais téléphoné ? demanda Oona.

Jerry ne pouvait pas répondre qu'il n'avait pas le téléphone dans sa chambre d'étudiant.

— Je voulais t'écrire une lettre qui te ferait tomber amoureuse de moi.

— Arrête de te foutre de ma gueule.

Il avait par moments l'impression de la comprendre de mieux en mieux, de lui plaire vraiment, et puis soudain, patatras, elle se refermait pendant une demi-heure, refusant de l'embrasser, sans rien dire d'autre que : « le corps des gens me dégoûte » ou « de toute façon tu es comme les autres » ou encore « ce qui t'intéresse chez moi, c'est mon père » (ce à quoi il rétorquait que l'unique chef-d'œuvre d'Eugene O'Neill était sa fille). Ces instants de mise à l'épreuve étaient horribles : tout d'un coup, comme au Stork Club, il avait envie de se lever et de rentrer chez lui tout seul, il se sentait une Grande Merde Dégingandée. Non pas « Celui qui Part Avant l'Addition » mais plutôt « L'Homme qui en a Marre qu'une Petite Allumeuse le Fasse Tourner en Bourrique ». Et à chaque fois qu'elle sentait qu'elle était allée trop loin, Oona

redevenait douce, gentille et attentionnée. La douche
écossaise a probablement été inventée en Irlande.

— Je ne veux pas de la vie prévue pour moi, tu
comprends Jerry ? Je trouve que la vie des gens…
C'est pas possible, je n'y arriverai pas, je veux autre
chose. Si c'est ça la vie, alors… ce n'est pas assez.

— Tu veux quoi ?

— Je veux être la fille la plus heureuse du monde.

Oona avait prononcé cette phrase comme si elle
avait dit « tout condamné à mort aura la tête tranchée ». C'était un verdict sans appel.

— Je vais commencer le théâtre, tu sais ?
poursuivit-elle. J'ai été repérée par Cheryl Crawford,
la directrice du théâtre de Maplewood. C'est pour
ça, la Debutante, la Glamour Girl… c'est comme
quand on s'est embrassés tout à l'heure, je me laisse
porter. C'est ridicule, je sais, mais c'est mieux que de
continuer à étudier des sottises qui ne me serviront
jamais à rien.

— Tu n'es qu'une starlette, au fond…

— Oh ferme-la, Poète Maudit ! Non, j'ai peur de
cette longue existence qui est devant nous, je ne sais
pas quoi en faire. J'ai l'impression d'être devant un
précipice. Tu sais exactement ce que tu veux en faire,
toi, de ta vie ?

Elle était accoudée à la balustrade, devant l'océan
qui grondait, comme si elle regardait son avenir infini,
comme si l'océan était le futur qui tonnait contre
elle, formait des vagues méchantes qui s'écrasaient
en gerbes d'écume.

— Oui, je sais que je veux écrire le Grand Roman
Américain, dit Jerry. Je ne veux rien d'autre. Je veux

mélanger l'émotion de Fitzgerald, la concision de Hemingway, la violence de ton père, la précision de Sinclair Lewis, le cynisme de Dorothy Parker…

— Tu ne te prends pas pour de la merde, quoi.

— Ah, ça : si on est humble, mieux vaut choisir un autre métier qu'écrivain.

— N'empêche que t'as oublié de citer la meilleure.

— Qui ?

— Willa Cather.

— Ah oui. Je suis prétentieux, mais pas à ce point-là ! Elle et les sœurs Brontë sont indépassables.

— Tu m'écriras des rôles ?

— Oui. Des rôles de petite nana exaspérante qui ne sait pas ce qu'elle veut dans la vie. Ça ne m'étonne pas que tu veuilles faire du théâtre, tu joues tout le temps la comédie.

— Ah bon ?

— Oui : tu fais mine d'être naïve alors que tu ne l'es pas.

— Idiot ! C'est juste que je n'aime pas faire la gueule comme toi.

— Ta tristesse… elle sort quand même, elle trouve toujours la sortie. C'est ce qui fait ton charme : tu souris tout le temps, mais tes yeux appellent au secours.

Oona changea de sujet. Cette fille était une machine de guerre. C'est horrible, quand on y pense, cette injustice qui fait que les filles de seize ans sont toujours plus mûres que les garçons de vingt-deux.

— Pour écrire, il va falloir que tu te trouves un endroit calme, en dehors de la ville, reprit Oona. Mon père, il écrit dans une cabane au fond de son jardin.

— Ah oui ?

— Bien sûr. Il déteste les journalistes et ne sort jamais. Un écrivain, ça ne vit pas dans le monde, ça s'enferme dans une petite maison pour travailler, sinon ce n'est pas un écrivain, c'est un pitre. L'expression « écrivain new-yorkais » est une contradiction dans les termes.

Elle le jaugeait sans cesse. Il y a toujours un moment où un homme amoureux se sent comme un chômeur qui passe un entretien d'embauche. Il essayait de marquer des points à chaque phrase. Quand Oona souriait, c'était pour lui l'équivalent d'un ticket gagnant au loto. Il devait se retenir pour ne pas crier « yess ! ». Elle jeta sa cigarette dans le jardin : au bout de quelques secondes, il devint impossible de la distinguer parmi tous les vers luisants dans l'herbe, transformant la pelouse en galaxie.

— C'est normal que tu te poses ces questions sur ton avenir, reprit Jerry, mais moi je n'ai pas ce luxe. Tu oublies la guerre. Notre pays envoie de l'argent et des armes en Europe mais ça ne suffira pas, bientôt on enverra des hommes et je me ferai tuer.

— Tu vas y aller, soldat ? Pour défendre la liberté ? Mais moi je m'en fous d'être libre. Ça ne m'intéresse pas la liberté. Je suis pour l'esclavage.

— Arrête de dire n'importe quoi, tu es saoule ou quoi ?

— Une O'Neill n'est jamais ivre, dit-elle en levant l'index de la main droite et la bouteille de la main gauche. Bon, d'accord, peut-être un peu. Trinquons… pour célébreeer les combattaaants de la libertééé.

— Pendant la guerre, je ne vais pas rester planqué chez mes parents, ça c'est sûr.

— T'es mon héros. Je t'accompagnerai au bateau, et j'agiterai mon mouchoir en dentelle sur le quai.

Cette fois elle colla doucement sa tête contre le menton de Jerry. Il essayait d'avoir l'air solide alors qu'il se sentait aussi friable que cette nymphette de seize ans aux interrogations insolubles. Chaque fois qu'il posait sa main sur sa taille pour danser, c'était comme d'appuyer sur un interrupteur : poser la main sur la laine noire faisait automatiquement entrouvrir les lèvres d'Oona, et plus on serrait fort sa hanche, plus la bouche s'ouvrait grand. Un système très pratique. Dehors l'air sentait le hot dog, les frites, la mer iodée, le samedi soir. Comme ils sont mignons ces deux-là, j'adore les imaginer sur la terrasse de cette vieille maison du New Jersey, la lune se reflétant au loin dans l'océan... et moi j'écris ça, assis de l'autre côté du même océan, à Biarritz. Nous sommes face à face, et je les contemple, malgré les soixante-dix années qui me séparent de cette soirée de l'été 1941, malgré l'Atlantique, malgré leur mort, je les vois se tourner autour et s'embrasser comme s'ils croquaient des fruits mûrs, gorgés de sève... S'embrasser et se disputer, tel est le secret du bonheur. « Love is a touch and yet not a touch. »

L'amour c'est avoir et ne pas avoir. Quand Werther touche par hasard le pied de Charlotte, il ne l'a pas fait exprès : cela compte et en même temps cela ne compte pas. L'amour naît d'une caresse involontaire, d'un dérapage incontrôlé. C'est comme quand on parle à quelqu'un au téléphone : la personne est là sans être là.

L'amour c'est faire semblant de s'en foutre alors qu'on ne s'en fout pas. C'est se chercher sans se trouver. Ce petit jeu, s'il est bien pratiqué, peut occuper toute une vie.

Ils dansent un slow. Il est très rare que les deux danseurs d'un slow veuillent la même chose : généralement, un des deux veut coucher avec l'autre alors que l'autre attend poliment la fin de la chanson en tournant la tête.

Il vient de se produire un événement étrange. Alors que j'étais en train d'imaginer Jerry Salinger et Oona O'Neill à Point Pleasant, je décide de faire une pause, j'allume la télévision et... je vois la plage de Point Pleasant, ravagée. Un ouragan prénommé Sandy vient de traverser cet endroit. Les planches du boardwalk où Jerry a soulevé Oona dans ses bras se sont envolées comme des fétus de paille et empilées tel un jeu de mikado, les piscines des cottages sont remplies de sable, la grande roue est tombée sur la plage et des bateaux ont été transportés sur les toits des maisons, dans les jardins, à côté des toboggans bleus et des arbres arrachés ; des voitures sont entrées dans des living-rooms par les fenêtres, portées par deux mètres d'eau ; les rues sont désormais des lacs. Un piano à queue est posé au milieu d'un rond-point, un container renversé bloque la route. Toutes les voitures sont des sous-marins, les poteaux électriques cassés comme des allumettes. Hasard étrange : au moment où je décide de raconter un coup de foudre à Point Pleasant, un cyclone bombarde ce lieu. En octobre 2012, il ne reste plus rien du décor de l'été 1941.

Quelques heures, deux bouteilles de vin blanc et un paquet de cigarettes plus tard, Jerry et Oona avaient leurs deux têtes qui tournaient. C'est souvent l'effet qu'on ressent, quand on tombe amoureux pour la première fois de sa vie. On se sent tellement bien qu'on est épuisé, et soudain on a peur de ne pas être à la hauteur : c'est à ce moment-là qu'il faut partir. Oona reprit la parole en levant encore l'index solennellement.

— Soldat Salinger, je n'ai jamais eu aussi peur de quelqu'un. Tu as une tête de tueur.

— T'as raison : je vais t'étrangler, comme ça je pourrai te regretter… et me morfondre. J'aime bien me morfondre, c'est mon occupation préférée. J'ai passé mon enfance à ça. Personne ne m'a jamais fait de compliment quand j'étais petit garçon, à part « il a des jambes vigoureuses ».

— C'est vrai que t'as des jambes vigoureuses. On peut se morfondre à deux ?

— Bien sûr. Bienvenue au Club des Morfondus.

Sous sa peau de marbre, elle avait des organes palpitants, des tuyaux compliqués remplis de sang, de bile et d'acide, derrière ce visage vibraient des muscles, des nerfs et des os ; il voulait la peler comme une poire pour voir les veines à vif, défigurer cet ange pour ne plus être prisonnier de son visage, la mâcher comme un chewing-gum à la chair humaine. Il est indéniable que, s'il n'avait pas écrit, Jerry aurait pu entamer une brillante carrière de serial killer. (Il en a d'ailleurs inspiré quelques-uns.)

— Moi aussi j'aime me morfondre, dit Oona qui tournait son verre entre ses mains. Quand tu partiras à la guerre, je me morfondrai en robe du soir. Je serai ultra-austère, la tête penchée, et tout le monde viendra me consoler. J'aurai le regard perdu dans le vague, un docteur me prescrira du bicarbonate de soude. Ah, comme j'ai hâte d'être ta veuve !

Complètement ivres, ils se découvraient une noirceur commune. Personne, à cette époque-là, n'avait l'humour gothique ; Kurt Cobain et Marilyn Manson (deux futurs lecteurs de Jerry) n'étaient pas encore nés. Oona savait rester parfaitement immobile en disant des trucs étranges. Finalement, elle avait peut-être raison de vouloir être actrice.

— Je ferai un discours bouleversant à ton enterrement. Tu seras décoré à titre posthume. On complimentera mon dévouement. On me serrera la main avec pitié. J'ai hâte de chialer sur ta tombe, Jerry. Ensuite j'épouserai un riche Brésilien et en échange du confort qu'il me fournira, il aura ma jeunesse et l'aura intello d'une fille de Nobel.......... (Ces dix points de suspension ne suffisent pas à exprimer le malaise qui suivit.)

— T'es vraiment une sale pute. Ah comme j'aimerais être débarrassé de ton existence. Je rêve tous les soirs d'un monde merveilleux où tu ne serais pas née. Chaque seconde de ma vie est un enfer depuis que je t'ai rencontrée.

— Merci. Vivement la guerre !

— Un toast à la guerre !

Ils trinquaient sans savoir que leurs attentes

macabres seraient bientôt comblées au-delà de toute désespérance. Puis Oona posa son verre et se mit à l'étrangler presque de ses deux mains en le fixant sans cligner des yeux, comme une affamée.

— Ça y est, j'ai suffisamment picolé pour pouvoir te parler franchement. Allez… dis-le… je sais que tu veux me dire quelque chose que tu retiens depuis des mois… allez… je vais t'aider à le sortir… répète après moi… « I love you Oona »… vas-y, j'ai l'habitude… ça te fera du bien… ce ne sont que quatre mots… I, love, you, Oona.

— Je t'aime, Oona. Ma vie entière est fichue. C'est du suicide de t'aimer, Oona. Je suis foutu, foutu par terre. Personne n'a jamais été aussi heureux et minable. Tu es ignoblement faite pour moi. J'aurais préféré qu'on m'ampute des deux jambes plutôt que de croiser ta route.

— Et voilààà. C'est bien… te voilà soulagé… écoute-moi bien maintenant. J'accepte ton amour… je le garde précieusement… regarde-moi au fond des yeux… je ne sais pas aimer mais je veux bien me laisser aimer par toi, et uniquement par toi, et je vais te dire pourquoi : parce que tu m'écoutes en prenant cet air captivé quand je dis n'importe quoi.

— Moi aussi je pourrais faire l'acteur ! Marché conclu. Un jour je vais écrire le plus beau roman du XXe siècle. En attendant, laisse-moi m'occuper de tout, little Oona. C'est facile de t'aimer. C'est comme ça, on n'y peut rien. Cela devrait même être obligatoire.

Elle l'embrassa les yeux fermés en se collant contre lui, avec une exaltation exagérée. Je suppose qu'un romancier professionnel décrirait ici le paysage océanique les entourant, et le vent, les nuages, les pelouses couvertes de rosée, mais je ne le fais pas pour deux raisons. Premièrement, parce qu'Oona et Jerry n'en avaient rien à foutre du paysage ; deuxièmement, parce qu'on n'y voyait rien, le jour n'étant toujours pas levé.

— C'est marrant… Quand tu m'embrasses, j'ai le même vertige que dans l'ascenseur qui monte en haut de l'Empire State Building…

— C'est parce que tu es saoule, chérie. Sais-tu que si on jette un penny du haut de l'Empire State, quand il arrive en bas, avec la vitesse, c'est comme s'il pesait 200 kilos, le penny peut tuer un passant, c'est dur à croire, non ?

— Oh Seigneur, j'ai la tête qui tourne, comme si j'allais m'évanouir…

Soudain Oona fut prise d'un haut-le-cœur, cria « oh my God ! », se précipita dans la maison, gravit les escaliers quatre à quatre avec la main devant sa bouche pour s'enfermer dans la salle de bains à l'étage. Le mélange vodka-bière-vin a toujours été à proscrire le premier soir, mais les jeunes ne le savent pas forcément, même quand ils sont d'origine irlandaise. Jerry entendit des hoquets peu romantiques derrière la porte du haut. Il entra et se retrouva seul au rez-de-chaussée, dans le salon éteint. Il caressa les romans français dans la bibliothèque en se reprochant d'avoir raconté cette histoire de penny à la con. Partir, rester ? Il ne savait pas comment aider Oona sans être inconvenant. Il l'entendait éructer : « Mon père c'est l'Empire State Building ! » Sa mère se réveilla et sortit de sa chambre pour la rejoindre dans la salle de bains. Il les entendit parler.

— Oona ? cria Jerry en bas de l'escalier. Veux-tu que je te lave les dents ?

Après un très long moment durant lequel les merles se mirent à chanter dans les arbres, Agnes, la mère d'Oona, descendit le voir.

— Oona ne se sent pas très bien, je pense que vous devriez y aller, elle ne souhaite pas être vue dans cet état.

Jerry se retrouva derrière la porte close, sans avoir eu le temps de dire autre chose que « je suis désolé, dites-lui bonsoir de ma part, mes hommages Madame ». Avant de refermer la porte, l'ex-Madame O'Neill (qui, elle aussi, sentait l'alcool) ajouta, sans agressivité :

— Je lui ai donné du bicarbonate. Ça marche pour tout, ça donne les dents blanches, ça fait digérer, je m'en sers même de masque pour le visage. Oona est encore une enfant, you know. Elle fait semblant d'être une femme du monde mais en réalité c'est un tout petit bébé, il faut y faire très attention. Sommes-nous d'accord sur ce point ?

— Tout à fait d'accord, mais je...

La porte s'était refermée sur ce balbutiement.

Comme si c'était de sa faute à lui si elle n'arrivait à rompre sa timidité qu'ivre morte. Il avait supposé qu'une Irlandaise tenait forcément l'alcool. Oona avait réussi à lui faire oublier qu'elle n'avait que seize ans. Jerry s'aperçut qu'il faisait jour. Les nuits sont courtes sur les plages du New Jersey, en été : le soleil se couche et, quelques verres plus tard, il se

relève. Ici, quelqu'un comme Sylvia Plath ajoute-
rait une phrase photosensible du genre : « Le soleil
matinal, tout simple, brillait à travers les feuilles
vertes des plantes de la petite verrière et les motifs
de fleurs sur le divan recouvert de chintz étaient
naïfs et roses dans la lumière du matin. » J'aime ces
temps d'arrêt qui laissent au lecteur le temps de
respirer, de boire ou d'aller pisser. Ah, si seulement
je savais écrire ainsi. Mais je dirais seulement que le
premier rayon de soleil était parme, et que c'était
vachement beau.

En marchant seul sur la promenade de Bradshaw
Beach, devant le cinéma fermé, face aux vagues bru-
meuses et sonores, Jerry se disait qu'il ne serait plus
jamais aussi heureux que cette nuit-là. Une rencontre
complètement réussie, ça arrive combien de fois dans
une vie ? Une fois. Une seule fois, vous le savez aussi
bien que moi.

Jerry se grattait la tête en répétant à haute voix la
même question : « Dans quoi me suis-je embarqué,
nom de Dieu ? » Il respirait fort, et en même temps il
fronçait les sourcils. Embrasser la fille qu'on vénère le
plus au monde est une victoire, mais si la fille vomit
juste après, comment faut-il le prendre ? Peut-être
était-ce la preuve qu'il l'avait troublée. Il lui soulevait
le cœur au sens strict. Ou alors il la dégoûtait, et à
compter de ce jour le nom de Jerry Salinger serait
synonyme de nausée. Il ne savait pas s'il fallait espérer
qu'elle se souvienne de tout, ou qu'elle ait tout oublié
le lendemain. Tomber amoureux, c'est avoir un nouveau problème à résoudre. Fallait-il la rappeler ou
lui écrire une lettre ? Comment la revoir sans passer

pour un pot de colle ? Comment être admiré d'une enfant gâtée que le Tout-New York admire ? Jerry était entré en guerre bien avant son pays.

IV

The toast of cafe society

« On dit qu'on peut tuer quelqu'un en lui enlevant son premier amour. C'est une perte qui transforme votre chimie intérieure. »

Carol MARCUS MATTHAU

De retour à New York, Oona n'avait pas tout oublié, mais fit semblant de ne pas se souvenir de la fin de soirée à Point Pleasant. Jerry n'en reparla jamais. Ils passèrent l'automne et l'hiver 41 à flirter, sans jamais évoquer son petit problème gastrique. C'était la première fois que l'un comme l'autre se considéraient « en couple » ; pourtant, ils ne se tenaient pas la main devant leurs amis.

Le premier amour est rarement le plus réussi, ni le plus parfait, mais il reste… le premier. Ce fait est incontestable : aucun des deux n'oublierait jamais ces commencements. Jerry venait chercher Oona à la sortie de Brearley School, ils se promenaient dans Central Park, se retrouvaient dans l'appartement gigantesque de Carol Marcus à l'angle de Park Avenue et de la 55ᵉ Rue, ou dans des coffee shops, des magasins de jouets, allaient au cinéma. Ils avaient toujours la table six au Stork Club, leur banc sur Washington Square, leur librairie préférée (Strand, sur la 4ᵉ Avenue), où ils volaient des livres d'occasion pour déclamer à haute voix les phrases que les lecteurs précédents avaient soulignées. Collés l'un contre l'autre, ils donnaient à manger aux écureuils, s'embrassaient un peu, ou lisaient des magazines de cinéma. Il faut vraiment être très amoureux pour supporter de lire un magazine à deux ; c'est un peu l'équivalent d'un couple qui, au XXIᵉ siècle, regarderait la télévision en se fichant de savoir qui tient la télécommande. Ils achetaient des cornets de marrons grillés en sortant du grand magasin Bendel les poches pleines de petits objets volés. C'est entre seize et vingt-deux ans qu'on aime vraiment. L'amour est absolu, sans le moindre doute, la moindre hésitation. Oona et Jerry s'aimaient ainsi, sans réfléchir, les yeux écarquillés. Parfois il glissait la main sous sa robe pour caresser ses seins neufs à travers le soutien-gorge, jusqu'à ce qu'elle le supplie d'arrêter, et elle fermait les yeux pour l'embrasser en le serrant très fort comme si elle voulait qu'il continue.

— Je n'ai jamais aimé avant toi, disait-il.

— Ne parle pas de ce que tu ne connais pas, répondait-elle.

Il lui lisait ses premières nouvelles : *Va voir Eddie*, *Le Cœur d'une histoire brisée*, *Le Long Début de Lois Taggett*. Elle lui parlait du personnage d'ingénue qu'elle allait interpréter au théâtre dans *Pal Joey*, une comédie musicale qui est devenue un film après la guerre, en 1957 (*La Blonde ou la Rousse* avec Frank Sinatra, Rita Hayworth et Kim Novak). Ils se racontaient tout, parlaient de leurs frères et sœurs, se plaignaient de leurs parents (trop présents pour lui, trop absents pour elle). Ils ne faisaient pas l'amour mais quand ils dormaient ensemble, ils se serraient longtemps l'un contre l'autre, en pyjama et chemise de nuit, jusqu'à la sueur. Oona refusait de retirer sa culotte, Jerry finissait par jouir dans son caleçon en se retenant de gémir. Il respectait sa virginité. Elle répétait tout le temps : « Une enfant ne peut pas se permettre de tomber enceinte. » Il n'en revenait pas de pouvoir la tenir dans ses bras, glisser le bout de sa langue dans sa bouche rouge, passer sa main dans ses cheveux soyeux, lui gratter le dos nu, les doigts écartés imiter les pattes d'une araignée qui remonte le long de la colonne vertébrale, durant des heures sentir son torse frémissant contre le sien, sa respiration dans son cou. Quel luxe ! Bien que chastes, Jerry et Oona étaient très sensuels ; c'est difficile à comprendre au XXIᵉ siècle, où l'on s'interpénètre pour se dire bonjour, mais ces câlins vaguement poussés leur suffisaient. Rien ne pressait ; elle était trop jeune pour se marier et lui jouait les blasés pour ne pas l'étouffer. Elle soupirait la bouche entrouverte sous ses caresses, il la regardait dormir en comptant les grains de beauté dans son dos et sur ses bras blancs ; contempler ses grains de beauté c'était pour lui comme observer les étoiles dans le ciel ; c'était abdiquer devant un mystère supérieur. Jerry était beau gosse, il aurait pu se dépuceler avec des filles moins farouches, mais il préférait dorloter cette starlette infantile. Sa façon de résister à ses avances était mille fois plus érotique que n'importe quelle nuit avec une salope à gros seins prénommée Samantha.

Qu'existait-il comme information sur le sexe à New York en 1940 ? C'est simple : rien. Ni images érotiques, ni photos pornos, ni films « hot », ni romans sexuels. Aucun accès à un quelconque mode d'emploi des relations corporelles n'était disponible, nulle part. C'est là le principal changement si l'on compare le New York de 1940 avec le New York d'aujourd'hui, où les adolescents ont un accès illimité, instantané et gratuit à toute la pornographie du monde. Bien que très attirés l'un par l'autre, Jerry et Oona étaient complètement tétanisés sexuellement parce que personne ne leur avait expliqué comment on faisait l'amour, ni comment sortir de leur abominable blocage énamouré. Trop respectueux, Jerry n'osait pas la brusquer et de son côté Oona était trop intimidée pour l'encourager (et très effrayée à l'idée de tomber enceinte).

Comme ils ne pouvaient pas se voir chez Oona, qui habitait avec sa mère à l'Hotel Weylin sur Madison Avenue, leurs rencontres avaient parfois lieu dans une chambre que Jerry louait à la semaine, ou le plus souvent chez Carol. Il fallait être attentif à ne pas faire de bruit. Il quittait l'appartement sur la pointe des pieds, au milieu de la nuit, en refermant la porte tout doucement, puis rentrait chez lui à pied, le sourire aux lèvres et la frustration dans le pantalon. L'insatisfaction augmentait sa joie, comme chez certains moines dont les visages extatiques sont une excellente publicité pour la chasteté. Rien ne lui interdisait de se donner un orgasme fulgurant tout seul, dans son lit, en pensant aux baisers inassouvis d'Oona, à la fermeté de sa peau, à son parfum de bébé son teint de lait ses yeux mi-clos sa petite culotte blanche de fillette ses petits pieds cambrés ses grains de beauté sur les seins sa bouche de vamp ses soupirs dans son oreille sa langue fruitée oooh yyeeess.

Quand elle sortait avec sa bande d'amis, Oona venait parfois le rejoindre au milieu de la nuit car elle détestait dormir seule. Elle empestait alors l'alcool et le tabac, mais il était heureux de l'accueillir dans sa chambre louée de Poète Méconnu. Elle avait besoin de parler, d'être dorlotée, couverte de baisers chastes, rassurée par ses bras amoureux. Elle répétait tout le temps qu'elle détestait son corps, se trouvait petite et boulotte, et malgré ses protestations lui demandait d'éteindre la lumière. Puis elle s'endormait dans des positions absurdes, en ronflant, ou en mordant un coin de taie d'oreiller. Ou alors elle se comportait comme une princesse qui donne des ordres : « Déshabille-moi please… Lave-moi les dents s'il te plaît, je suis trop fatiguée… Tu peux me donner un verre d'eau ?… » Cela ne dérangeait pas Jerry d'être traité comme un valet, du moment qu'il pouvait regarder ses pieds menus. Un soir il avait bu du champagne dans sa chaussure. Oh mon Dieu ce pied blanc qui s'était cambré au sortir de l'escarpin… Les orteils vernis qui frôlèrent le cuir et rosirent avant de se libérer… C'est bête, mais à vingt-deux ans on est fier qu'une telle beauté vous choisisse, même si c'est seulement pour s'endormir dans votre lit pendant que vous lui grattez la tête afin qu'elle ronronne comme un chaton tandis que vous vous enivrez de son parfum d'alcool et de clope. Quand elle repartait, il regrettait de ne pas avoir été plus exigeant avec elle. Se doutait-il que la gentillesse, la douceur, les grattages dans le dos étaient un investissement qui ne serait jamais amorti ?

Ils avaient aussi la danse au Stork Club. La fête n'était pas la même quand on dansait sur du jazz. En plus de rapprocher les corps, l'orchestre fournissait un sujet de conversation.

— Attends la clarinette, disait Jerry, tu vas voir, le mec est un poète du souffle.

— Non, le guitariste est bien meilleur, répondait Oona, il parle avec ses doigts.

— Pas du tout, tu es sourde ou quoi ? Ecoute-moi ce solo de batterie, c'est un malade le gars : il caresse des peaux avec son washboard comme s'il touchait des fesses de négresse.

— Tais-toi deux dixièmes de seconde et enjoy la trompette abruti ! Ce type expulse des notes qui le tuent en public.

Woody Allen a raison : tout a changé avec le rock'n roll. On n'attend plus que chaque musicien du groupe fasse son tour de piste (sauf quand le groupe s'appelle Led Zeppelin). Avant l'invention de la discothèque, on *écoutait* vraiment la musique, qui n'était jamais deux fois la même, ce n'était pas un bruit de fond préenregistré pour cacher le vide.

— Tu sais danser le charleston ? cria Oona.

— Cette danse de vieux ?

— Allez, essaie un peu : tu bouges les bras et tu lances les deux jambes en avant, mais pas en même temps, sinon tu te pètes la gueule !

« Elle n'avait qu'un défaut : elle était parfaite. A part ça, elle était parfaite », écrira plus tard Truman Capote à propos d'Oona O'Neill, son amie d'enfance, quand il se détruira au Studio 54, sniffant de la coke par cuillerées entières, en regardant les éphèbes se galocher sur le dancefloor, dans les années 1970. C'était la vérité : le problème d'Oona était sa perfection. A force de masquer ses angoisses sous une excessive gentillesse, elle risquait d'exploser un jour (ce qui lui arriva à cinquante-deux ans). Jerry, lui, n'était pas parfait : il avait un sale caractère et une ambition démesurée. Il était possessif, mégalomane et irritable. Leurs moments de joie absolue et immaculée ne durèrent que quelques semaines, le temps pour Oona de commencer à se lasser de ce chevalier servant trop exclusif, et pour lui de s'apercevoir (avant elle) qu'il l'ennuyait et que leurs goûts, leurs aspirations, leurs modes de vie étaient rigoureusement incompatibles. Il n'arrivait pas à s'y résoudre, mais il n'était pas aveugle, et savait, au fond, qu'Oona, ayant été plaquée par son père, n'aimerait jamais personne, comme elle avait eu l'extrême courtoisie de l'en prévenir sur son boardwalk de Jersey girl.

— Qu'est-ce que tu fiches avec ces connes ? demanda Jerry un soir où il ne parvenait plus à contenir son agacement. Tes copines sont incultes. Elles ne pensent qu'à se bourrer la gueule et épouser un millionnaire. Tu ne vois pas qu'elles n'ont rien dans le crâne ?

— Leur compagnie me calme. Ça me plaît qu'elles fassent tout le temps semblant d'être de bonne humeur, mes « Poor Little Rich Girls ». J'ai besoin de me changer les idées.

— Moi aussi, en cessant de les voir !

Le manque de sommeil creusait les traits d'Oona.

Il y avait tout le temps des fêtes chez Carol, avec du punch servi à la louche par des domestiques en veste blanche qui avaient préalablement roulé le tapis du living-room, les parents étant exilés à l'étage supérieur. Quand elle venait lui rendre visite, tard dans la nuit, ses yeux étaient cernés, son visage terne, ses dents grises à cause du vin rouge, ses cheveux d'une odeur de cendre. Voilà à quoi elle ressemblera si je l'épouse, se disait Jerry. Il faut que je la perde pour qu'elle reste innocente dans ma mémoire. Les yeux de Jerry voulaient être cyniques mais n'y arrivaient jamais. Il était ardent malgré lui.

— J'en ai assez de te voir pourrir sur pied, dit Jerry.

— Pour que je cesse de voir mes amis, dit Oona, il faudrait me couper le téléphone. As-tu des ciseaux ?

— Tu n'es pas obligée d'accourir quand ils te sonnent.

— Tu imagines si tout le monde avait un téléphone portatif dans la poche ? Ce serait un cauchemar, on ne vivrait plus. On serait tout le temps dérangé.

— Arrête de changer de sujet ! Tu sais très bien qu'une telle abomination n'existera jamais : on aura toujours besoin d'un fil pour relier les gens.

Le romancier postérieur est en mesure de contredire son illustre personnage sur ce point.

— C'est possible, une vie calme avec toi ? demanda Oona, je veux dire sans qu'on se dispute tout le temps ?

— Je suis plus calme que toi. C'est toi qui perds

ton temps – et le mien, par voie de conséquence –
avec cette bande de nyctalopes futiles.

— Tu es trop sérieux. J'adore ma fatigue. Faire la
grasse matinée. Ne pas réfléchir tout le temps. C'est
agréable de dormir debout. Les problèmes glissent…
Ce sont des amis, ils m'aiment, ils sont drôles. On
s'amuse, c'est grave ?

— Tu ne t'amuses pas, regarde ta tête ! Ils profitent
de ta politesse pour t'entraîner dans leur alcoolisme
et leurs commérages superficiels. La vérité, c'est que
tu es incapable de rester seule. Tu as la trouille de te
retrouver avec toi-même. Tu te fuis comme la peste !

— Oh ça va, le rabat-joie ! Détends-toi un peu si
tu veux être écrivain. Tu sais quelle quantité de champagne Fitzgerald buvait en une nuit ? Suffisamment
pour avoir envie de scier le barman en deux afin de
voir ce qu'il y avait à l'intérieur.

— Et le barman était d'accord ? Je vais te dire une
chose : ce barman, c'est moi, OK ? Et moi je refuse
que tu me coupes en deux ! Salut !

Jerry partait, mais il revenait toujours, et Oona le
savait. Il pouvait résister à beaucoup de tentations,
mais pas à la souffrance infinie que lui infligeait Miss
Oona O'Neill. « Oh, la souffrance ! La souffrance
d'être debout près d'Oona sans pouvoir se pencher
pour embrasser ses lèvres séparées ! La souffrance
impossible à exprimer ! » Cette fois-là, elle l'avait
tout de même rattrapé par le bras.

— Tu devrais faire comme moi, avait-elle dit.
Avoir une conversation frivole, afin de réserver l'essentiel à tes livres. Ce qui compte pour un écrivain,
c'est ce qu'il écrit, pas ce qu'il vit.

— Je refuse de perdre mon temps, avait répondu Jerry.

— Tu parles comme mon père, qui est l'homme le plus cafardeux que j'aie jamais rencontré.

— Je sais. Il l'a dit dans une interview : « Writing is my vacation from living » (« Ecrire me met en vacances de la vie »).

Quand le Trio de copines déjeunait à l'Oak Room, le restaurant de l'hôtel Plaza, entre les palmiers en pot et les dorures clinquantes, on pouvait vraiment les prendre pour les Andrews Sisters. D'ailleurs Truman Capote les surnommait : « Rhum and Coca-Cola » et Jerry ajoutait : « Working for the yankee dollar », ce qui revenait à les traiter de putes. Jerry en avait marre de sortir avec cette bande d'adolescentes alcooliques mais c'était sa seule chance de voir Oona. Elle dormait de plus en plus souvent chez Carol Marcus, dans l'immense appartement de Park Avenue, servie comme une reine par ses dix-huit domestiques, et ne quittait jamais ses deux « sœurs adoptives », Carol et Gloria. Souvent les gens leur demandaient :

— Etes-vous sœurs ? Des triplées ?

— Non : juste des sosies. Mais on ne sait plus laquelle imite l'autre.

— Individuellement on est affreuses mais ensemble on fait un malheur !

Sa mère laissait Oona découcher depuis l'âge de quinze ans, cela lui libérait du temps pour écrire et voir son nouvel amant en cachette de sa fille. Cet accord tacite les arrangeait toutes les deux, surtout depuis que Shane (son aîné de cinq ans) avait fichu le camp aux Bermudes pour fumer des joints.

— Ma mère drague et déprime, mon père vit à San Francisco et ne répond pas à mes cartes postales... Voyons les choses du bon côté : cela fait de moi la fille la plus libre de New York !

Toute la ville ne jurait que par le trio de jeunes filles lancées, Oona, Gloria et Carol, qui s'habillaient, se maquillaient, déjeunaient, dînaient, dansaient, buvaient, dormaient ensemble. Elles étincelaient toutes les trois, avec leurs yeux fardés et le compte en banque de leurs parents. Jerry comprit vite qu'il ne fallait pas s'interposer entre elles. Il n'avait pas d'autre choix que de les suivre comme un caniche.

Leur sport préféré : monter et descendre la Cinquième en imitant l'accent nasillard de Mae West.

Gloria : « When I'm good, I'm very good. But when I'm bad, I'm better. »

Carol : « I'll try everything once, twice if I like it, three times to make sure. »

Truman : « Good girls go to heaven, bad girls go everywhere. »

Oona (en se pinçant le nez) : « I used to be Snow White, but I drifted. »

Truman : « Ten men waiting for me at the door ? Send one of them home, I'm tired. »

Traduire les vannes de la légendaire Mae West n'est pas une mince affaire mais la pression de mes amis francophones m'oblige à essayer :

« Quand je suis bonne, je suis très bonne. Mais quand je suis mauvaise, je suis meilleure. »

« J'essaie tout une fois, deux fois si ça me plaît, trois pour être sûre. »

« Les filles gentilles vont au paradis, les méchantes vont partout. »

« Avant j'étais Blanche Neige, mais j'ai mal tourné. »

« Dix mecs attendent devant ma porte ? Dites à l'un d'eux de partir, je suis fatiguée. »

Jerry ne connaissait pas de citations de Mae West mais raconta une scène de film où un amoureux éploré la harcèle jusque dans sa loge de maquillage. Elle soupire et lève les yeux au ciel pendant que le type la supplie : « Vous me rendez dingue, depuis la première fois que je vous ai vue je suis fou de vous, si ça continue vous allez m'envoyer à l'asile ! » Mae le regarde d'un air apitoyé et répond calmement : « Je vais surtout vous appeler un taxi. »

Citer cette actrice n'était pas innocent : Oona l'admirait parce que c'était la première femme fatale qui maltraitait les personnages masculins avec autant de désinvolture. Auparavant il était de bon ton de battre des cils énamourés ; avec Mae West est né le concept d'homme-objet (aujourd'hui on dit « toy boy »). Mae West a autant révolutionné la condition féminine que Simone de Beauvoir. C'est depuis Mae West que les jeunes garçons n'osent plus dire « je t'aime » aux jeunes filles, de peur d'être ridicules ou ringards.

Jerry n'en avait pas les moyens mais comme il était le plus vieux, il payait souvent l'addition, avec une mine de plus en plus ombrageuse, en maugréant contre la superficialité de cette association de malfaiteurs. Au fil des semaines, Oona refusait toujours de coucher avec lui, et trouvait des excuses bidons pour le voir moins souvent. Par exemple, elle lui expliquait d'un air naïf qu'elle avait passé la nuit à danser pieds nus dans le jardin des Vanderbilt, en écoutant *Moonlight Serenade*, et à quel point cette chanson l'avait fait penser à lui… il en étouffait de rage. Voilà le drame : à force de la suivre comme un petit chien, à ses yeux il en était devenu un. Bien sûr, plus Oona lui échappait, plus il la désirait. Et plus elle s'amusait, buvait, rougissait, jouait au gin-rummy au Stork avec des vieux et éclatait de rire en dévoilant ses belles dents, plus Jerry faisait la gueule dans son coin, sombre et taciturne comme une grande cigogne mazoutée.

— Tu es lunatique, dit Oona. Tu es gai et soudain tu es malheureux. Dans soixante ans, on dira : tu es bipolaire. Mais pour le moment, tu es simplement imprévisible, comme papa.

— C'est toi qui me déprimes, répondit Jerry. Je ne vois pas ce que je te trouve. Tu ne peux pas te proclamer Irlandaise Démantibulée et en même temps te foutre de ce qui se passe en Europe.

— Ah, ça y est. Il va nous ressortir la guerre. Attention, on va se faire engueuler.

— Tu veux t'amuser comme si la crise n'avait pas existé ? Mais aujourd'hui toutes les flappers sont clochardes ou mariées et ton père l'a compris : si ses pièces sont tellement sinistres, c'est parce que tous ceux qui faisaient la fête se sont suicidés en 1930. A présent ce n'est plus le moment de rire, c'est le désespoir qui marche, c'est la trouille qui se vend.

— Oui, je suis absolument désolée d'être née en 1925. Fais-moi penser à corriger ma date de naissance.

— La fête est finie depuis que tu as quatre ans.

— Et la guerre a commencé quand j'en avais quatorze. Super. Merci pour le cours d'arithmétique. Mais je ne vais tout de même pas laisser Adolf Hitler pourrir ma jeunesse !

Jerry ruminait :

« Je dois travailler à cesser d'être invisible. Je veux être aimé de cette fille que je hais. Je veux que le mépris change de camp. Dans ce que j'écris, je dois être plus monstrueux qu'elle. L'amour ? S'il vous plaît, pas de termes obscènes, nous sommes entre gentlemen. Au début il y a eu tout au plus une curiosité des deux côtés. Cette personne peut-elle me faire du mal ? L'amour est l'utopie de deux égoïstes solitaires qui veulent s'entraider pour rendre leur condamnation supportable. L'amour est une lutte contre l'absurde par l'absurde. L'amour est une religion athée. Si c'est provisoire, où est le problème ? La vie l'est aussi, après tout. Oh mon Dieu, comme je la hais quand je la vois, mais comme c'est pire quand je ne la vois pas... » Pour une description réaliste de ce qui se passait dans le crâne de Jerry, il faudrait relire en boucle ce paragraphe.

Et puis Oona le regardait en souriant et il cessait de penser pour contempler les fossettes creusées dans l'ovale de ses joues. Elle prenait parfois conscience de son pouvoir ; il ne parvenait plus à lui cacher qu'elle avait gagné le combat. Il avait hâte qu'une autre guerre vienne le libérer de celle qu'il perdait tous les soirs.

A la fin, Oona ne lui rendait plus ses baisers. Il essayait de glisser sa langue dans une bouche fermée.

Le plus douloureux était sa politesse. Oona restait parfois allongée à côté de lui toute la nuit, sur le lit, tout habillée, immobile, silencieuse et déprimée, et pour ne pas lui faire de la peine, elle se laissait caresser les seins sans bouger. Une jolie fille statufiée par le désamour est peut-être la pire humiliation qu'un homme puisse affronter.

Ce qui s'est passé durant l'hiver 1941 :

– 15 brunchs à l'Oak Room du Plaza pour récapituler les horreurs prononcées par Truman la veille ;

– 23 cuites au Stork Club, à La Martinique, à la Rainbow Room, au Delmonico's et au Copacabana ;

– 4 tentatives pour patiner correctement à Central Park ;

– 13 taches de vin rouge sur les banquettes en zèbre du El Morocco et 22 taches de cire de bougie sur les nappes blanches du 21 ;

– une tournée des bistrots français – en signe de solidarité avec la Résistance – au Café Pierre, au Versailles et au Coq Rouge ;

– 18 représentations de la pièce de théâtre *Pal Joey* à Maplewood où Oona effectuait une brève mais adorable apparition pieds nus ;

– 12 après-midi shopping chez Bloomingdale's, Bergdorf & Goodman, Macy's ;

– 2 bals au Waldorf Astoria, un autre au Roseland Ballroom + une fête déguisée dans l'Iridium Room du St. Regis ;

– le 7 décembre 1941, 360 chasseurs japonais

détruisirent 188 avions et coulèrent 7 navires américains sur l'île d'Oahu à Hawaï dans le port de la Perle
(Pearl Harbor), ainsi baptisé car on y produisait des
huîtres perlières. Le nombre de victimes (2 335 morts)
fut presque le même que lors de l'attaque du World
Trade Center le 11 septembre 2001, soixante ans
après (2 606 morts), qui provoqua également l'entrée
en guerre des Etats-Unis.

V

En attendant la guerre

« C'était l'air de ce ciel sans tache, où brillait tant de gloire, où resplendissait tant d'acier, que les enfants respiraient alors. Ils savaient bien qu'ils étaient destinés aux hécatombes (...) Et quand même on aurait dû mourir, qu'était-ce que cela ? La mort elle-même était si belle alors, si grande, si magnifique dans sa pourpre fumante ! »

Alfred DE MUSSET
La confession d'un enfant du siècle, 1836

Quand une guerre approche, il n'y a que deux réactions raisonnables :

– s'amuser le plus possible pendant qu'il en est encore temps ;

– se terrer dans un abri avec des provisions et des armes.

Jerome Salinger va choisir une troisième option. Appelé sous les drapeaux – le président Roosevelt venant de rendre le service militaire obligatoire –, il aurait pu essayer d'échapper à ses obligations militaires pour raisons de santé : lors de sa visite médicale, le médecin des armées lui avait diagnostiqué une insuffisance cardiaque. Au lieu de profiter de l'aubaine pour se faire réformer, Jerry insista et se porta volontaire au bureau de recrutement. Le sergent tenta de le dissuader :

— Vous voulez tuer du nazi ? Faudra d'abord vous entraîner.

Il tenait à s'engager dans l'armée pour ne pas reprendre l'entreprise de son père. Il ne voulait pas s'occuper d'importation de gruyère et pensa que la guerre lui fournirait un sujet : après tout, Fitzgerald

avait écrit son premier livre à l'armée. « La guerre plutôt que la fromagerie ! » se disait-il, comme d'autres
au même âge songèrent à être Chateaubriand ou rien.
Passer de Park Avenue au service de renseignement
de l'US Army n'était pas un geste de désespoir mais
une tentative pour réaliser le rêve de son idole[1].

Jerry voulait aussi faire preuve de courage pour
rehausser son prestige aux yeux d'Oona. Ayant effec-
tué ses études dans des académies militaires, il n'était
pas un brillant diplômé de Harvard mais il connaissait
les us et coutumes de l'armée américaine : il savait
que la vie de garnison laisse beaucoup de temps libre
pour l'écriture. La guerre l'inquiétait comme tout le
monde, mais pas le métier de soldat. Par ailleurs, il
estimait qu'il serait rapidement promu officier et donc
moins exposé qu'un simple troufion. Il se sentirait
plus à l'aise dans le milieu militaire qu'en costume-
cravate au Plaza avec des orphelines de célébrités, et il
pensait qu'en s'éloignant d'Oona O'Neill, il gagnerait
en mystère à ses yeux. Il fantasmait sur l'image du
beau garçon en uniforme qui dit adieu à sa fiancée
en pleurs sur le quai, avec la fumée du paquebot

---

1. Toute sa vie, F. Scott Fitzgerald s'est plaint de ne pas avoir
fait la guerre de 14-18 comme Hemingway ou Dos Passos. Après
des études à Princeton, le futur auteur de *Gatsby le Magnifique*
fut engagé en 1917 dans un camp de formation pour officiers,
puis devint lieutenant au 67e régiment d'infanterie en Alabama,
où il servit d'aide de camp du général, sans jamais participer aux
combats de la Première Guerre mondiale en Europe. Aujourd'hui
on a du mal à croire que, dans la première moitié du XXe siècle, les
jeunes Américains se bousculaient pour aller se faire tirer dessus.
(Note de l'auteur planqué qui fit Dieu merci ses classes en temps
de paix, au 120e R.T. durant l'hiver 1987.)

qui s'éloigne vers le sud de l'Angleterre. Oona ne pourrait que craquer devant une telle démonstration de virilité et de bravoure, telle une princesse dans un château médiéval envoyant son preux chevalier aux croisades, non sans lui glisser dans la main la clé de sa ceinture de chasteté… Les choses ne se passèrent pas exactement comme il les avait planifiées. Oona ne vint pas lui dire adieu. Durant la dernière soirée qu'ils passèrent ensemble, elle lui annonça qu'elle partait vivre à Los Angeles.

— Tu files vers l'est et moi vers l'ouest, dit-elle. C'est ce qu'on appelle un couple moderne. Je rejoins maman en Californie, c'est mieux pour ma carrière d'actrice. Je vais prendre des cours d'art dramatique là-bas. Ne m'en veux pas, s'il te plaît. J'admire ton sens du devoir, mais je dois aussi avancer de mon côté.

Que répondre ? La mère d'Oona était partie vivre à Hollywood, où elle espérait vendre ses histoires à des maisons de production. Agnes Boulton O'Neill travaillait à un roman intitulé *Tourist Strip* et, suite aux restrictions de logement dues à l'effort de guerre, vivait dans un mobile home… Gloria et Carol aussi, émigraient sur la côte Ouest. Le départ d'Oona vers Los Angeles était prévisible… mais Jerry, aveuglé par la guerre, ne l'avait pas vu venir.

— Mais… tu m'attendras ?

— Oh lala, arrête de geindre comme ça, on dirait Scarlett O'Hara !

— Tu ne m'aimes plus ?

— Je t'avais prévenu que j'étais une handicapée

sentimentale. Arrête de poser toujours des questions, c'est pas viril. Ce n'est pas la fin du monde, on s'écrira…

— Si, c'est la fin du monde. Tu ne le vois pas ? C'est exactement ça qui se passe : la fin du monde. Si cette guerre n'est pas la fin du monde, alors qu'est-ce qu'il te faut ?

— Trop facile de dire ça. Je refuse de te suivre sur ta pente habituelle.

— C'est la vérité. Tout est foutu, c'est épouvantable, notre pays vient de déclarer la guerre à la moitié de la planète et toi tu rajoutes notre séparation, comme si une tragédie mondiale ne suffisait pas. Je m'en fous, je vais mourir là-bas, comme ça tu seras débarrassée de moi.

— Eh, oh, ne renverse pas les rôles, c'est toi qui t'engages dans l'armée, je ne t'ai rien demandé. Comment oses-tu me quitter ? N'as-tu pas envie de connaître la fin du film ?

— Ne me parle pas de cinéma, s'il te plaît, Miss Glamour. Tu viens de m'ouvrir les yeux : tu as toujours été une banale comédienne, ton père avait raison, tu as des rêves de midinette comme toutes les débiles de ton âge, tu veux être célèbre, bravo, bienvenue parmi les myriades de lucioles attirées par les néons de Sunset Boulevard… Allez, embrassons-nous une dernière fois, je veux te voir jouer la scène des adieux… Moteur demandé ? Rolling ? Et… action !

— Lis mes lèvres : VA, EN, ENFER. OK ?

— C'est exactement mon programme pour l'année.

Leur dernier baiser ressembla aux baisers de cinéma, quand les acteurs ferment les yeux et s'embrassent au

coin des lèvres, faisant semblant de s'aimer, en attendant que quelqu'un dise « Coupez ». Mais l'un des
deux ne faisait pas semblant.

27 avril 1942

Petite Oona,

Je t'écris en uniforme fringant et séduisant, pour te demander de me pardonner. J'ai été grossier la dernière fois que je t'ai vue. Mon sentimentalisme me fait honte. Je dois tenir de ma mère ce goût pour le mélodrame. Une Irlandaise devrait pouvoir excuser cette ridicule manie. Je viens d'être incorporé à Fort Dix, New Jersey, sous le matricule 32325200. Le service militaire est une chose passionnante à une condition : ne jamais utiliser son cerveau. Les sergents ont horreur des soldats qui posent des questions. Le G.I. ne doit pas penser. Un soldat n'est pas un être humain, c'est un numéro qui lève son fusil quand le sergent dit « Présentez armes ! ». Le reste du temps : bouche à nourrir, paquetage mal rangé, armoire sale, videz-moi tout ça par terre, et on recommence : inspection du cirage des chaussures, démontage et remontage du fusil d'assaut, tir sur des cibles, marches forcées avec sac à dos d'une tonne, apprendre à planter sa tente dans un trou gelé. Le bon soldat s'endort vite le soir car il ne sait même plus comment on fait pour garder les yeux ouverts. Mon problème à moi : je pense à toutes les choses qu'on n'a pas faites ensemble, sur la plage de Point Pleasant ou dans mon lit new-yorkais. Je me souviens de nous deux dans ce salon de thé pour vieilles dames où j'ai dépensé tout mon argent du mois pour t'offrir un thé et deux cookies, j'ai honte quand je me revois assis contre un arbre à Central Park avec ta tête sur mes genoux, en train de te forcer à écouter une lecture prétentieuse de mes nouvelles en voie de non-publication, je serre en ce moment même contre mon ventre le cendrier du Stork Club... C'est mon porte-bonheur, il m'accompagne partout. Quand un camarade me demande ce que je fous avec un cendrier en porcelaine dans mon paquetage au lieu de porter des oranges ou du whisky, je lève les yeux au ciel et réponds : « C'est pour mieux me morfondre. » Généralement, le type hausse les épaules en écrasant sa clope sur la cigogne. J'hésite alors à le frapper, et puis je ne le fais pas car 1) je suis un soldat pacifiste et 2) il a des épaules de quarterback.

Dès que j'ai un moment, je recopie mes pensées sur ce papier à lettres bleu ciel. Pardon si ma lettre est décousue, elle suit le fil de ma pensée qui n'en a pas (de fil). Tu n'as qu'à reposer de temps en temps ce charabia pour aller au salon te servir une vodkatini. Je ne veux pas t'encombrer mais sache que l'éloignement a fait de toi une semi-déesse qui occupe mon esprit comme un casse-tête chinois. Je m'ennuie intensément quand je ne pense pas à ton sourire d'Irlandaise Délabrée. C'est long et fastidieux d'apprendre à tuer des Allemands et cependant crois-

moi je ne suis pas pressé d'y aller ! Mais le désœuvrement nous ronge ici, il n'y a rien à faire, à part
revisiter nos souvenirs joyeux, raconter nos anecdotes
frivoles, des images-qui-font-sourire-tristement-le-
soir-pendant-que-les-autres-gars-se-tripotent-sous-
les-draps-gluants… Les garçons parlent de leurs
petites copines et moi je me tais. Je ne sais pas si
j'en ai une. Ai-je une amoureuse ? Ah, ça y est, je
recommence, comme je suis lourd, lourd, LOURD !
Tu m'as envoyé un baiser au rouge à lèvres sur une
feuille blanche mais j'ai renversé du café dessus. Je le
garde quand même. C'est un peu comme si ta bouche
avait bu cet infâme jus de chaussette ! Je suis désolé
d'être aussi GUIMAUVE mais il me plaît de t'avoir
fait partager cet immonde breuvage. Comment s'est
passée la pièce de théâtre qui n'était pas de ton père ?
Je suis sûr qu'il va détester *Pal Joey* : l'histoire est
trop simple. Ce cher Joey qui hésite entre une riche
et une pauvre. Evidemment qu'il va choisir la pauvre,
alors que ce qu'il fallait faire c'est garder les deux !
Enerver ton père, c'était sans doute le résultat que
tu recherchais. Il te traite de fille indigne alors que tu
n'es pas indigne, au contraire, tu as le même caractère têtu, désobéissant, libre et insupportable que
lui et au fond, il doit s'en rendre compte : ce qui
l'horripile chez toi, c'est lui-même.

Que devient le Trio de Park Avenue ? Toujours
aussi pimpantes à Hollywood, les Mlles Carol Marcus et Gloria Vanderbilt ? Mais que dis-je ? C'était
toi la debutante of last year ! Mon Dieu. Si je dis
ça aux camarades du 12e R.I., ils vont me massacrer. Le colonel vient de passer : on le reconnaît

à ce qu'il se tient droit avec les mains dans le dos et qu'il ne dit rien pour sembler important. Le sergent est là pour gueuler alors lui, le colonel, il se contente de faire peur en silence. Ce système s'appelle l'armée. Il existe depuis si longtemps que personne ne songe à le changer : un mec marche vite pour impressionner le mec d'en dessous qui crie tout le temps pour impressionner le mec encore un cran plus bas qui fait dans son froc et ramasse son sac renversé dans la boue par le mec du dessus et pleure le soir en pensant qu'il est loin de chez lui et qu'il ne sait pas quand il reverra sa ferme du Kentucky ou de l'Alabama... Putain, c'est quand même bizarre quand on y pense, Oona. On doit marcher en cadence, je ne sais pas si tu m'imagines en train de marcher au pas, mais c'est du plus haut comique. « Left, left, left right left » et on chante l'hymne national ou des chansons militaires débiles, et on a des ampoules aux pieds, et tu sais ce que je me chante dans ma tête ? « When they begin the beguine », oh je sens bien comment ça va sonner par écrit : encore de la GUIMAUVE. « When they begin the beguine, it brings back the sound of music... » et je marche au pas là-dessus en pensant à la fête de la Saint-Patrick, à cette folle soirée irlandaise ensemble au Stork à tourner sous des flots de Jameson. Ah, si seulement l'armée américaine avait eu l'idée de commander des hymnes d'entraînement à Cole Porter... Petite Oona, tu me sauves la vie plusieurs fois par jour et tu n'en as pas LA MOINDRE IDÉE.

Ton héros de l'US Army qui t'embrasse sur la joue,

l'œil droit, l'oreille gauche puis descend jusqu'au cou,
avec fièvre et décrépitude.

Jerry

PS : J'ai envoyé ma machine à écrire à la blanchis-
serie.

8 mai 1942

Dear Oona,

J'ai été transféré à Fort Monmouth, toujours dans le New Jersey, pour un stage de dix semaines dans les transmissions. Ne me demande pas à quoi cela correspond : je n'en ai pas la moindre idée. Je suppose que les soldats qui flinguent à l'avant doivent transmettre des infos à ceux qui glandent à l'arrière. On va m'apprendre à gueuler dans le micro d'une radio, à installer une ligne téléphonique, à envoyer des messages codés. Ma prochaine lettre sera peut-être rédigée dans un code secret indécryptable. Cela ne changera pas grand-chose à mon fameux style hermétique, et à ton absence de réponse. Pourquoi ce silence ? Je sais que je t'écris trop, mais ce n'est pas par désœuvrement. Je pense beaucoup à ta petite tête. J'espère que tu n'as pas peur de la guerre : grâce à moi, ni les Allemands, ni les Japonais n'attaqueront Los Angeles. Je ne les laisserai pas te faire du mal. Dis au Trio que je suis prêt à mourir pour le Stork Club !

Ici on m'a chargé d'entraîner les nouvelles recrues ; ça me fait plusieurs dizaines d'esclaves dont je n'abuse pas. J'ai toujours ton visage en ligne de mire. Tu supportes Los Angeles ? New York ne va pas s'en remettre. Je sens que je ne serai bientôt plus le seul à voir ton visage en grand dans l'obscurité. Tu passes des castings pour des films ? Ce n'est pas trop humiliant pour une star de naissance ? Je te demande pardon pour nos disputes, mon caractère de cochon, mon obsession belliqueuse quand nous aurions dû être heureux ensemble. Nous avons été un peu bien ensemble, ou ai-je tout gâché ? Ma mémoire enjolive notre passé, c'est une maladie mentale de ruiner les bons moments pour pouvoir les regretter ensuite. J'ai une fâcheuse tendance à t'idéaliser depuis que je suis vêtu d'un uniforme viril, et entouré de garçons solidaires et buveurs à taches de rousseur et problèmes d'acné. Je les aime bien, j'espère que je ne vais pas tourner casaque. J'ai rencontré un maigrichon qui pleurait dans le couloir parce qu'il se faisait menacer par une bande de salauds. Un autre a pris sa défense et s'est fait casser la gueule à sa place. Tu vois, il arrive des trucs chouettes comme ça tous les jours, ça redonne confiance malgré tout. J'ai demandé à être nommé officier, en tant qu'ancien aspirant. On verra bien, mais je reconnais que je te le dis pour crâner, uniquement. Je continue d'écrire mes petites histoires, et c'est aussi pour toi que je les écris, mes nouvelles sont encore des lettres à Oona, détournées, masquées, qui te parviendront peut-être, si tu achètes *Esquire* ou le dernier *Story*. Il y a mes lettres privées, et ces lettres ouvertes. Et tout est pour toi, à prendre ou à laisser. Je te prie d'excuser cet excès de correspondance, depuis que je te connais je suis envahissant. Je suis ton Hitler et tu es ma France. Ne t'inquiète pas, je ne te demande rien en échange de mon occupation de ton territoire spirituel. Contente-toi de m'inspirer, ce n'est pas de ta faute, c'est tombé sur toi, et je sais bien que nous n'étions pas faits l'un pour l'autre, que notre aventure était foireuse dès le départ. Je me suis servi de toi pour écrire mieux, et à présent c'est grâce à ta présence absente, à ton silence espiègle, que je creuse bêtement, obstinément, cette écriture qui gagne du terrain en moi. Je vais me battre, pardonne ma grandiloquence, non pas pour mon pays, ni pour la liberté, le Bien ou toutes ces balivernes, mais pour tes jolies jambes bleues. Ce sera cela, ma guerre : je vais t'écrire des lettres et tu ne me répondras pas. Je ne veux pas que tu me répondes : tu risquerais trop de me dire que tu ne m'aimes plus. Je vais t'écrire des lettres toute ma vie, et plus tard, quand mes livres seront édités, tout le monde pensera que ce sont des romans, puisque sur la couverture il y aura marqué « roman », mais toi tu sauras que ce sont des lettres adressées à toi seule.

N'oublie pas ton héros héroïque et sa future pension d'invalidité qui te garantira une vie de grand standing.

Jerry

VI

Le long début d'Oona O'Neill

« I hate movies like poison. »

J.D. SALINGER

De l'armée, Jerry continua d'adresser des nouvelles aux revues littéraires. *Le Long Début de Lois Taggett* fut publiée par *Story* en septembre 1942. Comme *Les Jeunes Gens*, il s'agit d'une satire de la jeunesse dorée new-yorkaise, écervelée et arrogante. Mais cette fois, on peut parler d'une « nouvelle à clés » : Lois Taggett semble directement inspirée d'Oona O'Neill et de ses copines Carol et Gloria. Salinger leur envoie dans les gencives un « Pearl Harbor littéraire » analogue au bombardement que Capote leur fera subir avec *Prières exaucées* en 1975. Une fois de plus, Salinger a de l'avance sur son rival.

« *Lois portait une robe blanche, avec une orchidée au corsage, et un sourire gêné, plutôt charmant. Les hommes plus vieux disaient "c'est bien une Taggett" ; les femmes plus âgées disaient "quelle adorable enfant" ; les jeunes filles disaient "Hey. Regarde Lois. Pas mal. Qu'est-ce qu'elle a fait à ses cheveux ?" ; et les jeunes garçons disaient "Où est l'alcool ?" Cet hiver-là, Lois fit de son mieux pour brasser du vent dans tout Manhattan avec les plus photogéniques des buveurs de* scotch-et-soda de la section *"Dieu et Walter Winchell*[1]*"* *du Stork Club. Elle avait une jolie allure, des vêtements chers et de bon goût, et était considérée comme intelligente. C'est la première saison où l'intelligence était tendance. »*

On sent monter chez Jerry une colère contre ces demoiselles gâtées de Park Avenue qui continuent de ne penser qu'à leurs jolies fringues quand l'Europe et l'Asie sont à feu et à sang : *« C'était la première année où les débutantes devaient Faire Quelque Chose. Sally Walker chantait tous les soirs au Alberti's ; Phyll Mercer dessinait des vêtements ou quelque chose de ce genre ; Allie Tumbleston passait bientôt des essais pour un film. »* Salinger crapahute tous les jours dans la boue des parcours du combattant, grimpe à la corde, rampe sous des barbelés, et – c'est humain – supporte difficilement que son ex continue de sortir tous les soirs avec ses gossip girls new-yorkaises dans les clubs de Los Angeles. Mais il me semble que là n'est pas la seule raison de sa sévérité envers Oona. Il devine qu'elle lui échappe. Il cherche à s'en dégoûter par avance, comme pour prendre les devants, précéder la rupture inéluctable : « La petite Oona est désespérément amoureuse de la petite Oona », confiera-t-il à un ami (*« Little Oona's hopelessly in love with little Oona »*). On remarque souvent ce comporte-

---

1. Walter Winchell était un célèbre chroniqueur spécialisé dans les ragots et les potins, une sorte d'Alain Pacadis américain des années 40. Oona était régulièrement citée dans sa chronique du *New York Daily Mirror*, où elle était surnommée « the toast of cafe society ». (Note de l'auteur.)

ment chez les hommes trop sensibles : mieux vaut détruire l'objet aimé que de subir son joug. On peut se dire que c'est une façon de tester la solidité de ses sentiments, alors que c'est surtout une très efficace méthode pour tout faire foirer.

Dans *Le Long Début de Lois Taggett*, Lois épouse un beau mec qui lui écrase une cigarette sur la main et lui casse le pied avec une canne de golf. Puis Lois Taggett achète un chien, qu'elle abandonne quelques semaines plus tard dans la rue parce qu'il a pissé dans son ascenseur.

Salinger, amoureux d'Oona, écrit qu'il faut détruire l'autre avant d'être détruit. Aimer est beaucoup trop dangereux. Jerry a choisi de partir à la guerre avant d'être tenté de faire souffrir Oona, ou de souffrir à cause d'elle. Il se doutait bien qu'Oona ne l'attendrait pas. Cela ne l'empêcha pas d'être brisé quand elle le remplaça.

Ne sous-estimons pas non plus la part de complexe social chez le fils d'un Juif importateur de fromage épris de la fille d'un des auteurs les plus célèbres de son pays. Il refuse sans doute d'admettre qu'il se sent en position d'infériorité, comme Justin Horgenschlag face à Shirley dans *Le Cœur d'une histoire brisée*, ou Bill face à Lois dans *Le Long Début de Lois Taggett*. J'adore la définition de la richesse donnée par Salinger à la fin de ce paragraphe : « *Lois commanda un scotch-and-soda, le but cul sec, ainsi que les quatre suivants. Quand elle quitta le Stork Club, elle se sentait passablement ivre. Elle marcha et marcha et marcha. Finalement elle s'assit sur un banc devant la cage des zèbres, au zoo. Elle resta assise là jusqu'à ce qu'elle ait*

dessaoulé et que ses genoux aient cessé de trembler.
Puis elle rentra à la maison. La maison était un endroit
avec des parents, des nouvelles à la radio, et des bonnes
amidonnées qui venaient toujours par la gauche déposer
un verre de jus de tomate glacé devant vous. »

Sur la durée, les grands sentiments ne résistent pas
à la lutte des classes. Jalousie, insécurité, mépris : tous
les ingrédients étaient réunis pour une sublime passion amoureuse unilatérale. Cette histoire impossible,
bancale, ira grandissant durant toute la guerre. C'est
l'histoire d'un amour que magnifie l'absence : le jeune
écrivain va tomber amoureux au fur et à mesure que
la guerre l'éloignera d'une fiancée qu'il croit (à tort)
légère et futile.

Il y a quelque chose de Gatsby et Daisy dans cette
idylle entre un arriviste qui veut se purifier et une
oie blanche de la « cafe society ». Lequel est le plus
innocent des deux ? Lequel souffre davantage ? Parce
qu'il se prépare à la guerre, le soldat Salinger croit
pouvoir inculquer des leçons de vertu à la « glamour
girl » des beaux quartiers ; il se ment à lui-même : il
refuse d'admettre qu'il est comme Truman Capote,
fasciné par ce monde de paillettes, de richesse et
de célébrité. A vingt-trois ans, Salinger est un Bel-
Ami américain, un Rastignac new-yorkais. Mais il se
trompe sur Oona : elle fréquente de pauvres petites
filles riches mais ne l'est pas. Sa mère vit dans un
« trailer park » à Los Angeles et son père a coupé les
ponts depuis longtemps. La seule chose qu'il fallait
faire avec Oona, c'était la consoler, s'occuper d'elle,
l'abriter, au lieu de lui faire la morale sur ses sorties
superficielles. Cette enfant seule dans New York se

cherchait un protecteur, quelqu'un pour l'adopter, comme un chat qui fait semblant d'être indépendant et réclame son bol de lait à heures fixes. Elle ne pouvait se contenter d'un adolescent belliqueux, d'un fantassin expatrié, d'un écrivain ombrageux et encore moins d'un vétéran traumatisé… Mais pour comprendre cela, il fallait avoir au moins vingt ans de plus.

Après le départ de Jerry à la caserne, Oona O'Neill prit le train pour rejoindre sa mère à Hollywood. Sa meilleure amie Carol était fiancée à l'écrivain William Saroyan (elle avait dix-sept ans et lui trente-trois) et Gloria s'était mariée en décembre 1941, à l'âge de dix-sept ans, à l'attaché de presse Pat DiCicco, trente-deux ans, l'homme des relations publiques de Howard Hughes, gros joueur et buveur. Au sein du Trio des Orphelines Dorées, la dernière célibataire était Oona, ses deux meilleures amies ayant choisi d'épouser des hommes vieux et célèbres. Elles déménagèrent toutes en même temps sur la côte Ouest. Leur arrivée fit sensation à Los Angeles : le mariage de Gloria Vanderbilt avait été un des événements mondains de l'année, l'autre serait celui de Carol Marcus à Sacramento. Dès sa descente de train – où des bidasses en partance pour la guerre l'avaient saoulée à la bière –, la petite O'Neill fut invitée à dîner au Earl Carroll's par un jeune homme de vingt-six ans nommé Orson Welles, qui voulait (soi-disant) lui parler de son projet *La Splendeur des Amberson*. Il mesurait deux fois sa taille. Welles venait de quitter Dolores del Rio après l'échec commercial de son premier film

Citizen Kane. Oona aimait sa voix grave mais détestait son nez : l'histoire tourna court. On ne peut pas tomber amoureux de quelqu'un sans aimer son nez, car on va le voir souvent au milieu de sa figure, et de plus en plus gros et moche à mesure que le temps passera. Orson Welles se remettra de cette déconvenue en épousant Rita Hayworth l'année suivante, qu'il trompera avec Gloria Vanderbilt DiCicco (c'est petit, Beverly Hills).

Lors de la soirée entre Oona et Orson Welles, il se produisit quelque chose de très étrange. A la fin du dîner, Welles demanda à Oona s'il pouvait lui lire les lignes de la main. Oona lui tendit sa paume et Welles la regarda attentivement, puis déclara que sa ligne d'amour indiquait une rencontre avec un homme plus âgé.

— Pas très original, dit Oona.

— Mais je sais qui c'est, dit Welles.

— Vous, je suppose ?

— Pas du tout. J'ai dit quelqu'un que vous allez rencontrer, pas quelqu'un qui est en train de dîner avec vous. Il s'agit de Charlie Chaplin : vous allez bientôt faire sa connaissance. Et vous allez l'épouser.

Oona éclata de rire et ne prêta aucune attention à ces fariboles alcoolisées[1]. Le fait que Welles cite Chaplin n'avait rien d'étonnant : ils étaient très amis. En 1941, Orson Welles avait proposé à Chaplin de jouer le rôle principal dans un film qu'il voulait réa-

---

1. Anecdote confirmée par le critique de théâtre anglais Kenneth Tynan et racontée par Orson Welles lors de son interview télévisée à David Frost. (Note de l'auteur.)

liser sur Landru, le tueur de femmes. L'idée plut tant
à Chaplin qu'il la lui racheta pour en faire *Monsieur
Verdoux* en 1947.

Ben Hecht définit ainsi une starlette : « Toute
jeune femme de moins de vingt ans à Hollywood
qui ne travaille pas officiellement dans un bordel. »
Si Oona n'est jamais devenue une starlette, c'est
grâce à son père. Au mariage de Gloria Vanderbilt,
Oona avait trouvé un bon agent, Minna Wallis, la
femme qui avait lancé Clark Gable dix ans plus
tôt. Une jolie fille avec un nom célèbre rencontrait
vite toutes les célébrités de Los Angeles : c'était
moins difficile qu'aujourd'hui. Avec la notoriété de
son père et sa photographie en permanence dans
la presse, Oona O'Neill avait plus de chances de
grimper les échelons dans l'industrie du cinéma
que si elle avait été serveuse dans un bar sur Sunset
Boulevard. Elle lisait les lettres de Jerry mais n'y
répondait pas. Elle savait que c'était fini entre eux,
et qu'il développait une obsession sur cette histoire
uniquement parce qu'il se trouvait dans un dortoir
militaire.

Et maintenant nous allons tenter une expérience
furieusement moderne. Ensemble, cher lecteur, nous
allons inventer ici même le roman YouTube. Je vous
explique comment procéder : allez chercher votre
ordinateur ou un iPad ou autre écran numérique à
la con. Mettez-vous sur YouTube.com et tapez Oona
O'Neill. Le moteur de recherche va vous proposer
une image en noir et blanc représentant Oona avec
un fichu sur la tête, que voici.

Vous pouvez donner vie à Oona O'Neill en
cliquant sur « play ». Oona est alors âgée de dix-
sept ans et vient de débarquer à Hollywood. Nous
sommes en 1942. Le trésor que vous allez voir est
le premier et dernier essai d'Oona O'Neill comme
comédienne. Il s'agit d'un casting filmé par Eugene
Frenke pour *The Girl from Leningrad*, projet pour
lequel Greta Garbo avait donné son accord. Oona
était censée interpréter Tamara, une jeune Russe,
d'où ce foulard dans ses cheveux qui lui donne l'air
d'une princesse déguisée en paysanne caucasienne.
Je vous ordonne d'admirer ce document et je vous
en parle après. Après un tel cyber-chapitre, qu'on
ne vienne plus jamais m'accuser d'être allergique au
progrès technique.

Ça y est, vous avez découvert Oona à dix-sept ans.
Avouez qu'elle mange littéralement l'écran. La

caméra est amoureuse de ses traits enfantins, le réalisateur en bafouille. Il s'adresse à elle comme s'il parlait à une orpheline trouvée au bord de la Volga. Il lui demande de tourner la tête pour voir ses deux profils, qui sont exquis. Elle rit, d'un rire embarrassé, timide, mutin et craquant. Elle a une fragilité qui aspire le regard, malgré ce fichu absurde qui cache sa crinière brune de femme fatale. Regardez ses sourcils posés comme deux apostrophes sur son regard pétillant. Ecoutez sa voix cristalline quand elle demande, avec la politesse d'une reine : « Shall I turn over here ? » Soudain, l'équipe qui se permet de lui donner des ordres semble une bande de grossiers malotrus. Ils sont tous conscients de l'honneur qu'ils ont de respirer dans le même studio que cet ange radieux et réservé. Quand elle regarde, un bref instant, l'objectif, des milliers de sentiments voyagent instantanément vers la pellicule : Oona sait que la situation est désagréable, elle a peur de mal faire, elle pense qu'elle est pathétique, voudrait être ailleurs, elle se sent gênée, maladroite, et en même temps s'en amuse, son inconfort devient espièglerie, charme félin, pureté et éclat, après tout ce moment est pénible mais pas si grave. En une fraction de seconde, elle fait passer vingt émotions contradictoires dans l'œil de la caméra : vulnérabilité, élégance, trouille, modestie, politesse, lassitude, timidité, douceur, gentillesse, confiance, désespoir, solitude, etc. Son visage est très mobile, trop nerveux peut-être, elle n'arrive pas à deviner quelle expression ces crétins attendent d'elle. Elle a l'air en permanence de s'excuser d'être là, tout en acceptant les compliments avec embarras. Quand elle fait mine de protester, s'écrie « I don't know what to say… » avec la courtoisie des petites filles de bonne famille prises en faute par leur gouvernante, on comprend la souffrance de tous les hommes qui l'ont croisée à cette époque : on veut, on doit s'en occuper, sinon la vie ne sert à rien. Et quand elle lève les yeux au ciel, à la fin de cette vidéo miraculeuse, elle est inouïe, divine, il n'y a pas d'autre mot : elle lève les yeux pour regarder le ciel d'où elle est tombée, qui est aussi l'endroit où elle réside aujourd'hui. Face à cette apparition, il n'y avait rien d'autre à faire que de succomber. Sur ces images rarissimes, Oona O'Neill écrase Audrey Hepburn dans le registre de la biche effarouchée, Natalie Portman dans celui du faune gracile, Isabelle Adjani dans celui de l'ingénue émotive, Paulette Goddard dans celui de la tristesse éclatante, Louise Brooks dans celui de l'ange déchu, Greta Garbo dans celui de la langueur insolente, Marlene Dietrich dans celui de la froideur vénéneuse, car elle est plus naturelle et simple. Sa sophistication est involontaire, sans travail ni effort ; au contraire, elle paraît toujours lutter pour ne pas attirer l'attention, ce qui est le meilleur moyen de la captiver. Elle aurait pu faire une immense carrière, devenir une étoile, une icône mondiale et immortelle. Oona n'est pas une femme, c'est un principe. Sa beauté est ultramoderne : Truman Capote se trompe, elle n'est pas parfaite, elle est mieux. Que s'est-il passé ? Ici nous entrons dans le mystère d'Oona, qui fait sa grandeur : quelques semaines après ces essais extraterrestres, elle renonça définitivement à toute ambition cinématographique.

Son casting avec Eugene Frenke n'ayant pas encore reçu de réponse, Minna Wallis avait organisé un dîner chez elle pour présenter Oona au plus grand génie du cinéma mondial, qui cherchait une jeune comédienne pour jouer Bridget, le personnage principal d'un scénario intitulé *Shadow and Substance*. Charlie Chaplin arriva chez Minna en avance. Assise toute seule par terre, Oona regardait le feu dans la cheminée. Elle portait un haut noir décolleté qui contrastait avec une jupe longue plus sage, appartenant à sa mère. L'effet magique d'Oona – bouche violette, cheveux noirs, yeux brillants de son père, nez droit de sa mère – fonctionna comme à son habitude. Voici ce que Chaplin écrit dans ses mémoires :

« Je n'avais jamais rencontré Eugene O'Neill, mais d'après la gravité de ses pièces, je me représentais plutôt sa fille sous des couleurs sépia. (…) En attendant Miss Wallis, je me présentai, en disant que je supposais qu'elle était Miss O'Neill. Elle sourit. Contrairement à mes craintes, j'aperçus une lumineuse beauté, au charme un peu secret et à la douceur des plus séduisantes. » Il sut immédiatement que cette personne allait jouer un rôle important dans sa vie.

Ne l'ayant jamais vu qu'en noir et blanc, Oona est surprise par les yeux très bleus de Charlot. Il est fin, attentionné, petit comme elle (un mètre soixante-sept), avec ce visage célèbre (sans la moustache), des cheveux blancs et une étrange façon de se déplacer, comme s'il dansait. Il porte un costume trois-pièces gris foncé, une cravate bleue qui fait ressortir ses yeux. Il a cinquante-quatre ans. Il ressemble à Charlot le « tramp », mais transfiguré en riche bourgeois ; existe-t-il beaucoup d'acteurs devenus millionnaires en jouant des rôles de clochards ? Je ne suis pas certain qu'une telle chose serait encore possible aujourd'hui. Jamel Debbouze, peut-être : il a fait fortune en interprétant un personnage de handicapé sorti des cités les plus défavorisées de la banlieue parisienne. Par son don pour le gag visuel et sa gestuelle inspirée du mime, Jamel pourrait bien être l'un des seuls fils spirituels que Chaplin aurait reconnus comme tels. Comme tous les comiques professionnels, Chaplin est très sérieux, voire sinistre, mais il essaie de briser la glace :

— Vous êtes à Los Angeles depuis longtemps ?

— Quelques semaines. J'ai une amie qui vient de se marier, et ma mère vit ici.

— Minna m'a dit que vous aviez fait un peu de théâtre à New York.

— Oh un tout petit rôle dans un « musical »… Pas grand-chose… L'ingénue dans *La Blonde et la Rousse*, l'été dernier au théâtre de Maplewood…

— Elle est bien cette pièce. Pourquoi voulez-vous être actrice ?

Oona réfléchit. Elle rougit car elle sait que c'est une question importante. Charlie sent le malaise. Ils sont aussi intimidés l'un que l'autre. Charlie est pourtant un homme à femmes (à la vérité, il a passé sa vie avec des emmerdeuses qui n'en voulaient qu'à son fric ou se servaient de lui pour tourner des films). Il est possible que la timidité d'Oona soit une maladie contagieuse : à chaque fois qu'elle rencontre des gens nouveaux, le silence se fait. Depuis le temps, elle s'est habituée à ce phénomène, et suppose que c'est de sa faute : en société, elle est la spécialiste pour créer une ambiance inconfortable.

— Vous n'êtes pas obligée de répondre… dit Chaplin. Ma question était-elle indiscrète ?

— Oh non, la question n'est pas gênante, c'est la réponse qui l'est. Je veux être actrice parce que je ne suis pas intéressante, parce que je ne sais pas qui je suis, parce que je me sens vague, creuse, vide, parce que si on me demande de rester moi-même, je ne sais pas ce que cela signifie, parce que j'ai toujours envie que quelqu'un d'autre me souffle ce que je dois dire. Je veux aussi être actrice pour être applaudie et aimée de tout le monde, mais c'est secondaire par rapport à ce que je viens de confesser. Voilà. Ai-je bien répondu, Monsieur le vagabond ?

La jeune femme était écarlate mais ses yeux humides et perçants lançaient un défi. En se croisant, les regards d'Oona et de Charlie se sont emplis d'eau simultanément. Il serait donc impropre de parler de coup de foudre : plutôt d'une inondation. Si j'étais

Boris Vian, j'aurais écrit ici ce qu'il dit de la rencontre de Colin et Chloé dans *L'Ecume des jours* : « Il se fit un abondant silence à l'entour, et la majeure partie du reste du monde se mit à compter pour du beurre. » Heureusement que Minna Wallis est entrée dans la pièce à ce moment-là, sinon cette double noyade serait devenue vraiment bizarre. Si ce livre était rédigé en anglais, l'adjectif « awkward » s'imposerait, qui signifie à la fois « bizarre » et « embarrassant ».

— Pardon pour mon retard, dit Minna, mais je vous l'avoue, j'ai fait exprès de prendre mon temps pour que vous puissiez faire connaissance. Qu'est-ce que je vous sers ?

— Un gin-tonic, s'il te plaît, dit Chaplin.

— La même chose, merci, dit Oona. En tant que fille d'alcoolique, je précise que je tiens mon gin sans problème.

— Oona, reprit Charlie, puis-je vous poser une autre question indiscrète et après, c'est promis, j'arrête ?

— Oui.

— Quel âge avez-vous ?

— Dix-sept ans.

— Mon Dieu. J'ai trois fois plus ! D'habitude je pourrais être le père de mes comédiennes, mais c'est la première fois que je pourrais être leur grand-père.

— Je ne vois pas ce qu'il y a d'embêtant. Je suis beaucoup plus mûre que vous.

— C'est vrai, vous ne vous promenez pas avec des chaussures trouées, une canne, un pantalon trop large et un chapeau melon.

— Vous non plus, en dehors des horaires de bureau.

Charlie rit, et Charlie ne riait pas souvent aux plaisanteries des autres. Une telle complicité avec l'une des plus grandes vedettes de l'époque n'était possible qu'à condition d'être une fille totalement saoule ou affreusement blasée. Ou une extraterrestre. Chaplin était émerveillé : cela faisait trente ans qu'il menait grand train à Los Angeles mais il n'avait jamais connu d'extraterrestre, à part peut-être Paulette Goddard, sa dernière femme, celle avec qui il était resté le plus longtemps, la plus intelligente de toutes. Quiconque a lu *Hollywood Babylon* sait que Chaplin aimait les jeunes filles et que cette attirance lui avait causé de nombreux soucis : procès, scandales, ragots. Un jour, Chaplin s'était vanté d'avoir couché avec 2 000 femmes avant ses cinquante ans. Il avait épousé en secondes noces Lillita McMurray qui jouait à douze ans le rôle d'un ange dans son film *Le Kid* : il l'avait mise enceinte quand elle avait quinze ans, et le jour de leur mariage secret au Mexique, elle en avait seize et lui trente-cinq. La presse américaine lui étant tombée dessus à l'époque, il restait sur ses gardes quand une jeune femme le troublait. Cependant le calme d'Oona le rassurait, cette fille n'essayait pas de se vendre comme de la marchandise, ni de lui plaire en battant des cils comme Betty Boop. Elle était bien élevée et discrète, et c'était tout ce dont il avait besoin après trente ans de déboires conjugaux : un peu de candeur. Non pas une autre vamp qui le fasse marcher, mais une généreuse ingénue, bienveillante envers lui, ne le considérant pas comme un ennemi :

ni un playboy à dompter, ni un compte en banque à ratisser, ni un réalisateur à convaincre, ni le futur père de ses enfants, du moins pas le premier soir.

— A mon tour, dit Oona, puis-je vous poser une question indiscrète ?

— Oui, sauf si vous êtes journaliste.

La blague creusa les fossettes d'Oona, admirables, surtout en été.

— J'aimerais savoir si Hitler a vu *Le Dictateur*.

— Oh, ça, on n'en sait rien ! Tout ce qu'on sait, c'est qu'il a fait interdire le film, en Allemagne comme en France. J'espère de tout mon cœur qu'il l'a vu, évidemment. Déjà qu'il m'a piqué ma moustache !

Chaplin avait prononcé cette phrase avec le plus grand naturel du monde. Comme s'il avait énoncé que deux et deux font quatre.

— Ah bon ? dit Oona.

— Dans les années vingt, il a commencé à se faire pousser cette touffe carrée au-dessus de la lèvre, comme je le faisais depuis 1914. Il copie tout le monde. Par exemple, le mot « Führer », il l'a piqué à Mussolini qui se faisait appeler « il Duce ». Oui, je pense qu'il m'a volé ma moustache ! C'est d'autant plus drôle que, pour moi, la moustache carrée symbolise la vanité de mon personnage, comme le chapeau et la canne.

— Sauf que la sienne est vraie.

— Oui, la mienne a toujours été un postiche, comment le savez-vous ?

— Vous l'avez dit au *Los Angeles Sunday Times*. Pourquoi ne vous laissez-vous pas pousser une vraie moustache ? Etes-vous allergique aux poils ?

Charlie sourit de son audace. Cette petite peste le changeait des lèche-culs du Polo Lounge. Plus ils parlaient, plus il avait le sentiment que leur différence d'âge s'amenuisait.

— Je veux pouvoir enlever ma moustache quand je sors de scène. Je retire mon chapeau melon trop petit, le pantalon trop large, les chaussures taille 49, la canne en bambou... et la moustache d'Adolf !

— Vous ne m'avez pas répondu : à votre avis, Hitler a-t-il vu *Le Dictateur* ?

Chaplin éclata de rire devant l'insistance de la jeune femme.

— Je te l'avais dit, Charlie, s'écria Minna, elle a du caractère cette petite !

— Comment en être certain... Je pense que Goebbels a pu lui organiser une projection privée à Berlin. Hitler est un passionné de cinéma, toutes ses apparitions en public sont mûrement réfléchies, mises en scène, cadrées et montées comme des séquences. Il paraît qu'il se dit « le plus grand acteur d'Europe » mais je ne suis pas d'accord : il surjoue. Visuellement il est davantage sous l'influence de ses compatriotes, Lang ou Murnau. Une sorte de mélange de *Metropolis* et de *L'Aurore* ! Avez-vous remarqué l'alternance de plans très larges et très serrés dans *Le Triomphe de la volonté* ? Cela donne cette impression de puissance, une ivresse, une fièvre. J'ai visionné tous ses films de propagande avant de tourner *Le Dictateur* ; il m'a peut-être emprunté ma moustache mais moi je lui ai volé ses contre-plongées mégalomanes et toutes ses mimiques : le menton levé, les gestes nerveux avec les bras, les envolées martiales.

Je me suis bien amusé avec lui, même s'il ne me fait pas rire.

— Avouez que ce serait cocasse qu'il ait vu votre film, dit Oona. On aurait aimé être une petite souris allemande pour voir la scène... La tête d'Hitler devant votre Hynkel jonglant avec le globe terrestre.

— Je suppose qu'au bout de quelques minutes, il est sorti de la salle en criant « Juden ! », « art dégénéré ! », alors que je ne suis ni juif, ni dégénéré.

— S'il y a eu une projection, tous ceux qui l'ont organisée ont probablement été pendus ensuite, dit Minna.

— C'est vrai qu'il n'est pas particulièrement connu pour son sens de l'autodérision, dit Oona.

— C'est pourquoi je pense qu'il ne l'a pas vu. De toute façon, je doute que ce film puisse le toucher en aucune manière. Pour écrire *Le Dictateur*, j'ai lu son livre, *Mein Kampf*. Il ne doute pas. Ce n'est pas quelqu'un qui réfléchit sur lui-même, il n'a pas le temps. Il déclare la guerre à tout le monde, c'est tout. Sa façon de croiser les poings trahit son manque de confiance en lui. Je suis sûr que Goering le rassure. C'est pour ça que j'ai mis un gros à côté de lui dans le film : Hitler et Goering, c'est comme Laurel et Hardy !

— C'est vrai que vous êtes nés le même jour ?

— Non, j'ai quatre jours de plus !

— Quatre jours, c'est curieux... Il est votre double, en quelque sorte. Votre jumeau maléfique. Vous savez sans doute qu'il a les yeux bleus, comme vous.

— Et nous mesurons à peu près la même taille.

Chaplin arpentait le salon de long en large comme

s'il était Adolf. Il se mit à l'imiter en allemand imaginaire, en roulant les *r*.

— Und ich meflünzet dass ich gefünt mein Kartoffeln !

Oona et Mina faillirent recracher leur gorgée de gin par le nez. Oona admirait Chaplin depuis *City Lights*, c'est-à-dire depuis sa naissance. Comme tous les enfants venus au monde dans les années 1920, elle avait grandi en voyant tous ses films, en salles ou en projections privées, chez des amis. Son préféré était *La Ruée vers l'or* mais elle aimait aussi *Le Kid* et *Les Temps modernes* pour leur vigueur sociale et leur violence, proche du travail de son père. Au fond, Chaplin faisait du Eugene O'Neill comique. Tous ses sujets étaient dramatiques : la famine dans le Klondike, les orphelins, la pauvreté, la condition ouvrière, le totalitarisme. Et dans chaque film il parvenait à tourner en ridicule les pires tragédies. Elle commençait à réaliser où elle se trouvait et ce qui se passait : une chose incroyable, qui ne lui était jamais arrivée de sa vie. Discuter avec l'homme dont Scott Fitzgerald admirait les « pieds lyriques ». L'ami de Somerset Maugham, d'Eisenstein et de George Bernard Shaw. Il faut bien comprendre qu'on vendait des poupées à l'effigie de Chaplin depuis vingt ans et qu'il dirigeait United Artists (l'une des plus importantes sociétés de production cinématographique, qu'il avait fondée en 1919 avec Douglas Fairbanks, Mary Pickford et D.W. Griffith) : rencontrer Chaplin en 1942, c'était comme rencontrer aujourd'hui quelqu'un qui serait aussi populaire que Rihanna tout en étant aussi puissant à Hollywood que Steven Spielberg. Et malgré la *Chaplinmania* dont il était l'objet dans le monde entier depuis trois décennies, les yeux bleus de Charlie restaient allumés, vifs, attentifs et tendres. Il ne calculait rien, il était simple et spontané. Un créateur pareil pouvait-il être aussi facile à fréquenter ? Ou bien lui servait-il son numéro habituel de vieux comédien dragueur, faussement humble ? Sans s'en douter, Minna Wallis répondit aux questions d'Oona :

— Charlie, c'est la première fois que je vous vois comme ça. Vous rayonnez littéralement, dit-elle.

— Je sais ce que vous voulez savoir. Si c'est grâce à vous ou grâce à Oona. Eh bien, je refuse de tomber dans ce piège grossier, je ne dirai pas que c'est grâce à Oona.

Chaplin la contemplait ; Oona éclairait le salon davantage qu'une lampe. Elle était minuscule comme lui, il voyait bien qu'elle n'avait pas un corps de bimbo (à l'époque on disait « cover girl » ou « pin-up ») mais Charlie ne s'intéressait qu'aux visages, comme tous les cinéastes. Le corps, on ne le voit pas à l'écran, du moins pas en 1942. Le visage, en revanche... c'est l'attrape-lumière.

Charlot se mit à rougir.

— Ça alors : vous êtes timide ? dit Minna.

— Oui. Je suis seul, timide et très occupé. C'est pour ça que je n'ai pas d'amis depuis la mort de Douglas Fairbanks.

Après le dîner chez Minna Wallis, Oona se rendit sans rendez-vous aux Studios Chaplin pour le revoir. On commença par l'éconduire comme n'importe quelle groupie. Charlie craignait un nouveau scandale. Minna harcela alors Chaplin jusqu'à ce qu'il accepte de lui proposer un contrat pour un film futur. Chaplin convoqua Oona chez lui à Summit Drive pour des leçons de cinéma. Oona s'entendit très bien avec les fils de Charlie, qui avaient son âge (Charles Jr et Sydney). Mais elle n'avait d'yeux que pour leur père...

L'annonce de la nouvelle liaison de Charlie Chaplin avec la fille mineure d'Eugene O'Neill fut un scandale national. Les gazettes de potins hollywoodiens s'intéressaient de près à la vie agitée de Chaplin. Joan Barry venait d'entamer contre lui un procès en reconnaissance de paternité. A sa sortie fin 1940, le succès du *Dictateur* n'avait pas été apprécié par le gouvernement américain, qui cherchait à gagner du temps et rester neutre dans le conflit. Nombreux étaient les citoyens américains favorables à Hitler (comme Henry Ford ou Charles Lindbergh), isolationnistes depuis les ravages de 1917 ou tout simplement non-interventionnistes par pacifisme. Les Américains n'avaient aucune envie de refaire la guerre ; à partir de l'opération Barbarossa, la majorité d'entre eux estimaient qu'il suffisait de laisser les nazis et les communistes s'entretuer. Ce climat d'hostilité contribua à accélérer son engagement amoureux auprès d'Oona O'Neill : l'interdit augmenta sa passion. De son côté à elle, l'extrême violence de la réaction de son père précipita les choses : ils se retrouvaient exactement dans la situation de Roméo Montaigu et Juliette Capulet. Dès l'annonce de leurs fiançailles, Eugene O'Neill coupa définitivement les ponts avec sa fille et mourut dix ans plus tard sans l'avoir jamais revue. Son épouse, l'actrice ratée Carlotta Monterey, détestait Chaplin qui ne la faisait jamais tourner. Mais surtout, O'Neill ne supportait pas l'idée que sa fille se choisisse un autre papa que lui. Charlie Chaplin et Oona O'Neill étaient deux êtres sans pères : lui non plus n'avait pas connu le sien. Plus tard, les deux frères d'Oona se suicidèrent (Eugene O'Neill Jr, trois fois divorcé, alcoolique et sans travail, s'ouvrit les veines dans sa baignoire en 1950 et Shane, héroïnomane, se jeta par la fenêtre du quatrième étage d'un immeuble new-yorkais en 1977), mais Oona tint bon car Charlie la rendait heureuse. Oona a dû se battre pour connaître le bonheur : rien n'était prévu pour cela dans sa vie, et pourtant c'est arrivé, ce jour-là, l'enfant esseulée avait trouvé un protecteur, comme Holly Golightly avec son vieux millionnaire brésilien. Entre le possible et l'impossible, elle n'hésita pas une seconde.

(lettre à en-tête du restaurant Musso & Frank, 6667 Hollywood Boulevard, Hollywood, California)

Le 20 mai 1942

Cher Jerry,

Je vais essayer de ne pas être trop compliquée pour une fois. Tu sais que j'ai du mal à exprimer ce que j'ai sur le cœur par la voie orale. Par écrit ce sera peut-être plus clair, mais la première lecture va te sembler cruelle et je le regrette infiniment. Relis ma lettre autant de fois qu'il le faut, chaque mot en est tellement pesé que je la connais par cœur à présent.

Pardon de ne pas être à la hauteur de tes sentiments.

Je vis avec ma mère à Los Angeles maintenant.

Ce n'est pas que je refais ma vie à 17 ans, mais presque.

Je fais ma vie tout court, ma vie commence dans un quart d'heure.

Je sens que tu te concentres sur moi parce que tu es loin, parce que tu as peur, et moi aussi j'ai peur qu'on ne se comprenne pas.

Pourtant quelque chose a cessé entre nous.

Tu sais que je t'admire, que ton originalité me chavire, et que je ne regrette aucun des moments passés avec toi, même quand tu m'empêchais de dormir en lisant tes textes à haute voix pendant des heures !

Tu sens toi aussi, j'espère, sûrement, que c'est fini entre nous. C'est si « obvious ». Si tu ne le vois pas, c'est que tu t'aveugles volontairement ou que tu joues à être moins intelligent que tu ne l'es.

Je déteste être obligée d'avoir à le rappeler par écrit à un héros de l'armée américaine. L'approche de la guerre devrait m'inciter à te mentir. Mais je ne peux plus faire ça. Pas à toi et pas maintenant. Tu sais que ce serait horrible de ma part. Je ne peux plus vivre en te laissant le moindre espoir alors que tu t'apprêtes à renverser Hitler.

C'est « over » entre nous, Jerry : bien que littérairement médiocre, cette phrase dit la vérité.

Tu feras toujours partie de mon passé mais tu ne fais plus partie de mon avenir.

« Nous possédons en commun le précieux, l'incommunicable passé. » Tu sais pourtant bien qu'elle a toujours raison, Mrs Willa Cather ? J'ai enfin compris ce qu'elle veut dire : ce que nous avons vécu ne disparaîtra jamais. C'est là pour toujours et je ne l'oublierai pas. Notre rencontre, nos danses, nos chansons, nos lectures et nos souvenirs ne s'envoleront pas.

Quelle affreuse chose que cette clarification.

Je ne veux pas que tu souffres d'une séparation que Pearl Harbor a provoquée.

Mais je ne veux plus que tu m'écrives comme si j'étais ta fiancée ou ta future épouse.

Je suis désolée. Et laide, et conne, et peut-être

même… amoureuse d'un autre. Débarrasse-toi de
moi, oublie la petite garce de Central Park, la sale
Debutante de l'Année. Je suis indigne de ton courage. Cette lettre est le premier acte de bravoure de
ma courte vie d'Irlandaise Antisémite. (Je plaisante.)

Je me mets au garde-à-vous et je te dis « repos, vous
pouvez grandir ».

Fais attention à toi, ne meurs pas, ne prends pas de
risques inutiles. Tu dois vivre pour devenir un grand
écrivain américain comme papa.

Forgive and forget,

Oona

P.-S. : Le Mocambo (L.A.) est beaucoup moins
marrant que le Stork (NYC). C'est la même pourriture sauf qu'au Mocambo, les perroquets sont vrais !
Promis, tu ne rates rien.

Juillet 1942

Chère Oona,

J'ai appris une bonne et une mauvaise nouvelle sur toi en lisant les journaux.

La bonne nouvelle c'est que tu t'intéresses enfin à ce qui se passe à l'extérieur du Plaza. Tu étais très photogénique sur cette image dans *Life* où l'on te voyait au Lafayette Hotel en train de rouler des bandages pour la guerre en Russie. Je t'ai aussi vue sur une publicité pour un shampoing, en train de prendre un bain moussant, et en maillot de bain au bord d'une piscine, juchée sur les épaules d'un garçon. C'est une jolie manière d'afficher ton patriotisme. En tout cas ces images ont colorié ma caserne grise. Pour te résumer ce que j'ai appris ces derniers mois : à la guerre, au lieu de confettis, on jette des grenades. Tu vois, ma vie n'est pas très différente de la tienne. L'important est de savoir balancer des choses dans les airs, et d'éviter de se trouver en dessous lorsqu'elles retombent.

La mauvaise nouvelle, c'est cette rumeur qui te prête une liaison avec Charlie Chaplin. Tu te tapes un vieillard anglais avec des problèmes de prostate qui prend des pilules de cantharide pour essayer de réveiller son pauvre instrument usagé. Je ne sais pas s'il faut hurler de rire ou fondre en larmes devant une telle abjection.

J'aurais dû t'étrangler le soir de notre rencontre. J'ai hésité à le faire, j'ai été paresseux. Je voulais mourir à la guerre mais à présent je ne veux plus, parce que cela ne servirait à rien : tu ne me regretterais même pas. Te souviens-tu de nos conversations ivres sur ce satané boardwalk de Point Pleasant ? Tu m'as dit que tu ferais une belle veuve, mais comment peux-tu être ma veuve si tu épouses quelqu'un d'autre ? Si je meurs, tu ne seras rien du tout, et tu es déjà amnésique. Attention, ceci n'est pas une demande en mariage, mais un bref instant de révolte contre ton indifférence. Tu cites Willa mais tu négliges l'essentiel, « le précieux, l'incommunicable passé » disparaît pour toujours quand la personne meurt et les souvenirs disparaissent avec les êtres. Chaque mort est un gros tas de choses effacées.

Je suis désormais chargé d'instruire les élèves officiers de l'Ecole d'aviation de l'armée de l'air à Bainbridge, Géorgie. Bizarrement, j'aime expliquer aux jeunes comment tuer des nazis, je deviens généreux et gentil au contact des recrues. Je finirai prof dans un lycée, avec des copies à corriger, une pipe en maïs et des lorgnons. C'est agréable d'être responsable des autres, on peut y prendre goût. J'essaie de les rassurer en leur promettant du laudanum. Je crois que je suis incapable de quitter l'école, j'aime bien cette atmosphère, se sentir moins seul et en même temps pouvoir laisser tomber tout le monde pour marcher dans la campagne. J'avais raison de me méfier de toi, mais j'aurais mieux fait de me méfier de moi.

Je te laisse car des troufions ont foutu le feu à leurs pets avec un briquet et l'un d'entre eux s'est sévèrement brûlé le cul. Comme tu le vois, elle est très dangereuse cette guerre.

Adieux officiels à l'Irlandaise Déglinguée de Beverly Hills. C'était toi mon laudanum. Ce sevrage est comme une amputation.

Jerry

P.-S. : Tu es une menteuse. Les menteuses ne vont pas au paradis. Seules les filles avec des bagues sur les dents vont au ciel. Et Rita Hayworth.

18 janvier 1943

Lointaine Oona,

J'ai repensé à toi en embarquant sur le *Queen Mary* pour l'Angleterre. Tu m'avais juré de venir agiter un mouchoir blanc sur le quai, tu te souviens ? Ma mère a essayé de te remplacer mais elle pleurait trop, c'était la honte. J'espère que ta grossesse se passe bien. On a traversé l'Atlantique avec le 12ᵉ régiment de la 4ᵉ division d'infanterie. On va s'entraîner dans le sud de l'Angleterre. Zut je n'arrive pas à résister, il faut que tu saches, il faut que quelqu'un te dise que ton mari est un planqué. Chaplin a réussi à échapper aux deux guerres parce que c'est un lâche. Nous allons nous battre, ce qu'il n'a jamais fait. Cela ne te dérange pas d'avoir épousé un homme sans couilles ? Un homme qui porte un costume de clochard parce qu'il n'a jamais été foutu d'enfiler celui de soldat ?

J'ai gardé avec moi le cendrier du Stork, je le remplis régulièrement de cendres et de chewing-gums mâchés. Le plus beau cadeau que tu m'aies fait était volé dans une boîte de nuit ; cela aurait dû me mettre la puce à l'oreille. Tu ne m'as jamais rien donné qui soit vraiment à toi. Tu n'avais rien à offrir, tu étais vide.

L'amour ne détruit personne, ce n'est pas vrai de croire une chose pareille. Notre non-histoire est déjà effacée, j'ai bien compris et digéré ce désastre. Tu ne m'as jamais massacré, tu m'as seulement vieilli. Mais ne compte pas sur moi pour t'oublier. Tu m'as tout appris : grâce à ta cruauté, je suis fixé sur les femmes, j'ai grandi à vitesse accélérée, comme ces fleurs photographiées une fois par jour, que l'on voit se faner en vingt secondes une fois les photographies collées bout à bout. Autrefois tu me faisais peur, et maintenant si tu savais ce que je pense de toi, c'est toi qui serais effrayée. Je te remercie de m'avoir fait gagner tant de temps : j'ai vieilli d'environ dix ans par semaine passée avec toi. Grâce à toi, j'ai 230 ans ce soir, et les garçons qui se bagarrent à cause d'une tricherie au poker dans mon dortoir ne se doutent pas qu'ils dorment à côté de leur trisaïeul... J'écris ceci bossu sur mon oreiller, recroquevillé comme un vieillard sur mon matelas infesté de pucerons : merci, merci Oona pour ta froideur qui m'a tant endurci. La guerre achèvera peut-être l'éducation que tu as entamée. Je te souhaite une longue et heureuse vie avec ton étoile planquée.

Signé : Celui qu'il y a un temps tu appelais ooh Jerry Jerry, quand il était désinvolte et lumineux. Affreux de ne plus être émerveillé. Tu m'as blasé. Bientôt je ressemblerai physiquement à Franklin Delano Roosevelt.

Attention à ne pas voyager en paquebot, j'ai

entendu dire que les sous-marins allemands les tor-
pillent jusque dans la baie de Manhattan.

(la lettre n'est pas signée)

Summit Drive, Beverly Hills, juin 1943
Cher Jerry,
Ta dernière missive me dégoûte. Tu es si injuste
que je ne devrais pas y répondre. Que croyais-tu
de moi ? J'avais quinze ans quand je t'ai rencontré.
J'étais (et je suis encore, et toi aussi) bien trop jeune
et bête pour connaître quoi que ce soit de l'amour.
Nous avons flirté un court instant, et c'était charmant,
puis la vie nous a séparés comme elle sépare tous
les jours des millions d'amoureux aussi sincères que
nous. Tu veux que je me sente minable, répugnante
et que je rôtisse en enfer parce que, comme tous les
jolis cœurs de New York, nous devions êtres séparés
un jour ou l'autre ? L'unique raison pour laquelle je
choisis de te répondre est ta situation actuelle. Je te
supplie à genoux d'être prudent, de ne pas chercher
à être héroïque, et de nous revenir entier. Même si
tu as envie de me désobéir, et même si nous ne nous
revoyons jamais, il est préférable pour toi que tu ne
sois pas estropié si tu veux écrire ton grand roman.
Concentre-toi là-dessus plutôt que sur ta pauvre petite
grue mariée à un célèbre vieillard. Je préfère ignorer

ce que tu dis de Charlie, et mettre cette calomnie injuste sur le compte de ta déception. Tu as mon amitié, mon admiration, une large part de mes pensées et mon respect définitif, pour toujours. Ecris et survis, c'est tout ce que je te demande. Je serai si fière de toi quand je lirai tes livres après cette horrible guerre. Note tout ce que tu vois sur les carnets que je t'ai offerts. Sache que Beverly Hills n'ignore pas ce que tu endures, et que même ici, sous les palmiers protégés des collines de Hollywood, tout le monde (et surtout moi) prie pour toi, même ceux qui ne croient pas en Dieu. Ceci est ma dernière lettre mais je souhaite du fond du cœur qu'elle ne te fasse que du bien, car je n'ai jamais voulu autre chose. Je refuse de me fâcher avec toi, je n'y parviendrais pas, mes vacheries sonneraient faux. Je suis au regret de t'informer que je suis incapable de penser la moindre chose négative sur toi. Arrête d'insister ! Tu n'arriveras pas à amoindrir ma fierté de t'avoir connu et tu feras toujours vaguement, absurdement, tendrement, partie de mes souvenirs. Tu es ma seule chance d'entrer dans l'histoire autrement que comme épouse de star de cinéma ! Ne montre cette lettre à personne, je t'en prie. La presse à scandales s'en régalerait. Je sais que tu ne le feras pas car tu es, même dans ton dortoir violent et insomniaque, resté l'élégant jeune homme que j'ai connu à Greenwich Village, qui se moquait de nos ragots avec Truman, Gloria et Carol, et voulait toujours m'emmener voir des films où tout le monde se suicide à la fin. Tu te souviens ? Je n'aimais pas ces épilogues faciles. Ils insultent notre imagination. Il y a toujours une meilleure solution à trouver que la mort.

Ta sale petite chipie qui t'embrasse malgré tout, dès que son mari a le dos tourné (vers les flashes !), Oona O'Neill Chaplin.

VII

Trop jeune pour toi

« *Le salut hitlérien avec la main renversée sur l'épaule, la paume vers le ciel, me donna envie de poser dessus un plateau de vaisselle sale.* »

Charlie CHAPLIN

Voici ce que J.D. Salinger écrit dans une lettre rendue publique à l'occasion d'un procès intenté contre son premier biographe, Ian Hamilton : « *Je les imagine à la maison le soir. Chaplin est accroupi, gris et nu, sur son chiffonnier, balançant sa thyroïde autour de sa canne de bambou, comme un rat mort. Oona dans une robe bleu-vert, applaudit follement de la salle de bains. Agnes dans un maillot de bain Jantzen, passe entre eux avec des cocktails. Je suis facétieux, mais je suis désolé. Désolé pour Oona au profil si jeune et charmant.* » (Salinger v. Random House, U.S. Court of Appeals 2nd Circuit, No. 86-7957, January 29, 1987.)

Il reproche à Chaplin ce qu'il fera toute sa vie. C'est la dernière fois que Jerry sera amoureux d'une femme de son âge.

Dans son livre de mémoires, *Histoire de ma vie*, Charlie Chaplin évoque son goût des femmes jeunes : « La femme très jeune est une combinaison de la petite mère et du premier amour. En vieillissant, la jeune fille devient une maîtresse ou une dame. La jeune fille combine ce qu'il y a de plus beau et ce qu'il y a de meilleur. »

Je ne comprends pas pourquoi les hommes mûrs attirés par la chair fraîche choquent certaines personnes alors que c'est le couple idéal prôné par Platon dans *Le Banquet*. On croit que les vieux libidineux sont attirés par des seins fermes ou des cuisses fuselées alors que c'est la bonté qui les excite le plus (qui n'est pas incompatible avec les seins fermes et les cuisses fuselées). La gentillesse est la drogue des pervers pépères. Avec l'idée de façonner. L'homme a besoin de se sentir important depuis que la femme s'est libérée de lui.

Je me suis amusé à dresser une liste de couples célèbres avec un grand écart d'âge :

– Hugh Hefner et Crystal Harris (60 ans d'écart)

– Johann Wolfgang von Goethe et Ulrike von Levetzow (55 ans d'écart)

– J.D. Salinger et Colleen O'Neill, infirmière homonyme d'Oona qu'il épousa en 1988 (50 ans d'écart)

– Georges Clemenceau et Marguerite Baldensperger (42 ans d'écart)

– Liberace et son chauffeur Scott Thorson (40 ans d'écart)

– Pablo Picasso et Françoise Gilot (40 ans d'écart)

– Jorge Luis Borges et Maria Kodama (38 ans d'écart)

– Luchino Visconti et Helmut Berger (38 ans d'écart)

– Mahomet et sa troisième épouse Aïcha (entre 30 et 40 ans d'écart, selon les historiens – la première fois qu'il la rencontre, elle joue à la poupée)

– le peintre Rubens et Hélène Fourment (37 ans d'écart ; quand il l'épousa en 1630, elle avait seize ans et lui cinquante-trois)

– Charlie Chaplin et Oona O'Neill (36 ans d'écart)
– Woody Allen et Soon-Yi Previn (34 ans d'écart)
– John Casablancas et Aline Wermelinger (34 ans d'écart)
– Bill Murray et Scarlett Johansson dans *Lost in translation* (34 ans d'écart)
– Les parents de Charles Baudelaire (34 ans d'écart)
– Roman Polanski et Emmanuelle Seigner (33 ans d'écart)
– Johnny Hallyday et Læticia Boudou (32 ans d'écart)
– Witold Gombrowicz et Rita (31 ans d'écart)
– Colette et Bertrand de Jouvenel (30 ans d'écart)
– Frank Sinatra et Mia Farrow (30 ans d'écart)
– Nicholas Ray et Natalie Wood (27 ans d'écart)
– Paul Nizon et Odile (26 ans d'écart)
– Humphrey Bogart et Lauren Bacall (25 ans d'écart)
– Charles Bukowski et Linda Lee (25 ans d'écart)
– Humbert Humbert et Dolorès Haze, dite « Lolita » (25 ans d'écart)
– Romain Gary et Jean Seberg (24 ans d'écart)
– Adolf Hitler et Eva Braun (23 ans d'écart)
– Bret Easton Ellis et Todd Schultz (23 ans d'écart)
– Alfred Stieglitz et Georgia O'Keeffe (23 ans d'écart)
– Johnny Depp et Amber Heard (23 ans d'écart)
– Pierre Abélard et Héloïse (22 ans d'écart)
– Peter Bogdanovich et Dorothy Stratten (21 ans d'écart)
– Guy Schoeller et Françoise Sagan (20 ans d'écart)
– Serge Gainsbourg et Jane Birkin (18 ans d'écart)

Quand j'ai demandé à Paul Nizon pourquoi nous étions attirés par des personnes plus jeunes, il a réfléchi avant de me répondre.

— Il y a deux raisons, m'a-t-il dit : la peau et le renouveau.

La presse américaine se déchaîna contre Charlie Chaplin, traité de Barbe bleue. Son premier film après la guerre, *Monsieur Verdoux* (1947), a d'ailleurs failli s'intituler *Barbe bleue*. Ce fut un flop terrible, public et critique.

Aujourd'hui, tous les acteurs de plus de 50 ans ont des épouses « underaged ».

Les arguments le plus entendus contre un écart d'âge supérieur à vingt ans :

— il/elle préfère un petit cul plutôt qu'un gros Q.I. ;

— le/la jeune est une pute qui le/la quittera pour un(e) autre plus riche ;

— il/elle ne veut pas qu'on le contredise, il/elle veut jouer les pygmalions, façonner une créature à son image.

Réfutons ces trois arguments ensemble si vous le voulez bien :

— on peut avoir un petit cul et un gros Q.I., de même qu'on peut être vieux et con ;

— pas si la jeune personne est déjà riche et physiquement attrayante (elle est alors infiniment plus puissante que son soi-disant bienfaiteur) ;

— le troisième argument est irréfutable, c'est tout l'enjeu de cette épineuse question.

Oona O'Neill Chaplin s'est exprimée de manière élusive sur le sujet dans un entretien au *Daily Herald* : « Ma sécurité et mon équilibre avec Charlie ne proviennent pas de sa fortune, mais précisément de la différence d'âge entre nous. Seules les jeunes femmes ayant épousé des hommes mûrs savent ce que j'entends par là. (…) Charlie made me mature and I keep him young. »

Il faudra que je pense à leur demander, aux « jeunes femmes ayant épousé des hommes mûrs » : hormis le confort matériel, ce qui les rassure est-ce vraiment le calme, la sérénité des vieux ? Ou bien le fait qu'ils aient déjà accompli leur tâche professionnelle sur cette terre, déjà couché avec toutes les femmes, déjà étanché leur soif ? L'homme mûr serait un sage bouddhiste, fidèle, rassasié et rassurant ?

Bullshit. C'est plus simple que ça : l'homme mûr choisit une femme jeune parce qu'elle lui garantit, jusqu'au trépas, d'avoir le souffle coupé à chaque fois qu'il la verra sortir de la salle de bains. Et la jeune fille est heureuse d'être autant admirée, surtout quand elle a eu des problèmes paternels. Au XXIe siècle, l'innombrable cohorte des filles sans père fournit un vivier où puisent à satiété tous les vieux dégoûtants. Il ne faut pas chercher bien loin l'explication de leur mystérieuse attirance pour les hommes mûrs : chez certaines jeunes femmes, l'amour consiste tout simplement à trouver l'homme capable de remplacer papa. Les jeunes garçons n'admirent pas assez les jeunes filles. Les hommes de vingt ans ont trop de choses à réaliser pour s'occuper d'une femme. Oona est tombée amoureuse de Chaplin parce que son ambition était derrière lui ; Chaplin est tombé amoureux d'Oona parce que sa vie était devant elle. D'ailleurs, à partir de leur rencontre, il ne réalisera que des mauvais films tant il nagera dans le bonheur. Il n'a jamais réussi véritablement le passage au parlant : dans *Un roi à New York* comme dans *Limelight* (*Les feux de la rampe*) et *Monsieur Verdoux*, il surjoue, il monologue, il fait de grands discours larmoyants, en exagérant volontairement son accent anglais pour agacer les oreilles américaines. Quand Chaplin a débuté en 1910, le cinéma était une distraction comique, un peu l'équivalent d'un tour de magie ou d'un numéro de cirque. Trente ans plus tard, il maîtrisait l'art le plus puissant de tous les temps. Il était passé de clown à star : cela lui était bien sûr monté à la tête pendant les années 1920-30, mais à présent il était redescendu sur terre. Vieillir calme tout le monde, en particulier les prétentieux, car l'approche de la mort les rend modestes : ils ont trouvé plus fort qu'eux.

L'écart d'âge ne se voit pas du tout (hahahahaha).

Dans *Graziella*, Lamartine résume tout d'une formule : « Ah ! l'homme trop jeune est incapable d'aimer ! Il ne sait le prix de rien ! Il ne connaît le vrai bonheur qu'après l'avoir perdu ! Il y a plus de sève folle et d'ombre flottante dans les jeunes plants de la forêt ; il y a plus de feu dans le vieux cœur du chêne. L'amour vrai est le fruit mûr de la vie. A dix-huit ans, on ne le connaît pas, on l'imagine. Dans la nature végétale, quand le fruit vient, les feuilles tombent ; il en est peut-être ainsi dans la nature humaine. »

VIII

L'année la plus longue
(juin 1944-avril 1945)

« *Tu seras comme un homme couché au milieu de la mer.* »

Livre des Proverbes, XXIII, 34

Utah Beach, Normandie, 6 juin 1944, 6 h 44 du matin.

Personne n'a dormi dans son régiment la nuit du 5 au 6 juin. C'est sur cette plage que Jerry a débarqué il y a soixante-dix ans, de l'un des quatre mille bateaux survolés par onze mille avions ; heureusement, la plage ne donnait pas sur une falaise abrupte comme à Omaha Beach. Il paraît que l'opération Overlord sentait le vomi : tout le monde avait le mal de mer dans la barge, et ceux qui ne l'avaient pas gerbaient de peur. Jerry reçoit sur son treillis un morceau de bacon et du café à peine digérés par son voisin. Dans chaque embarcation, un prêtre disait la messe. La Manche, ça monte et ça descend comme une montagne russe. Croyez-en un adepte du stand-up paddle à Guéthary : sur une houle de un mètre cinquante, on peut avoir l'estomac retourné même sans faire la guerre. Heureusement que Jerry n'était pas en première ligne. Traversant la « screen smoke » (rideau de fumigènes créé par l'armée américaine pour cacher ses navires), il a pu enjamber les corps des premiers martyrs, cadavres déjà boursouflés entre deux vagues.

Le secret du débarquement, c'est de ne pas débarquer le premier. Le rôle des premiers à débarquer, c'est de mourir pour les suivants. La veille du 6 juin, un officier américain avait déclaré aux soldats : « Ne vous inquiétez pas pour les morts de la première vague, passez sur leur corps. » Certains pilotes américains avaient gravé la devise des gladiateurs romains sur leur avion : « Morituri te salutant » (« ceux qui vont mourir te saluent »). D'autres soldats portaient des peintures de guerre indiennes sur les joues, ou s'étaient rasé le crâne. Donc le chef qui désigne les premières lignes sait qu'il les envoie à la mort. Ça se passe un peu mieux quand les premières batteries allemandes ont été rôties au lance-flammes par des jeunes fous de guerre dopés à la benzédrine ou à la méthédrine (amphétamines prescrites soi-disant pour soigner les asthmatiques, en réalité pour speeder les G.I.'s). On avance plus vite quand on marche sur des cadavres et puis au moins, un soldat inanimé ne peut pas être une mine antipersonnel. Certains G.I.'s sautaient sur les morts comme des cabris bondissant de rocher en rocher. Certains cadavres étaient nus, déshabillés par le souffle d'une explosion. Parfois les corps gémissaient sous leurs rangers : tant mieux, ça leur rendait service, ils préviendraient les brancardiers. Partout il y avait des tonnes de matériel gâché, des Jeeps et des tanks sous l'eau, des bateaux renversés, des camions coulés, et tout le chargement déversé : boîtes de cirage neuves, piles d'obus et de fusils inutilisables, rasoirs, brosses à dents, chaussures, bibles, pantalons, radios, cigarettes, paquets de pansements... et beaucoup d'oranges flottaient dans les vagues. Un ami de ma mère vivait près de Sainte-Marie-du-Mont : comme beaucoup de curieux, il alla le lendemain voir la plage où Salinger a débarqué. Il a raconté à ma mère que l'eau était encore rouge. Jerry Salinger a traversé la mer Rouge tel Moïse.

Je marche sur cette plage à marée basse, sept décennies après le bain de sang. Tout à l'heure j'irai au cimetière me recueillir devant les croix blanches. Les Américains sont aussi descendus sur cette plage à marée basse, ce qui a surpris les Allemands. Cela leur donnait deux cents mètres à parcourir : cent dans l'eau et cent sur le sable. Le 200 m le plus long ! Deux minutes entières d'exposition aux tirs. Dans cette guerre, les hommes étaient des bûches, des « casualties ». Mais il y eut relativement peu de tués le 6 juin sur Utah Beach (196 morts), grâce aux bombardements efficaces sur les blockhaus, aux sabotages des parachutistes dans la nuit et surtout aux chars Sherman amphibies, entourés d'une jupe de caoutchouc flottante comme une grosse bouée noire (à Omaha ils ont coulé à cause de la houle). Les Sherman sont des éléphants dont la trompe crachait du métal en fusion, ils ont surfé jusqu'au sable et éventré les souricières de béton remplies de mitrailleurs blondinets sous Pervitin ou Isophan arrosé de schnaps : le dopage qui a permis la Blitzkrieg. Cette guerre était aussi une guerre d'amphétamines et de speed (les marins russes, eux, utilisaient le « baltic cocktail » : un shot de vodka contenant un gramme de cocaïne pure qui les transformait en « army robots », ivres de violence, jamais fatigués et insensibles aux balles). Le speed coupe la faim et le sommeil mais à hautes doses, les capsules rendent fou, paranoïaque, dépressif, voire suicidaire. Hitler, qui prenait la coke du docteur Theodor Morell par les yeux (en collyre) mais aussi en injection, en savait quelque chose. Ceux qui dormaient perdaient : il fallait tenir éveillé plus longtemps que l'ennemi, lui faire mal au moment où il s'assoupissait. Jerry va vite comprendre que dans cette guerre, les survivants seront les insomniaques.

Salinger a passé deux ans et demi à attendre ce moment et maintenant il a envie qu'on reporte le rendez-vous. « Est-ce que quelqu'un peut repousser le Jour J, s'il vous plaît ? » De janvier 1942 à juin 1944, il a pourtant eu le temps de s'y préparer. Il a tout répété des milliers de fois : la position allongée, comment couvrir son binôme, le camouflage, le lancer de grenade, l'approche des blockhaus, apprendre à déceler d'où vient le tir ennemi, le sauvetage des blessés, toujours rester espacé et regarder par terre pour éviter les trous de mortiers et les mines antipersonnel, etc. Résultat : sous le feu des mitrailleuses, c'est chacun pour sa gueule ! Un jeune a le ventre ouvert en deux, un autre cherche sa main droite, un idiot rit parce qu'il s'en est sorti et explose à la seconde d'après, un gars reçoit un pouce coupé dans l'œil, ceux qui ne prient pas à haute voix sont bourrés, une des barges saute sur une mine et des hommes sont projetés dans les airs par dizaines (39 morts sur 60 passagers à bord), l'eau est rouge, les vagues sont rouges, les poissons meurent par centaines, il y a des poissons partout sur la plage entre les cadavres et les rigoles de sang frais, et le bruit est incessant, le sifflement des roquettes, les salves des armes automatiques, le sable dans les yeux, les explosions d'obus de 350 mm qui bouchent les tympans (il faut avoir le casque détaché sinon la vibration du sol peut étrangler, voire briser la nuque), quelqu'un pourrait-il faire cesser ce raffut S'IL VOUS PLAÎT ? Jusqu'à leur mort, trente ans ou cinquante ans plus tard, certains vétérans se réveillaient encore la nuit avec les oreilles rendues sourdes par des bombardements imaginaires, hurlant, suppliant qu'on arrête ce boucan, avec leur femme qui chialait dans le lit, ses bigoudis sur la tête.

Au même moment, à 9 000 kilomètres de là, Charlie Chaplin et Oona O'Neill déjeunaient ensemble dans leur maison du 1085 Summit Drive.

La « mansion » était immense, au sommet d'une colline, flanquée d'une grande piscine et d'un court de tennis. Oona était assise dans un fauteuil, les jambes croisées. La brise tiède de fin d'après-midi remuait les feuilles des palmiers ; au bout du gazon anglais s'étendait le Pacifique.

— Je sais que ce luxe peut paraître obscène, dit Chaplin en montrant les collines boisées, mais si tu savais dans quelle misère je suis né, tu pardonnerais sans doute mon goût du confort.

— Oh je sais où tu es né, j'ai vu *The Kid* : la mansarde sous les toits, gelée en hiver, où l'enfant se réchauffe au poêle à bois, où il dort tout habillé... tu ne l'as pas inventée, n'est-ce pas ?

— Oona, écoute-moi. J'ignore combien d'années il me reste à vivre, mais je suis si heureux de les passer avec toi.

A leurs pieds, il y avait Los Angeles (au sens propre comme au figuré). Oona était le médicament qui gué-

rissait Chaplin de sa folie du « womanizing ». Elle
rendait invisibles toutes les autres femmes. Son âge
lui garantissait qu'il ne la verrait jamais vieille. Il était
toujours surpris en la regardant. Il la voyait pourtant
tous les jours, depuis des mois, mais il la voyait à
chaque fois avec la même stupéfaction, comme un
type n'ayant rien bu qui voit une soucoupe volante
passer dans le ciel. Le bonheur pour un homme,
c'est quand une femme le débarrasse de toutes les
autres : soudain il se sent tellement soulagé qu'il a
l'impression d'être en vacances. Il suffisait à Charlie
de regarder Oona pour se sentir léger. La beauté sert
peut-être uniquement à éloigner le malheur. Certaines
constructions éphémères peuvent durer longtemps
(par exemple, la tour Eiffel, édifiée l'année de naissance de Hitler et Chaplin).

Avant Oona, il s'était laissé gouverner par son
désir ; avec elle, le désir n'est qu'une infime partie
de la plénitude qu'il ressent. Chaplin s'est longtemps
cru naufragé, abandonné par son père alcoolique et
sa mère folle, exilé de son pays natal, étouffé par
l'admiration factice des groupies, accro au succès et à
la gloriole. Tous les hommes, et plus particulièrement
ceux qui font profession de partager leurs émotions,
sont des noyés en attente du bouche-à-bouche. Voici
comment Chaplin s'y était pris pour épouser Oona
en 1943 :

— J'ai largement dépassé la moitié de ma vie,
avait-il déclaré. Un jour, Georges Clemenceau a dit…

— Qui ça ?

— Un homme politique français. A l'âge de 82 ans,

il a dit à sa jeune amie : « Je vais vous apprendre à vivre et vous allez m'apprendre à mourir. »

— Pas question. Je vis très bien et je te défends de mourir.

— Puis-je te poser trois questions très importantes ?

— Oui.

— M'aimes-tu pour mon argent ?

— Non, parce que je peux demain matin épouser un crétin cent fois plus riche.

— M'aimes-tu pour ma notoriété ?

— Non, car j'étais aussi célèbre que toi le jour de ma naissance. Mais il est possible que je t'aime pour tes films.

— Ah ça, aucun problème ! Heureusement que tout ce travail sert à quelque chose.

Tout d'un coup les ombres de tous les objets devinrent très nettes autour de la piscine. Un avion raya le ciel.

— C'était quoi ta troisième question ?

— Veux-tu m'épouser ?

— Mais tu t'es déjà marié trois fois !

— Justement. Je refuse de rester sur un échec.

— Alors à mon tour de te poser une question. Pourquoi veux-tu m'épouser ?

— Pour que tu ne te maries pas avec Orson Welles !

— Non mais réponds sérieusement.

— Tu t'es regardée et tu m'as regardé ? Moi le vieillard décrépit aux cheveux blancs, j'ai remporté le gros lot ! Tu es ma récompense. Je t'ai méritée… après toutes mes années d'errance. A partir de maintenant, je ne pourrai plus jamais me faire passer pour un vagabond. Il faudra que je change de déguisement.

Il est exact qu'après son mariage avec Oona O'Neill, dans ses films Charlie Chaplin ne s'est plus jamais habillé en SDF, mais toujours en costume trois-pièces. Même quand Monsieur Verdoux monte à l'échafaud, il y va avec le maximum d'élégance textile.

Cherbourg, 19 juin 1944

Chère Oona,
Je t'écris des lettres dans ma tête, que je n'ai pas le temps d'écrire sur papier, et que tu ne liras donc pas. Ceci n'en représente qu'une infime partie, que j'ai à peine eu le temps de coucher sur ce chiffon. Autour de moi, ils sont tous plus jeunes ! 19, 20, 21 ans : avec mes 25, je suis le vieillard de la troupe.

Ce matin il y a eu une messe. L'aumônier a distribué le corps du Christ au milieu des obus et des blessés. Il a fait communier les morts. Je suis resté à jouer aux dés avec Mathias, qui vient du Dakota du Sud, et à rouler des cigarettes avec Owens, du New Jersey. Il m'a fait penser à toi. Que devient la plage de Point Pleasant ? Je me suis fait cette réflexion : au fond, la Normandie, c'est le New Jersey d'en face. Finalement, c'est comme si j'avais débarqué sur la plage de ton enfance, en remplaçant le boardwalk par des blockhaus.

Sous la pluie, un Noir de ma section chante des blues qui dépriment tout le monde. Je me demande tout le temps : « Qu'est-ce que je fous là ? » mais il faut lutter contre cette question, la repousser sans arrêt, l'empêcher d'agir contre les jambes. C'est la question qui suicide tout. Même à New York on pouvait se la poser, au Stork ou ailleurs : « What the fuck am I doin' here ? » Si l'on y pense, on ne fait rien. Je préfère penser à toi, Oona. Ton visage est ma religion. Je ne suis pas bouddhiste, je suis ooniste. Je sais que c'est peine perdue, que tu vas accoucher de ton premier enfant, mais je m'accroche à cette souffrance romantique qui me fait oublier la douleur physique et la peur panique. On ne décide pas de ressentir : on ressent ce qu'on peut, le cœur se sert de ce qu'il a en magasin, et le mien est encore gorgé de toi. Tu m'aides. Pas toi, l'idée de toi. Ton principe de bébé pur qui se plaint de tout et envoie des baisers salés sur les planches, de l'autre côté de l'Atlantique, sur fond d'orgue de Barbarie pourri. Tu n'étais pas une femme, tu étais un concept : l'amour impossible, perdu, l'amour gâché, une briseuse de cœur qui n'arrive pas à cesser d'attendrir. Tu m'as fait tellement de mal que je ne t'en veux pas, c'est insensé comme tu es forte, tout de même. Ton visage est devenu le masque de Dieu. Tu es sa doublure, une remplaçante pour une perfection supérieure, le reflet charnel d'une autre vérité. Ton front bombé, ton regard mouillé, ta voix sucrée, ton cœur pur trompent ma soif de sainteté sous le ciel de métal en fusion.

J'ai cessé de te détester dès que j'ai posé le pied sur cette plage française. Il faut faire attention où l'on marche, les mines-S font clic et ensuite boum : plus de jambes. Tout à l'heure, un pauvre gars a entendu le déclic sous sa chaussure et après il ne pouvait plus bouger, il sanglotait, tétanisé, tremblotant debout sur une assiette de ferraille, comme une grenade dégoupillée mais plate, attendant de lui arracher les couilles. A partir de cet instant, il vivait toujours mais on pouvait déjà parler de lui au passé. Ensuite, je me suis retourné, et après l'explosion, il ne restait plus rien que ses deux rangers remplies de boyaux comme deux vases en cuir. Je ne sais pas comment le gars s'appelait. L'autre truc pénible, c'est quand une grenade tombe à tes pieds. Il faut vite la ramasser et la renvoyer. Parfois le bras part avec.

C'est difficile d'expliquer ce qu'on ressent au milieu de ce foutoir. On n'ose pas trop regarder autour de soi. On craint de s'attacher à tel ou tel mec et ensuite de ne plus le trouver. Curieuse impression de baisser la tête, de rester courbé; non pour échapper aux tirs, mais pour ne pas voir ce qui se passe. Un troupeau d'autruches qui zigzaguent, voilà ce qu'est le débarquement. Des milliers d'hommes en chaussettes mouillées qui slaloment désespérément afin de ne pas être choisis pour cible. Je ne me suis jamais dit : pourvu qu'ils prennent le voisin. Jamais. Je me disais plutôt : oubliez-moi, je ne vaux pas la peine d'être visé, ne me regardez pas, je ne suis pas intéressant et je ne veux tuer personne. Ne tirez pas sur moi et je ne tirerai pas sur vous. En allemand « Leave me alone » se dit « Lass mich allein ».

Je finissais par réciter des prières en courant de cratère en cratère par-dessus les geysers de carotides qui peignaient mon treillis en rouge vif. L'idée qu'on meurt par hasard et survit par coup de bol est trop humiliante ; la prière fournit une structure au chaos. Souvent la bataille tourne à la bagarre rangée à coups de casque dans la tronche. Il suffit d'un pistolet enrayé par un grain de sable – et crois-moi, les grains de sable, ce n'est pas ce qui manque sur une plage – et on revient aux bonnes vieilles méthodes de baston à l'ancienne, comme dans les pubs de Berlin ou New York : coups de poing, de crosse, coups de pied dans la tête d'un homme à terre, écrasement des couilles avec des cailloux, coups de baïonnette ou de poignard dans le ventre... Parfois certains psychopathes pimentent les choses (coupent la langue, le nez ou les oreilles, arrachent les yeux avec une cuiller, etc.). Pourquoi dépenser tous ces milliards en logistique et transport de munitions si c'est pour que ça se finisse comme une dispute de poivrots sur Times Square, à base de nez cassés qui saignent, d'yeux crevés, de dents pétées à coups de planche ou de canons de fusil sur la glotte ?

C'est une leçon de modestie pour nos grands généraux et leurs cartes d'état-major. Se doutent-ils qu'on a pris certains ponts, villages, routes, simplement à mains nues, en tenant les Boches la tête sous l'eau jusqu'à ce qu'ils cessent de gigoter ? La guerre moderne remonte vite au Moyen Age, ils auraient dû nous laisser des sabres comme aux Japonais. Cette guerre de bagarres a le mérite d'être à échelle humaine, tu connais la tête du mec que tu trucides, elle est à dix centimètres de la tienne, elle t'insulte dans la langue de Goethe : tu ne l'oublieras jamais, surtout quand il a dix-huit ans et qu'il appelle sa « Mutti ». C'est comme une danse, allongés l'un sur l'autre, avec des cris pour se donner du courage, un combat de gladiateurs dans un cirque antique nommé poche de Cherbourg. Sur ce style de corps à corps, les Français entraînés au rugby s'en tiraient mieux que les autres. Ils avaient l'habitude d'enfoncer leurs doigts dans les orbites oculaires de l'adversaire et de leur casser les tibias ou les coudes. L'ennemi qui a affaire aux rugbymen du Sud-Ouest finit handicapé, jambes et bras inutilisables, des troncs gémissants démantibulés qu'il faut évacuer sur des civières. Du nettoyage propre, sans mort et sans gâcher une seule munition. Sauf si l'on considère qu'une grosse pierre tirée d'un muret et écrasée de toute force pour fendre en deux le crâne d'un Allemand à terre est une munition de granit.

Et deux jours après, on traversait des villages éventrés, des villes rasées par nos avions et nos chars, et les Français nous remerciaient de ne plus avoir de toits, malgré les vaches mortes dans les prés, aux yeux couverts de mouches, et l'odeur des chevaux décomposés et des cadavres gonflés. Et on recommençait à manger de la terre. Ce n'est pas une image : dans le bocage normand, les obus de panzers soulevaient la terre, littéralement, et quand elle retombait, tu la respirais, tu la mâchais, et tu avalais un steak de terre. J'ai bouffé une bonne partie de la Normandie. La France a le goût de cendres et de poussière, avec un léger fond de bouse de vache, mais surtout de silex cassé (les obus brisent les pierres et ça sent le caillou fendu, on reçoit une pluie de caillasses sur le dos, on se fait lapider !). Sauf quand il pleut : alors la France sent la boue froide, la pluie rend la guerre molle, une pluie de fer sous l'eau, et le ciel en fusion déverse sur nos dos un océan de métal. Les bombes, c'est simple : quand tu entends le sifflement, il faut plonger et attendre l'explosion. Si tu n'es pas réduit en bouillie, surtout ne pas relever la tête après le boum : il y a les éclats qui volent pendant encore deux secondes. Je suis fatigué mais impossible de fermer l'œil sans perdre la vie. Si tu dors, t'es mort.

La probabilité que je m'en sorte diminue chaque jour. Tu devrais miser ma date de naissance au loto : pour l'instant, je suis verni.

Ton fan, Jerome

CE QU'ON NE DIT PAS AUX FRANÇAIS SUR LE DÉBARQUEMENT (ni au collège, ni au lycée, ni dans *Le Jour le plus long*, ni dans *Il faut sauver le soldat Ryan*) :

– Une large majorité des soldats étaient drogués ou ivres (comme en 14) ;

– Beaucoup urinaient de trouille et chiaient dans leur treillis, d'où une odeur pestilentielle ;

– Il y eut de nombreux cas de viols dans les villages libérés, l'armée américaine (comme l'armée allemande) ayant promis à ses soldats que la France était le bordel de l'Europe ; les soldats atteints de MST encombraient les infirmeries de campagne ; 29 soldats américains furent jugés sommairement et exécutés pour viol entre juin 1944 et juin 1945 (parmi lesquels 25 G.I.'s de peau noire, victimes de préjugés racistes tant français qu'américains – voir plus loin) ;

– Des épouses de soldats allemands tiraient sur les troupes américaines ;

– Par voie de conséquence, des civiles françaises, prises pour des snipers, furent arrêtées et parfois exécutées par les soldats américains ;

– De nombreuses jeunes Françaises se prostituaient pour un morceau de pain ou de savon, un paquet de cigarettes Lucky Strike, une plaque de chocolat Hershey's ou même contre des chewing-gums ;

– Des centaines de soldats allemands furent liquidés alors qu'ils sortaient de leurs bunkers les mains en l'air ; d'autres se voyaient offrir des cigarettes ou du chocolat en échange de leur reddition ;

– Certains soldats pillaient les cadavres, par exemple en arrachant les dents en or à la baillonnette ; parfois le Boche était toujours vivant quand il se faisait taillader les gencives ;

– De leur côté, les Allemands ne faisaient pas de prisonniers (par exemple, les parachutistes blessés à l'atterrissage étaient égorgés au couteau) ; certains fanatiques hissaient le drapeau blanc et faisaient mine de se rendre avant de tirer par surprise en criant « Heil Hitler » et d'être coupés en rondelles ; beaucoup se suicidaient dans leur bunker comme des Japonais ;

– Dans les semaines qui suivirent le Débarquement, les renforts allemands étaient composés d'adolescents de treize à dix-sept ans qui pleuraient ; ils étaient parfois battus à mort par des Français ;

– Les désertions étaient rares car punies de mort dans la Wehrmacht mais beaucoup plus nombreuses dans l'US Army, où seul un soldat déserteur fut exécuté (Eddie Slovik qui refusa de combattre dans la forêt de Hürtgen) ;

– L'armée américaine était composée d'une grande partie de soldats noirs (environ 50 000) ; surnommés les « segregated », ils furent interdits de défilé sur les Champs-Elysées afin de « blanchir » l'image de l'armée américaine ; dans cette guerre qui combattait le racisme, les hauts gradés américains se sont comportés comme des membres du Ku Klux Klan ; les « Negroes » étaient accusés de tous les méfaits et punis plus sévèrement que les Blancs par les cours martiales (96 exécutions pour meurtres ou viols) ; la 2ᵉ D.B. du général Leclerc fut aussi « blanchie » à la demande des Américains, qui ne voulaient pas voir Paris libéré par un seul homme noir (de Gaulle céda : aucun des soldats africains qui avaient participé aux combats ne fut autorisé à entrer dans la capitale le 25 août 1944) ;

– Il y avait 200 camps de concentration en France : pourquoi ne parle-t-on que de Drancy alors qu'il y avait Saint-Denis, Compiègne, Moulins, Romainville, Fresnes, Vichy... (des dizaines de milliers de prisonniers faméliques furent libérés sur le territoire français par les Alliés) ; 600 000 personnes furent détenues dans ces « camps d'internement » : juifs, résistants, tsiganes, réfugiés espagnols, « civils ennemis », communistes... A part Struthof (le seul camp nazi), tous les autres étaient « gérés » par les Français. Des dizaines de milliers de Français furent gardiens de camp, dans des casernes, des châteaux, des sanatoriums ou des baraquements construits par les prisonniers. Les conditions de détention étaient très difficiles : froid en hiver, chaleur en été, latrines collectives à l'extérieur, rats, poux, cafards, puces, épidémies de toutes sortes, mauvais traitements, et personne ne mangeait à sa faim. Les détenus se battaient pour des épluchures de pomme de terre ou des trognons de chou ; parfois la nourriture des enfants était un seau rempli d'os de poulet.

– Prévenu par Jan Karski fin 1942 de l'extermination des Juifs (ainsi que par les photos parues dans *Life* du ghetto de Varsovie), le président Roosevelt a sérieusement envisagé un débarquement au printemps 1943 ; l'ayant différé d'un an et trois mois, il n'empêcha pas la machine de mort nazie de continuer à tourner à plein régime jusqu'en avril 1945 : d'après Raul Hilberg, environ 1,3 million de Juifs furent assassinés durant cette période (printemps 43-printemps 45) ;

– A partir de l'automne 1943, ciblant les usines d'armement, les ponts, les voies ferrées et les ports, les bombardiers B-17 et B-24 américains imprécis ravagèrent la Normandie. La liste des villes et villages rasés est trop longue à faire ici. Le nombre de civils français tués oscille entre 20 000 et 50 000 selon les historiens, soit un total deux à trois fois supérieur au nombre de victimes du Blitz londonien (qui dura huit mois). 65 % des destructions de la Seconde Guerre mondiale en France ont eu lieu durant la libération du pays (juin 1944-août 1944) contre seulement 20 % durant la bataille de France (mai-juin 1940). 3 000 civils français furent tués pendant les deux premiers jours du Débarquement, soit autant que de morts américains. Un exemple parmi d'autres : Caen fut bombardée du 6 juin au 19 juillet 1944 ; 75 % de la ville fut détruite ; il y eut entre 3 000 et 15 000 morts. Et Max Hastings dans *Overlord* affirme que le bombardement de Caen fut « une des attaques aériennes les plus futiles de la guerre. » Ce sujet est devenu tabou en France car ces dommages collatéraux étaient un des principaux arguments de la propagande nazie et vichyste contre « l'invasion américaine ».

Quand un soldat libérateur pénètre dans une maison avec une arme à la main, même s'il vient en paix et s'il est accueilli avec le sourire, fêté, embrassé, il garde un pouvoir absolu dont il risque d'abuser absolument. Quand l'armée américaine entre dans une ville française occupée depuis quatre ans par les Allemands, personne ne peut l'arrêter, il n'y a plus de lois. Même si les soldats apportent la liberté et la démocratie, ils « envahissent » (terme employé par les généraux américains) aussi un pays qu'ils considèrent – à juste titre – comme gangrené par l'idéologie nazie, un pays qui a perdu la guerre, un lieu de misère, de marché noir, de prostitution et de collaboration... Les vols, les bagarres, les accidents, les viols, et même les meurtres resteront en grande majorité impunis. Soixante-dix années après, la gratitude infinie, inaltérable et éternelle que doit mon pays au sacrifice des troupes alliées n'interdit plus de regarder en face les débordements du Débarquement : prenez deux millions d'hommes et jetez-les dans un pays humilié, sali, misérable et honteux. Il est impossible que l'opération ne produise aucun dérapage.

On ne comprendra jamais la guerre si l'on ne s'est pas entraîné à tirer au fusil. Toute personne à qui l'on glisse une arme entre les mains se transforme. Le jour de ma vie où je me suis senti le plus fort est celui où j'ai obtenu l'un des meilleurs ratios de tir sur cible fixe à 50 mètres avec mon FAMAS au 120e R.T. Je me souviens avec précision de la force du tir en apnée, position allongée, crosse calée contre l'épaule, lunettes collées contre le viseur. J'étais métamorphosé en sniper sanguinaire et froid. Imaginez maintenant non pas un type comme moi qui se prend pour un tueur, mais mille, dix mille, deux millions de supermen dont le doigt crache le feu. Vous commencez à mesurer les délices belliqueuses. L'uniforme transforme aussi les hommes. Sur le tournage du *Dictateur*, Chaplin déguisé en militaire devenait tyrannique, irascible, violent. Dès qu'il se changeait en Charlot, il redevenait délicat, aérien et attentionné. Allez expliquer à des surhommes qu'ils sont venus défendre les droits de l'homme et la morale protestante. Le seul mot qu'ils ont en tête sera : freedom. Freedom to eat, drink, fuck, rape, steal, have fun, dance, kill and kill again until you explode.

Les soldats américains se moquaient des Français.

— Ils sont forts, les Frenchies. Tu crois que les Français viendraient mourir pour l'Arkansas ? Tu les vois débarquer à Miami pour sauver la Floride ?

Jerry défendait la France.

— Les Français sont les Gandhi de l'Europe. En acceptant la défaite, ils ont sauvé leur population. Si personne ne fait la guerre, il n'y a pas de morts, man. Pense à ça. Si personne ne tire, le problème est réglé.

Oona est allongée dans un transat en maillot de bain une-pièce, ses pieds trempent dans l'eau de la piscine, elle a les ongles manucurés, ses cheveux noirs sont coiffés d'une capeline noire assortie. Jerry est déprimé par les cris des animaux blessés : les hennissements des chevaux fendus, les mugissements des vaches éventrées... il est soulagé quand il entend claquer la balle d'un camarade charitable qui les fait taire. Oona valse avec sa mère dans le salon gris : le roman d'Agnes *The Road Is Before Us* (qui devait d'abord s'intituler *Tourist Strip*) a eu de bonnes critiques dans le *New York Times* et le *New Yorker*. Jerry rampe dans les ronces écrasé par son sac à dos. Oona et Charlie entrent chez Musso & Frank, le maître d'hôtel les conduit à leur box, ils saluent d'un geste de la tête les stars assises aux tables voisines. Jerry dort en marchant, la main sur l'épaule du G.I. qui le précède. Sur son court de tennis, Charlie Chaplin indique à Oona comment lancer la balle bien haut pour mieux servir. Jerry regarde les parachutistes qui descendent du ciel comme des abat-jour verts (certains sont morts avant de toucher le sol). Oona écoute les nouvelles à la radio en finissant un cupcake. Trempé, épuisé, enrhumé, Jerry a des ampoules aux orteils. Un soir à New York, au cabaret La Vie parisienne, à la demande de Marlene Dietrich, l'orchestre chante *la Marseillaise* en l'honneur de la Résistance française ; Oona et Charlie se mettent au garde-à-vous.

IX

Hôtel Ritz, 26 août 1944

« *Ne te bourre jamais le crâne sur ton amour pour quelqu'un. C'est seulement que la plupart des gens n'ont pas la chance d'avoir ça. Tu n'avais jamais eu ça avant, et maintenant tu l'as. Ce qui t'arrive avec Maria, que cela ne dure qu'aujourd'hui et une partie de demain, ou que cela dure toute la vie, c'est la chose la plus importante qui puisse arriver à un être humain. Il y aura toujours des gens pour dire que ça n'existe pas, parce qu'ils n'ont pas pu l'avoir. Mais moi je te dis que c'est vrai et que tu as de la chance, même si tu meurs demain.* »

Ernest HEMINGWAY,
Pour qui sonne le glas, 1940

Jerry a maintenant vingt-cinq ans, il est sergent. Sur les 3 080 hommes du 12ᵉ régiment d'infanterie ayant débarqué avec lui en Normandie, les deux tiers sont déjà morts. Un chiffre assez « parlant » : sur 155 officiers, 118 sont morts entre le 6 et le 30 juin 1944. Son régiment est le premier à entrer dans Paris le 25 août, par la porte d'Italie. Il est submergé par la foule en liesse qui lui jette des fleurs. Avenue Raymond-Poincaré, une jeune fille offre à Jerry une bouteille de vin rouge qu'elle cache depuis quatre ans. Plus loin, une femme lui tend son bébé pour qu'il l'embrasse... puis elle pousse vers lui son arrière-grand-mère ! On le couvre de baisers et de larmes.

Salinger n'avait aucune idée de ce que la guerre allait faire de lui. Son travail, en tant qu'officier du contre-espionnage, consiste à étudier les photos aériennes, parcourir des transcriptions téléphoniques, traduire des messages radio en allemand, arrêter et interroger les prisonniers. En temps de guerre, les officiers du contre-espionnage ne sont pas des James Bond mais des têtes chercheuses qui doivent synthétiser toutes les données pour avertir le plus vite

possible les troupes de ce qui les attend le lendemain.
Où sont les mitrailleuses, les points faibles, quels sont
les plans de l'ennemi, etc. Jerry parle français et allemand, ce qui le rend indispensable. En progressant
dans Paris, son escouade débusque un collaborateur
des nazis, mais la foule s'en empare et le bat à mort
sous ses yeux. Le Français a le crâne brisé « comme
peut l'être un pot de fleurs » : il y a une scène simi-
laire dans *Pour qui sonne le glas*. Jerry est fasciné
par Hemingway. Au fond, s'il s'est engagé dans cette
galère, c'est pour devenir Hemingway.

Salinger a entendu dire que le plus célèbre corres-
pondant de guerre américain est descendu au Ritz. En
tant que jeune nouvelliste, il veut absolument rencontrer son maître. Comme le téléphone portable n'existe
pas, il y va au culot. Il emprunte une Jeep, fonce au
Ritz, place Vendôme, et demande Monsieur Ernest
Hemingway à l'entrée. Le réceptionniste débordé lui
répond que Mister Hemingway est au bar ! Le moustachu plastronne, entouré d'une cour de soldats, un
verre de bordeaux à la main. Il prétend avoir libéré
le palace[1].

A son grand étonnement, quand Jerry Salinger
se présente en bredouillant, « my name is Salinger,
Jerome Salinger », Hemingway le félicite comme un

---

1. La réalité est différente. Quand Ernest Hemingway est
arrivé dans le hall du Ritz, les Allemands avaient déjà abandonné
l'hôtel. Il fut accueilli par le directeur qui criait : « Nous avons
sauvé le Cheval Blanc ! » ce à quoi il rétorqua : « Eh bien, allez
le chercher ! », avant d'en commencer la descente méthodique.
(Note de l'auteur.)

vieux confrère et l'invite à s'asseoir à sa table dans le bar qui, un jour, portera son nom.

— Vous avez perdu la tête, jeune homme ! Alors que tout votre régiment est en train de baiser des Parisiennes, vous préférez boire avec un vieil écrivain ?!

En bras de chemise et pantalon d'uniforme sale, accompagné d'un maquisard surnommé Marceau et d'un jeune Américain, Hemingway, 45 ans, arbore une moustache, des cheveux poivre et sel coupés en brosse et un début de ventre. Il envoie un article par mois à la revue *Collier's*, qui a publié la nouvelle *The Hang of It* de Salinger dans son numéro de juillet 1941. Hemingway reconnaît Salinger d'après sa photo dans *Esquire* et se souvient de sa nouvelle : *Le cœur d'une histoire brisée*. « Avez-vous de nouveaux textes à me montrer ? » Salinger dégaine un exemplaire récent du *Saturday Evening Post* contenant une de ses nouvelles : *Dernier jour du dernier permissionnaire*. Hemingway la lit et applaudit. Les deux écrivains commandent des verres et vont converser durant deux heures.

— Savez-vous au moins ce que vous êtes venu chercher ici ?

— Non, mais je sais ce que j'ai perdu.

Au début, ils gardent leurs masques : le grand écrivain fier à bras, le jeune troufion flagorneur… Ce style de courbettes est un classique de la vie littéraire.

La nouvelle *Last Day of the Last Furlough* (*Dernier jour du dernier permissionnaire*) fut publiée en juillet 1944 dans le *Saturday Evening Post*. Ecrite en Angleterre avant le Débarquement, elle parle du sergent John F. Gladwaller Junior, qui doit repartir à la guerre, alors qu'il préfère lire *Anna Karénine* et *Gatsby le Magnifique*. Il reçoit la visite d'un soldat à grandes oreilles nommé Vincent Caulfield, âgé de 29 ans, dont le petit frère Holden a disparu. C'est l'hiver, près de New York, il neige, John fait de la luge avec sa petite sœur Matilda et il pense : « *Je n'ai jamais été aussi heureux. Vous pouvez tirer, messieurs les snipers japonais, je m'en fous.* » Vincent Caulfield demande en mariage Matilda, qui a dix ans. « *Je ne peux plus voir des civils. Ils ne savent pas ce que nous savons…* » A chaque texte publié, le style de Jerry s'assombrit davantage, trouve son originalité et sa folie.

Petit à petit, les verres font leur effet. Jerry, qui préférait secrètement Fitzgerald, est agréablement surpris par la différence entre le Hemingway public et le Hemingway privé. Hemingway a aussi ses fêlures. Jerry parle de cette rencontre avec Hemingway dans une lettre du 4 septembre 1944 à son mentor Whit Burnett, le directeur de *Story* : « *Je l'ai trouvé plus doux que sa prose ; il est moins dur à l'oral qu'à l'écrit* », allant même jusqu'à le trouver « *humble et généreux* ». Contrairement à Fitzgerald, Hemingway n'avait pas l'alcool agressif et s'intéressait sincèrement à ce jeune auteur en devenir.

— J'espérais que la guerre allait m'inspirer un livre, dit Jerry. Mais maintenant je ne veux plus en parler.

— Je disais la même chose à votre âge, dit Ernest. Mais ceux qui l'ont vécue parlent toujours de la guerre, même quand ils n'en parlent pas. Elle irrigue déjà toutes vos nouvelles dans les journaux.

— Ceux qui sont revenus de la Première Guerre

n'ont pas arrêté d'en parler à leurs enfants, pour expliquer que c'était horrible, mais qu'elle avait fait d'eux des hommes, des héros qui revenaient de l'enfer, et tout ce baratin. Résultat : les enfants ont voulu faire pareil. Donc moi je fais le serment de ne jamais en parler à personne. Tous ceux qui font cette nouvelle guerre devraient la fermer. La guerre sera... notre iceberg, n'est-ce pas ?

Hemingway sourit. Il trouve agréable d'avoir une conversation avec un confrère, cela le détend. Il avait parfois comparé son écriture à un iceberg qui dépasse de l'eau ; il est assez satisfait qu'un jeune blanc-bec s'en souvienne. Dans une vie d'écrivain, on n'imagine pas à quel point les remarques précises sur l'écriture sont rares, même dans les interviews, les critiques et les conversations avec des confrères. Qu'un jeune débutant vous fasse une remarque attentive sur votre méthode de travail : ce genre d'anomalie se produit quatre ou cinq fois dans une vie d'artiste, pas davantage.

— La guerre est la partie sous-marine, poursuit Jerry, ce qui figure sur la page n'est qu'un huitième de ce qu'on a vu, c'est bien ça ?

— Ecrire ce n'est pas tout raconter, répond Ernest, il faut choisir le détail qui tue.

— J'essaie, mais je ne coupe pas assez.

— On ne coupe jamais assez, dit Hemingway en regardant sa cigarette. Avez-vous lu la Bible ? L'ancienne version, la King James. Lisez les *Chroniques*, c'est un modèle de narration. J'ai tout copié là-dessus, c'est d'une concision absolue.

— Dans *Pour qui sonne le glas*, reprend Jerry après

avoir noté « King James Bible : chroniques » sur son
carnet, il y a cette image du crâne brisé comme un
pot de fleurs. J'ai vu quelques têtes fendues mais elles
m'ont paru ressembler plutôt à des melons éclatés, des
pastèques épluchées, des poulpes violacés, des choux-
fleurs avec des bulles... par exemple, une touffe de
cheveux retournée comme une motte de terre où l'on
aurait versé de la confiture de framboises et du blanc
d'œuf. Ça fait bizarre quand le type qui a toute cette
bouillie sur la tête vit encore et t'appelle à l'aide en
tremblant, les yeux écarquillés... Ah fuck it, désolé.

Jerry boit son verre cul sec pour faire passer l'envie
de vomir. Hemingway croque un bout de fromage.
Ses mains tremblent comme celles d'Eugene O'Neill,
qui pourtant n'avait pas fait la guerre (il fut réformé
en 1917 pour raisons de santé). Jerry sort de son
paquetage un cendrier blanc, qu'il tend à Hemingway. Celui-ci, le reconnaissant, s'esclaffe et écrase
son cigare sur la cigogne arrogante dessinée au fond.

— Ah oui le Stork, ce qu'il y a de mieux là-bas
c'est le crabe, j'y ai pensé souvent en Espagne, quand
on avait juste une soupe à l'eau et une orange pour
le dîner. On y sera de retour avant l'hiver, du moins
je l'espère pour nous... L'hiver en Allemagne, c'est
trop dur. Il faut absolument les balayer avant. De
quoi parlions-nous ?

— Du crâne qui ressemblait à un pot de fleurs cassé.

— Ah yes, le coup du pot de fleurs. C'était un
cadavre vieux de quelques jours, en Espagne. Le
crâne avait dû être fracassé à coups de crosse après
la mort. Et le type était chauve. Sans chevelure, l'os
était ouvert comme un œuf, mais ocre, couleur orange

de terre cuite, peut-être à cause de la décomposition ou de la boue. Ça faisait comme un pot de fleurs cassé dans la rue, tu sais, quand tu passes sur un trottoir et que tu te dis « waow, à quelques minutes près, j'ai failli me recevoir ça sur la tête ».

— Hahaha ! « A quelques minutes près »… Je me dis ça toutes les minutes depuis le jour J. On passe nos journées à échapper à quelque chose. L'iceberg c'est notre survie, et la partie immergée, ce sont nos morts, tous ces cadavres sous l'eau.

— Tu me rappelles Gertrude Stein. Un soir, chez elle, elle m'a dit : « Ce n'est pas ce que la France t'a apporté qui a compté, mais ce qu'elle ne t'a pas pris. » J'ai mis longtemps à piger ce que voulait dire la chère gouine.

Comme des milliers d'autres Américains débarqués en France en 1944, ils faisaient semblant de passer au travers. Seul moyen de tenir : l'alcool et l'humour noir. Comme les médecins urgentistes, dans les hôpitaux, à l'étage des grands brûlés, qui se forcent à blaguer pour ne pas se rouler par terre en poussant les mêmes cris perçants que les patients. L'hôtel grouillait de monde : soudain la démocratie reprenait ses droits ; c'était le foutoir à nouveau. La peur avait changé de camp, les Allemands fuyaient par les toits et les collabos se terraient dans les égouts. Ça faisait bizarre de pouvoir gueuler « Fuck Hitler » dans la rue sans risquer des allumettes sous les ongles.

— Mais le pot de fleurs, c'est aussi pour éviter de comparer avec un truc vivant. Tu comprends, Jerry, si tu choisis de comparer les morts avec un animal

ou un fruit, ou de la viande saignante, tu vises juste,
mais ça surprend moins qu'un objet.

— Vous peignez une nature morte ?

— Mais mon cher, je décris un mort. Ouvrez une
autre bouteille, Albert, s'il vous plaît, dit Hemingway
au serveur, en français. Plus on veut être vrai, plus
on se fout du réalisme. Il n'y a pas que la vérité, il y
a l'effet produit sur le lecteur. C'est ce que je cher-
chais : une comparaison qui fasse sursauter. Mais la
confiture de framboises, c'est bien vu.

— Ça donne un goût sucré. La surprise vient de
la saveur !

Ils éclatèrent de rire simultanément.

— Oui ! Sugar ! More sweet !!

— With bubbles like Coca-Cola !

Le directeur suisse du Ritz apporta du sucre en
poudre, affolé par ces deux ivrognes qui semblaient
être père et fils ; il ne connaissait pas encore le Coca-
Cola. Quelques semaines plus tôt, le même homme
obéissait à des ordres lancés en allemand par le capi-
taine Ernst Jünger qui dînait avec Coco Chanel et
Sacha Guitry, et maintenant il devait apprendre l'anglais en accéléré pour servir des militaires américains.
La vie n'était pas de tout repos, place Vendôme, dans
les années 1940.

— Avant-hier, dit le maître d'hôtel, ils étaient
encore là, les Boches, à réclamer de la cocaïne et des
filles ! J'ai dit « Messieurs, il va être temps de partir,
les Ricains arrivent, ils vont vous traîner rue de Rivoli
accrochés par la bite à un pare-chocs de voiture. »

— Albert, dit Hemingway, videz-nous votre cave

ou ce garçon peut vous faire coffrer pour intelligence avec l'ennemi.

— On dit plutôt « fraternisation avec l'occupant », dit Jerry.

Une fois Albert reparti en transpirant, Jerry reprit :

— Mon dernier crâne fendu, je l'ai vu ce matin. Un collabo lynché devant moi par une foule spontanée de Français, transformés en bêtes sauvages. Dieu sait ce que le gars leur avait fait. Ils lui ont ouvert le cuir chevelu à coups de marteau comme… on casse une noix de coco. Le plus bizarre c'est que le type ne s'est pas défendu, n'a pas crié son innocence ou supplié comme ils le font d'habitude. Comme s'il trouvait normal qu'on le tue.

— Il devait attendre sa punition depuis quatre ans, dit Hemingway. Moi, j'ai vu un gars se faire enfoncer un gonfleur à pneus dans l'anus. Ils l'ont rempli d'air comprimé comme une bouée. Jamais entendu un mec gueuler comme ça, il suppliait qu'on l'achève.

— Vous n'avez pas pu intervenir ?

— C'était trop tard. Et puis que veux-tu faire ? Tirer dans la foule ? Une masse de gens terrorisés depuis des années, si assoiffés de vengeance qu'ils sont capables de transformer un homme en ballon de baudruche ?

Jerry regarda fixement par la fenêtre comme s'il craignait qu'un autre lynchage se produise à tout moment dans la rue Cambon.

— Parlez-moi de Fitzgerald, dit Salinger. Sa mort m'a beaucoup touché.

— Pauvre Francis. Son succès l'a tué. Il n'était pas solide, il n'avait pas fait la guerre comme nous.

Ecrivez ce que vous voulez, mais protégez-vous, mon grand. Soyez armé parce que ça va être violent quand vous publierez votre premier roman, qu'il marche ou qu'il ne marche pas. Fitzgerald, pauvre vieux, il a eu du succès tout de suite. C'est la pire des drogues. On en veut encore et toujours, on n'en a jamais assez. Et quand le succès s'en va... Ce n'est pas Zelda qui a flingué Scott, c'est l'échec de *Gatsby*.

— C'était un chic type, non ?

— Adorable. Il lisait les Français, vous savez. Lisez-vous les classiques français ? Balzac, Flaubert, Musset ? C'est le sommet du raffinement. Savez-vous ce qui me désole ? Vous verrez qu'après cette guerre, ce sera fini. Plus personne ne lira les Français. Voilà ce que l'Amérique aura gagné. On nous lira, nous, dans le monde entier et nous ne lirons plus que nous-mêmes. Ça a commencé avec la Première Guerre. Avant 1915, on ne jouait que des auteurs étrangers à Broadway. Et puis on s'est refermés sur nos pièces, on ne jouait plus que Dreiser et O'Neill. Voici ce que les guerres vont assassiner : notre curiosité.

Le 3 septembre 1945, Hemingway mentionne dans une lettre au critique Malcolm Cowley « un môme de la 4e division nommé Jerry Salinger qui dédaigne la guerre et ne pense qu'à écrire ». Il se dit impressionné que la famille de Salinger continue de lui envoyer le *New Yorker*.

Les deux hommes ne cessèrent de s'écrire pendant la guerre. Hemingway : « Premièrement vous avez une oreille extraordinaire et vous écrivez tendrement sur l'amour sans dégouliner. Quelle joie de lire vos histoires, quel bon dieu d'écrivain vous faites ! »

— Avant de partir à la guerre, dit Jerry, je sortais avec Oona O'Neill.

— La fille du dramaturge ?

— Oui. Celle-là même.

Jerry ne put réprimer un rougissement de fierté.

— Beau brin de fille. Je l'ai vue en photo. C'est une party animal, un peu, non ?

— C'est ce que son père lui reproche, et moi aussi.

— Mm… J'ai eu la chance d'avoir trois fils mais je me demande bien ce que ça m'aurait fait d'avoir une fille. Il y a de quoi devenir cinglé. Je suis sûr que je n'aurais pas voulu que ma fille se trémousse dans les cabarets devant les photographes…

— Elle a fait bien pire que ça : en 1942, alors que j'étais parti à l'armée, Oona m'a plaqué pour épouser Charlie Chaplin.

— Charlie Chaplin ? Ah mais oui, je l'ai lu partout, suis-je bête ! He's a bolchevik, isn't he ? Tant qu'il ne parlait pas, les gens l'adoraient. Du jour où il s'est mêlé de politique, tout le monde l'a détesté.

— Cela devrait nous servir de leçon. Un artiste a toujours intérêt à fermer sa gueule.

— Damn right, Jerry. Ouvrez les yeux. Oona a choisi la sécurité. Et vous feriez bien de faire comme elle. Renoncez à l'amour vache, surtout si vous avez des livres à écrire. C'est ce que j'aurais dû faire à votre âge.

— Connaissez-vous Lamartine ?

— Non.

Salinger lui raconte *Graziella*.

— C'est un petit roman d'amour que j'ai trouvé dans une ferme normande. A dix-huit ans, Lamartine tomba amoureux d'une fille de pêcheurs italiens, une brune âgée de seize ans, dont les « yeux, ovales et grands, étaient de cette couleur indécise entre le noir foncé et le bleu de mer ». Malheureusement ses parents forcèrent le garçon à fuir Naples pour l'éloigner de cette mésalliance potentielle.

— J'imagine qu'il la revit à un moment ?

— Non, c'est juste un souvenir qu'il ne parvint jamais à effacer. Douze ans après, il revint à Naples. Il chercha Graziella partout. Il finit par trouver sa tombe. Elle était morte de chagrin quelques jours après son départ. Lamartine a écrit le livre à soixante ans…

Un ange passe, dont on peut deviner le prénom napolitain.

— Tout écrivain doit avoir un jour le cœur brisé, reprend Hemingway, et le plus tôt est le mieux, sinon c'est un charlatan. Il faut un amour originel complètement foireux pour servir de révélateur à l'écrivain. Ensuite, il lui faut une épouse bienveillante qui l'empêche de se foutre en l'air.

— Lamartine n'aimait pas Graziella, sinon il ne l'aurait pas quittée…

— Ou peut-être croyait-il s'en libérer ?

— Et quand il s'aperçut de son erreur, il était trop tard ?

— Ne vous inquiétez pas, Jerry. Ce n'est qu'un roman, un vieux roman français oublié…

Ernest éclata de son rire tonitruant et resservit à boire. La liberté retrouvée transformait le Ritz en parc d'attractions.

— Vous savez, dit Jerry, j'ai beaucoup pensé à vos livres depuis deux mois. Vous avez tout dit sur la guerre. J'adore *L'Adieu aux armes* parce que vous arrivez à faire un roman d'amour qui est aussi un roman de guerre. Mélanger les deux, c'est costaud.

— C'est Homère qui a eu l'idée en premier.

— Toutefois, si je puis me permettre, il y a une chose que vous n'avez pas osé décrire.

— Quoi donc ?

— La beauté de la guerre. Les bombes qui forment des nuages orange et mauve, le paysage des catastrophes, les champs de ruines calcinées, toute cette désolation superbe, les villages détruits, les incendies rouges, jaunes et les explosions puissantes au loin, ce sont comme des feux d'artifice grandioses, à l'horizon, et les cratères lunaires... je sais bien que c'est inadmissible et pourtant la guerre est splendide. Non ?

— J'ai décrit les éclairs de l'artillerie qui ressemblent à des orages, les montagnes de fumée pourpre au-dessus de l'Italie, mais t'as raison, j'ai du mal à trouver la guerre esthétique. Je dois bien la trouver jolie, tout de même. Je n'étais pas obligé d'y retourner... Dieu sait si je hais la guerre, et pourtant je suis là, de nouveau. Il se passe toujours quelque chose, on vit intensément, le soldat ne s'ennuie jamais, pendant les combats il souffre, il a froid, il meurt. Jamais de répit. Et pendant les heures de repos il boit, il dort, il se souvient et il pleure.

— Je ne sais pas comment je vais faire pour retourner à la normalité.

— C'est ça le plus dur. Ce n'est pas l'horreur chère à Kurtz qui empêche de vivre, mais la vie quotidienne sans menace, sans risque. C'est la douleur du survivant, et celle-là, personne ne peut la partager avec toi. Connais-tu sainte Thérèse d'Avila ?

— Non.

— Elle a passé sa vie dans un couvent espagnol au XVIᵉ siècle, à l'époque où l'Amérique fut découverte. Elle a écrit : « Le monde est en feu. » Il va falloir te mettre au roman, mon gars. Passer aux choses sérieuses.

— Les nouvelles, ce n'est pas sérieux ?

— C'est très sérieux, c'est même plus difficile – et les tiennes sont très bien –, mais c'est comme la boxe : les gens ne s'intéressent qu'à la catégorie des poids lourds...

« Le monde est en feu. » Jerry se répétera cette parole durant toute sa découverte de l'Europe avec la fumée qui pique les yeux. En sortant du Ritz, il regarda longuement le cendrier du Stork rempli de cendres du cigare de Hemingway et détesta la cigogne salie, grise, qui continuait de crâner malgré tout ce qu'elle avait traversé. Et ce n'était que le début.

Les rues de Beverly Hills sont d'une propreté insupportable. Les voitures glissent sur la chaussée, leurs pneus ne crissent jamais. Les arbres sentent bon, les chiens n'aboient pas, tous les habitants de ces rues bordées d'acacias semblent sourire parce qu'ils n'ont pas le choix : sourire est leur façon d'exprimer leur gratitude d'être là pendant que leurs concitoyens se font cribler de balles à Guadalcanal ou brûler au lance-flammes dans les marais du Cotentin. Certains journaux annoncent une invasion imminente de la Californie mais on n'y croit pas plus qu'au fameux Big One, le tremblement de terre censé engloutir Los Angeles dans le Pacifique. La guerre est loin, les actualités projetées dans les cinémas montrent des cadavres américains, on en parle avec compassion entre les gimlets du Ciro's (le « gimlet » : une moitié de gin, une moitié de citron vert, peut être considéré comme l'ancêtre de la caipirinha).

Oona se découvre une capacité nouvelle à aimer un autre qu'elle-même. Il suffit de rencontrer quelqu'un qui a vraiment besoin de soi. Elle se sent utile, enfin. Elle sait qu'elle peut aider Charlie Chaplin à se concentrer sur son travail, elle a été éduquée pour gérer l'intendance de la maison, les problèmes domestiques, les agendas de mondanités, rien de tout cela ne l'impressionne. Elle s'occupe du jardin, de la cuisine, sans y voir une corvée dégradante, puisqu'il suffit de donner des ordres aux domestiques. Et puis elle l'admire, son vieux petit génie aux yeux bleus et cheveux blancs. Il est fou d'elle, n'en revient pas qu'une fille aussi ravissante puisse ne pas être une salope ou une pute ; c'est si nouveau dans sa triste vie de fondateur de Hollywood. Auparavant, il a sacrifié sa vie sentimentale à son travail. Les hommes qui ne pensent qu'à leur boulot épousent des femmes idiotes ou méchantes. Ce sont des proies faciles, ils n'ont pas le temps de penser au bonheur.

Oona ne calcule rien.

Au début, avant leur mariage, ils étaient obligés de se cacher pour fuir les paparazzi, à cause de l'âge d'Oona. Ils ne pouvaient pas sortir au restaurant ou assister aux premières. Le plus souvent, elle se rendait chez lui, et ne rentrait pas dormir chez sa mère. C'était léger, il était prévenant, intimidé par la différence d'âge, et ne cessait de répéter que cette histoire était grotesque, qu'il était pathétique et ne la méritait pas. Elle répondait exactement les mêmes mots. Ils buvaient du champagne et arrêtaient de s'excuser d'être amoureux quand ils étaient trop saouls. Aucun des deux n'avait décidé de cette rencontre. Ce n'était la faute de personne, c'était un hasard, et ils se racontaient pendant des heures leur première entrevue, tous les soirs, jusque dans les moindres détails, en en rajoutant sur la lourdeur de Mrs Wallis, la nullité du début de leur conversation, sa honte à lui en se rappelant ses flatteries d'ignoble pédophile, son ridicule à elle avec ses questions naïves sur *Le Dictateur*... Ils adoraient relater leur première soirée en temps réel, faisant durer le récit aussi longtemps que la réalité, comme pour la revivre, encore et encore, éternellement. Leur mariage fut célébré en catimini, à Carpinteria (près de Santa Barbara), juste après les dix-huit ans d'Oona.

Tout ce qu'il a fallu réunir comme conditions pour que naisse une femme comme Geraldine Chaplin... Dans l'ordre : l'émigration irlandaise vers l'Amérique, la traversée de Charlie vers Hollywood, la rencontre d'Eugene avec Agnes, les années folles du cinéma muet, l'enfermement d'un immense dramaturge dans son théâtre intérieur, la tragédie silencieuse du divorce quand le divorce n'existait pas, les trois mariages ratés de Charlie pendant qu'il inventait le cinéma populaire, le krach de 1929, la solitude effrénée d'Oona à Manhattan, Pearl Harbor, le départ à la guerre de Jerry... Il en a fallu des coïncidences et des hasards ; ils avaient une chance sur un milliard d'arriver, ensemble, à fabriquer Geraldine Chaplin, née à Santa Monica le 31 juillet 1944, pour qu'elle puisse, vingt ans plus tard, jouer dans *Le Docteur Jivago*, et que sa fille, Oona Castilla Chaplin, puisse se faire poignarder enceinte dans *Game of Thrones*.

La 4ᵉ division entre dans la forêt de Hürtgen le 6 novembre 1944, exactement cinq mois après son débarquement sur Utah Beach. Elle y restera jusqu'en février 1945. A côté de cet affrontement, la bataille de Normandie avait été une promenade champêtre. Située à la frontière entre la Belgique et l'Allemagne, au sud-est d'Aix-la-Chapelle, la forêt de Hürtgen fut surnommée par les soldats « l'usine de viande » (« the meat factory »). Un nouveau Verdun glacé : il faisait très froid dans cet enfer pire qu'une jungle du Vietnam. Chaque mètre était dangereux, mortel, boueux. Barbelés, mines, mitrailleuses enterrées, pièges explosifs, collines très pentues, végétation épaisse et touffue, pluie et neige incessantes, bombardements au phosphore qui firent des milliers de brûlés vifs, sans compter le « friendly fire » (des centaines de morts par accident ou erreur humaine). Une boucherie oubliée : les Allemands se sont battus comme des chiens, comme en 1917. Ils n'avaient pas trop le choix : en cas de repli, non seulement les soldats adolescents (certains âgés de douze ou treize ans) étaient exécutés par les nazis, mais on leur faisait croire que la Gestapo allait massacrer toute leur famille. Les tirs en forêt sont deux fois plus cruels qu'ailleurs car ils envoient des échardes de bois en ricochant sur les arbres, comme des flèches tueuses, sans parler des effondrements de troncs. Tout blessé mourait vite de froid : au petit matin, on retrouvait des cadavres bleuis et durcis par le gel. Pendant huit jours et huit nuits, Jerry ne dort pas : il est enterré, grelottant, dans des trous remplis d'eau, les pieds transformés en glaçons. Ensuite, il resta toute sa vie allergique au froid. Le vent gelé ne s'oublie jamais, impossible de penser à autre chose. Le mortier allemand enterrait les G.I.'s vivants mais ils étaient presque soulagés de se retrouver blottis sous terre, dans une tranchée improvisée, réchauffés par leur propre sang. Ils ne prenaient jamais de douche, portaient les mêmes chaussettes et les mêmes slips depuis des mois, sans parler de leur treillis crotté et ensanglanté, si crasseux qu'il pouvait tenir debout tout seul. Quand tout est trempé ou solidifié par le froid, on fait une croix sur l'hygiène. La saleté devient une écorce, la puanteur une armure. L'armée de terre américaine pensait l'emporter plus tôt, rien n'avait été prévu de chaud pour aider les fantassins à passer l'hiver (chaussures non fourrées, manteaux qui ne séchaient jamais : les soldats se battaient pour voler les vareuses en lapin blanc des cadavres allemands). Des milliers d'engelures, de doigts et d'orteils perdus dans la forêt : imaginez un petit poucet qui sèmerait ses phalanges pour retrouver son chemin. L'infirmerie américaine manquait de tout : plus de bandages, plus de morphine. Chaque bunker allemand, entouré de mines et de barbelés, demandait des centaines de morts pour quelques mètres. Dans la forêt de Hürtgen, il y eut énormément d'automutilations, les Américains se tiraient une balle dans la main ou le bras pour être évacués. Jerry a vu un soldat demander à un autre de lui casser la jambe avec la crosse de son fusil contre un arbre. Les fantassins allongés dans la neige recevaient des balles dans la tête, les épaules ou les cuisses. Ceux qui étaient touchés aux épaules ou aux cuisses éclataient de joie : ils rentraient à la maison. Même perdre un pied sur une mine était une bonne nouvelle. Un seul déserteur fut fusillé (Eddie Slovik le 31 janvier 1945) mais combien se sont enfuis ? Les chiffres varient. Selon l'historien Charles Glass, ce sont environ 50 000 soldats américains qui ont déserté leur poste durant la Seconde Guerre mondiale, l'équivalent de dix divisions ; une partie fut jugée en cour martiale, mais la majorité est toujours en cavale... ou décédée depuis longtemps.

Le général allemand Freiherr von Gersdorff déclara que cette bataille était pire que tout ce qu'il avait vécu sur le front russe. C'est la prise de la ligne Siegfried, la bataille que les Français et les Anglais n'ont pas pu livrer en 1940. La « drôle de guerre » a consisté à attendre d'être contournés pour éviter ce massacre. La défaite de 1940 a reporté le travail de quatre ans : nous avons délégué le sacrifice à de jeunes Américains qui ont traversé l'océan pour être assassinés dans une forêt noire de Germanie. 1 000 morts par jour : la même statistique qu'à Verdun. 33 000 morts sur 120 000 soldats. La bataille de Hürtgen est une erreur stratégique du commandement américain aujourd'hui reconnue par les historiens : ces morts furent inutiles, l'armée allemande pouvait être contournée par le sud en évitant la forêt tueuse. Les responsables de ce massacre gratuit sont le général Omar Bradley et le général James Hodges. Ils pensaient qu'il fallait déloger les Allemands de la forêt pour pouvoir franchir le Rhin. La décision de prendre la forêt était « non seulement criminelle mais stupide », écrira l'historien américain Stephen E. Ambrose. Werner Kleeman, un des camarades de combat de Jerry, estime quant à lui qu'il s'agissait d'une « mission suicide ». Et pendant cette boucherie oubliée, à Paris on fêtait la Libération… (Jusque dans les années 1960, les Français parlaient de « la guerre de 39-44 », pour eux le boulot était terminé.) Si les Etats-Unis avaient eu la bombe atomique en hiver 1944, ils auraient rasé Berlin sans la moindre hésitation. On n'ose imaginer ce qu'en aurait fait Hitler (cela s'est joué à quelques semaines près).

Jerry avait eu de la chance en Normandie, puis à Cherbourg, puis à Paris, puis en Allemagne. A ce niveau de chance, ce n'est plus de la chance. S'il était encore vivant, c'est que quelqu'un, quelque part, l'avait décidé. Au début, c'était de la superstition, maintenant il avait la foi. Il fallait qu'il vive pour raconter ce qu'il avait vécu. Il ignorait qu'il n'y parviendrait jamais. Il ne témoignerait pas : il se tairait. La guerre dans l'œuvre de Salinger est une immense ellipse. Mais il savait qu'ici, dans la forêt de Hürtgen, il avait contracté une dette. Autour de lui, les soldats blessés, devenus dingues de douleur, répétaient deux phrases contradictoires :

— Ne nous tuez plus, ne nous tuez plus…

— Tuez-moi, tuez-moi…

Jerry ne quittera plus la forêt. Il choisira plus tard d'habiter dans une autre forêt, celle de Cornish. Quand il revoit Hemingway en décembre 1944, à Zweifall, il n'est plus le jeune homme fringant et ambitieux de Paris au mois d'août. Dans une petite maison de brique à la lisière de la forêt, sur laquelle sont peintes ces trois lettres : « P.R.O. » (Public Relations Office), ils boivent en silence du champagne dans une gamelle en aluminium.

— On était mieux au Ritz, dit Jerry.

— Hell yes, dit Ernest.

— Vous avez écrit ici ?

— Un article, quelques dialogues. Rien de plus. C'est ma méthode, pas vrai ? Moins j'écris, mieux je me porte.

Il toussait beaucoup. Hemingway ne le savait pas encore, mais il avait contracté une pneumonie. Le champagne était congelé ; ils le réchauffaient entre leurs mains comme un grog.

— De l'action et des répliques, comme au cinéma.

— C'est votre secret. Et, une fois de temps en temps, un paysage, c'est permis ?

— Vite fait, alors.

Au loin, ils entendaient des bombes exploser comme un orage. Ils bombaient moins le torse qu'en été. Toute leur vie, ensuite, chaque orage leur rappelerait les obus de mortier. Derrière les carreaux, les flocons de neige ressemblaient à une pluie de corn flakes tombés du ciel.

— Ça ne vous ennuie pas si je vous demande de me tirer une balle dans le bras avec votre colt 45 ? demande Jerry.

— On n'est jamais si bien servi que par soi-même, répond Ernest en lui tendant son arme de poing qu'il tient par le canon, dirigée vers lui-même.

L'anecdote selon laquelle Hemingway dégaina un Luger nazi pour flinguer un poulet vivant en beuglant « Jésus, quel talent vous avez ! » n'est corroborée par aucun témoignage.

L'Allemagne capitulerait cinq mois plus tard. Hemingway disposa de lui-même seize ans après.

— Laissez-le tranquille, dit Ernest à des soldats qui braquaient leurs pistolets sur Jerry pour le prendre au mot. Il est juif : il est plus drôle que vous, même s'il rit beaucoup moins.

Jerry ne sait pas viser, son fusil dévie tout le temps, et il rate systématiquement sa cible de deux mètres. Oona taille les rosiers blancs du parc avec un sécateur rouge. Jerry creuse un fossé dans la boue sous la pluie gelée. Oona perd une partie de tennis en jupe blanche 6/1 sur le court du jardin. Jerry s'allonge en chien de fusil sur un rocher pour pouvoir fermer l'œil une petite heure sur un support non humide. Oona sent de nouveaux coups de pied dans son ventre arrondi. Jerry a du mal à recharger son fusil avec les doigts congelés. Oona commande au traiteur des fraises et des framboises ainsi que de la glace à la vanille. Jerry vérifie la présence du tube de morphine avec son aiguille hypodermique dans la poche de sa vareuse. Oona joue au badminton sur la plage. Jerry écoute exploser bombe après bombe après bombe en pensant toujours que la prochaine est pour lui. Oona entend à la radio californienne que la guerre sera bientôt terminée. Jerry écrit *L'Attrape-cœurs* en écoutant le « Lucky Strike Program » (Frank Sinatra, Glenn Miller). Charlie commande des rognons au Ciro's. Parfois Jerry envie ceux qui meurent : il est plus agréable d'être mort que vivant. Oona et Charlie dînent au Trocadero, au Parisien, à l'Allah's Garden. Jerry partage une bouteille de calva avec trois camarades dont deux seront tués au combat le jour même. Oona respire les eucalyptus. Jerry reçoit un colis postal de sa mère contenant des chaussettes de laine qu'elle lui a tricotées : « A partir de là, j'étais le seul soldat que je connaissais avec les pieds secs ».

27 avril 1945 : Libération du camp de concentration de Kaufering IV, près de Dachau. Au début, Jerry croit voir un tas de bois blanc. Mais les branches d'arbres morts ont des pieds, des mains et des têtes grises. En approchant, il comprend que ce sont des ossements humains. 4 500 corps sont entassés sur le sol, contre les baraquements, dans des fosses, tout autour de lui. Soudain, sous quatre couches de cadavres, il en discerne un qui cligne des yeux. D'autres émettent des sons gutturaux pour être repérés, sous des dizaines de morts. Le tas remue encore.

Comme officier du contre-espionnage, Jerry est un des premiers à entrer dans le « Krankenlager ». Kaufering était une annexe de Dachau réservée aux malades ; en réalité un camp d'extermination puisqu'aucun malade n'y était soigné, ni nourri, dans des baraques sans chauffage. La veille de l'arrivée des Américains, les gardes SS avaient évacué trois mille prisonniers et exécuté à la mitrailleuse, à coups de barres de fer ou de haches, tous ceux qui étaient trop faibles pour marcher. Un baraquement rempli de

malades avait été fermé à clé et incendié. Les premiers
G.I.'s ouvrent le hangar et tombent sur des centaines
de corps carbonisés. Jerry approche de la clôture de
barbelés et aperçoit une poignée de survivants, la
peau qui pend sur les os, des adultes pesant environ
trente kilos, avec des jambes comme des baguettes,
les yeux exorbités. Leurs visages sont si maigres
que les pommettes dépassent comme des cornes. Ils
baissent la tête en signe de soumission, n'osent pas
regarder leurs libérateurs dans les yeux. Selon plusieurs témoins cités dans *Salinger* de Shane Salerno,
les premiers soldats arrivés sur place s'effondrèrent
sur le sol, en pleurs. D'autres vomissaient, puis ten-
daient leurs fusils aux survivants pour qu'ils exé-
cutent les rares gardes capturés (certains SS s'étaient
déguisés en prisonniers mais leur bonne santé les
rendait immédiatement reconnaissables). D'autres
soldats enfin reculaient de peur quand les survivants
cherchaient à les embrasser ou les toucher. Certains
squelettes ambulants tentèrent d'applaudir, mais leurs
mains décharnées s'entrechoquaient sans produire le
moindre bruit.

*« L'odeur de la chair humaine brûlée ne quittera
jamais mon nez, aussi longtemps que je vivrai »*, dira
Jerry à sa fille Margaret. L'odeur des cadavres cuits
est âpre, sucrée, écœurante, elle accroche les narines,
pénètre sous la peau, on ne s'en lave jamais. Jerry
sera imprégné pour toujours par la puanteur de la
viande de gens, du sang cuit, le fumet du rôti d'enfants. Disons les choses clairement : un camp d'extermination, ça sent la merde, le sang, la pourriture, la
pisse, le vomi, le graillon humain à des kilomètres. Les

habitants des villages voisins, qui affirmaient qu'ils n'étaient pas au courant, souffraient probablement d'un rare problème d'anosmie collective.

Kaufering, 30 avril 1945

Chère Oona,

Toute ma vie, j'aurai honte de ne pas être entré plus tôt dans le lager. J'aurai beau savoir que je n'étais pas coupable, je ne pourrai jamais m'empêcher de m'en vouloir. J'ai pu me rendre compte, lors des interrogatoires de prisonniers, de l'absence de différence entre les Allemands et nous. Un concours de circonstances a mené à ce spectacle inouï, et je suis une des causes, même lointaine, de cette dégradation. Toute personne qui vivait à ce moment-là fut complice, proche ou lointaine, volontaire ou involontaire, des raisons historiques qui ont conduit l'humanité en enfer. J'écris ceci pour me dédouaner, en vain. Les détenus réclamaient à manger, on leur a filé nos rations concentrées et plusieurs dizaines de survivants sont morts le lendemain. Nous aurions pu bombarder les voies ferrées, les miradors et les fours. Pourquoi avons-nous mis trois ans à venir ici ? Un télégramme de l'armée rouge vient de nous apprendre le suicide de Hitler dans une cave, à Berlin. Je refuse d'être innocenté du crime, nous devrons tous payer pour cette anomalie de notre espèce, un jour ou l'autre nous aurons des comptes à rendre sur ce qui s'est passé ici.

Pour déconner, je m'étais laissé pousser la même moustache que Hitler et Chaplin, mais je l'ai rasée hier.

Heureux de te savoir à l'abri de tout ce foutoir.

Jerome

En 2014, on passe toute la journée à la radio des chansons qui parlent d'héroïsme. *A Real Hero* de College (la bande originale de *Drive*), *Hero* de Chad Kroeger (la musique de *Spiderman*), *The World Needs a Hero* de Megadeth, *Hero* de Regina Spektor, *Save the Hero* de Beyoncé, *Hero* de Mariah Carey, *Hero* d'Enrique Iglesias, sans parler des classiques *Heroes* de Bowie, *Heroes and Villains* des Beach Boys, *Je ne suis pas un héros* de Balavoine... Les adolescents ne jurent que par les blockbusters américains produits par Marvel ou DC Comics : Superman, Batman, Spiderman, Iron Man, les Watchmen, les X-Men, les Avengers, Captain America, Wolverine, Hulk, etc. Quelle différence entre ce désir de puissance et la fascination nietzschéenne pour le surhomme ? Entre les orages d'acier et *Man of Steel* ? Entre les Walkyries de Richard Wagner et Thor ? Quand l'industrie du cinéma américain n'imagine pas ces hommes supérieurs, elle dépense des centaines de millions de dollars pour raconter toutes sortes de fin du monde. L'apocalypse est son autre sujet préféré.

Il arrive un moment, dans certains pays, à cer-

taines époques, où les hommes semblent attendre un
événement important et tragique qui permettrait de
résoudre tous les problèmes. Ces périodes sont généralement nommées : avant-guerre.

Le monde est prêt pour la prochaine. Une nouveau conflit mondial épongerait les dettes publiques,
relancerait la croissance économique, réduirait la
surpopulation… Les enfants gâtés et amnésiques des
pays riches espèrent inconsciemment qu'un nouveau
cataclysme libérera de la place pour les survivants. Ils
veulent laisser une trace. Ils rêvent, sans se l'avouer,
que l'Histoire ne soit pas finie. Ils cherchent une nouvelle utopie, de nouveaux clivages. Ils désirent un
nouvel ennemi à massacrer. Ils voudraient bien être
traumatisés par autre chose qu'un épisode de *Saw* sur
YouTube. La jeunesse de 2014 est en deuil de choix
tragiques. Elle est en manque de destructions. Les
générations précédentes lui ont légué un endettement
colossal, un chômage massif et une planète polluée.
L'ennui existentiel, le sentiment de vide, la frustration globalisée nourrissent ce désir effrayant nommé
nihilisme. Une envie de servir à quelque chose, de se
battre pour un idéal, de choisir son camp, de risquer sa
vie pour devenir un héros. Pas étonnant que certains
deviennent terroristes : qu'est-ce que le terrorisme,
sinon la seule chance des antihéros pour s'improviser
une guerre en temps de paix ? La période d'accalmie
que traverse l'Occident est la plus longue de son histoire, et elle est peut-être sur le point de s'achever.

J'ai peur des héros ; pourtant j'écris un livre sur
l'un d'entre eux.

En 1945, la guerre n'en finissait pas de finir. La
Californie sombrait dans la paranoïa. Cette fois,
c'était sûr : les Japonais allaient bombarder Los
Angeles. Ils avaient des ballons dirigeables géants,
des sous-marins cachés dans la baie de San Francisco.
Un ami qui travaillait dans le contre-espionnage parlait d'une attaque imminente sur Hollywood, il fallait
d'urgence creuser des abris souterrains dans le parc,
Beverly Hills subirait bientôt un Blitz pire que celui
de Londres. Certaines villas de milliardaires à Malibu
étaient protégées par des mitrailleuses antiaériennes.
Oona n'en pouvait plus de cette propagande interminable : « Dehors les Japs » sur les banderoles, et tous
les Américains d'origine japonaise déportés dans des
camps du désert, y compris le majordome de Chaplin,
Frank Yonamori. Et puis est arrivé le 6 août, le jour
d'Hiroshima. En entendant la nouvelle, Oona recracha son thé dans le jardin. Trois jours après, Nagasaki fut rasée à son tour. Kyoto échappa de justesse
à la bombe atomique car un haut gradé américain y
avait passé des vacances. Les Californiens dansaient
dans les rues, fêtaient l'explosion de l'arme secrète

qui liquidait les Japonais. C'était l'été qui vaporisa 200 000 civils : le gouvernement américain offrait à ses citoyens un feu d'artifice patriotique en forme de champignon. Les gros titres des journaux célébraient le massacre. Jusqu'à la capitulation nippone (le 2 septembre), Charlie et Oona ne sont pas sortis de leur maison. Ils ne comprenaient pas l'enthousiasme de leurs voisins. Oona eut la nausée tout le mois d'août. Elle était de nouveau enceinte. A partir de cet été 1945, le fossé entre Charlie Chaplin et Hollywood ne cesserait de se creuser. Le milieu du cinéma lui avait pardonné ses arrestations pour ivresse manifeste et publique sur les trottoirs de Hollywood Boulevard, ses courses à cheval avec Douglas Fairbanks devant chez Musso & Frank (le dernier arrivé payait le déjeuner), ses frasques sentimentales et sexuelles, mais elle ne lui pardonna jamais son soutien à l'URSS pendant la guerre, ni sa réticence à fêter Hiroshima et Nagasaki, ni son mauvais esprit d'immigré britannique, qui continuait à s'habiller chez Anderson & Sheppard (Savile Row, Londres) et ne fréquentait pas les Américains. A ses cocktails du dimanche, Charles Chaplin recevait Jean Renoir, Evelyn Waugh, H.G. Wells, Albert Einstein, Thomas Mann et Bertolt Brecht. Christopher Isherwood tomba dans un coma éthylique et urina sur le canapé du salon. Dylan Thomas roula ivre mort avec Shelley Winters en voiture dans le parc jusque sur le court de tennis : heureusement, la course du cabriolet fut stoppée par le filet. Chaplin snobait Hollywood, et Hollywood allait le lui faire payer : en quelques années, l'homme le plus populaire d'Amérique devint son ennemi public numéro un. On l'accusa de ne pas être un patriote, d'avoir soutenu les communistes lors d'un meeting pour le « Second Front » au Madison Square Garden le 22 juillet 1942 (où il fit involontairement exploser de rire la salle en commençant son discours par « Camarades ! »), et de refuser la nationalité américaine. Même le discours final du *Dictateur*, ces six minutes où Chaplin parlait pour la première fois au cinéma, faisant l'éloge d'un humanisme internationaliste, fut considéré comme ultra-gauchiste ! Aujourd'hui encore, le fondateur de United Artists, le créateur du cinéma moderne, l'inventeur du mythe hollywoodien n'a pas l'empreinte de ses mains devant le Chinese Theatre, alors que Hugo Boss, qui a fabriqué les uniformes des SS, des Jeunesses hitlériennes et de la Wehrmacht, possède un « flagship store » sur Rodeo Drive. Alors que les BMW et les Mercedes, dont les moteurs construits par les juifs déportés-esclaves des camps de concentration furent les principaux artisans de la Blitzkrieg, paradent dans les rues de Beverly Hills. J'ai demandé au portier du plus célèbre cinéma du monde pourquoi Chaplin était absent de son trottoir. Il m'a répondu : « Because he was a commie ! » Mieux valait être nazi ?

X

Le syndrome post-traumatique des combattants

« J'ai passé la guerre à me jeter dans des trous. Et je n'en sortais que quand les bulldozers étaient en train de construire un aéroport sur moi. »

J.D. SALINGER, lettre à Whit Burnett

Jerry ignore depuis combien de semaines il est allongé dans ce lit d'hôpital. Ce dont il se souvient, c'est de sa tentative de suicide par ingestion de médocs, complètement ratée. Et maintenant il boit du bouillon de poule allemande, choyé par des infirmières de l'Arkansas, et il y a des barreaux aux fenêtres.

Le silence lui fait du bien. Il répète toute la journée le même mot : Fubar. Je suis Fubar. Initiales de « Fucked Up Beyond All Recognition ».

Service psychiatrique de l'hôpital de Nuremberg, juillet 1945.

Chère Oona,

La pilule bleue 88 fait dormir vingt-quatre heures ; ils m'en ont donné trois.

La guerre crée une situation étrange. Un pays en attaque un autre par surprise. Il le massacre au lance-flammes, pille ses richesses et s'installe dans ses maisons. Un autre pays arrive à la rescousse. Survient alors la situation étrange dont je te parle : Jim mitraille Hans qui lacère Bob lequel éventre Kurt. Ces quatre jeunes gens ne se connaissent pas. Peut-être que, s'ils avaient été présentés dans un salon, ils se seraient appréciés et auraient bu des bières ensemble. Mais cela n'a pas été possible : ils se coupent les bras et ne s'en remettront pas. Même s'ils survivent à leurs blessures physiques, ils ne penseront plus jamais à autre chose qu'à ce jour-là. Sans parler des conséquences horribles sur les enfants et petits-enfants de Jim, Hans, Bob et Kurt.

Le plus dur, c'était le bruit. Quand j'avançais au milieu de mes camarades qui tombaient les uns après les autres pour ramasser leurs pieds arrachés, je me répétais une seule chose comme un mantra : « Ta gueule, ta gueule, ferme ta gueule… » Le but de la guerre c'est de faire taire les canons. Je n'ai pas tué beaucoup de monde, mais je me souviens d'un soldat que j'ai visé attentivement, calmement, avant de presser lentement la gâchette de ma M1. J'ai vu comme dans un film au ralenti sa tête se fendre en deux lorsque ma balle est rentrée par sa joue droite. C'était horriblement rassurant de savoir qu'il était mort et pas moi. Le but de la guerre n'est pas de faire la paix, c'est d'avoir la paix. Eteindre, effacer, frotter la fumée qui pique mes yeux depuis trois ans. *Smoke Gets in Your Eyes*, tu te souviens ? Prendre un bain chaud et tout laver, baisser le volume. Je prends dix douches par jour ici. Dès que je suis sec, je recommence, mais je ne suis jamais propre. Il y a toujours le bourdonnement incessant des mouches, ce fond sonore interminable qui rend fou. Plus de son, plus d'image, par pitié. S'il fallait retenir un seul bruit de la guerre, c'est le sifflement des balles qui trouent les hommes, comme une lame de rasoir tranchant une pastèque. C'est bizarre, les rushes d'adrénaline induits par le combat nous rendent hystériques puis complètement prostrés. Je ne sais pas comment t'expliquer : la peur peut te renverser par terre, et te laisser immobile, comme un arrêt cardiaque, certains ici appellent cette maladie l'obusite. L'allergie aux obus ! Comme s'il existait des humains qui apprécient la compagnie des obus ! Des obuphiles, personnellement, je n'en ai jamais rencontré ! Rien ne se passe jamais comme prévu dans la bataille. Il paraît qu'un soldat sur quatre est victime de troubles neuropsychiatriques : à mon avis c'est 100 % mais les plus dingos sont les trois quarts qui font semblant d'aller bien. On ne comprend jamais ce qui arrive sur le théâtre des opérations. Tu as beau avoir vu les cartes d'état-major, écouté les briefings du général, suivi les cours de tactique militaire, une fois sur le terrain, c'est le bordel complet et chacun pour sa gueule. Patton dit que le secret c'est de « se déplacer et tirer en même temps ». Il oublie de dire que crier, aussi, ça fait du bien. Dans les films, les soldats sont silencieux et félins. Dans la réalité, on beuglait comme des Vikings.

Jerry

Il a du mal à marcher dans le couloir pour aller jusqu'aux toilettes. Il n'arrive plus à lire : les lettres ne forment plus des mots mais des hiéroglyphes. Il s'acharne sur un paragraphe mais son cerveau refuse d'enregistrer autre chose que l'odeur de la viande d'homme rôti. Il a des « flashbacks » : il suffit d'une porte claquée ou d'un sifflement de bouilloire pour que Jerry entende des bombes exploser dans sa tête.

« Cher Poppa,
J'écris de l'hôpital de Nuremberg. Ça manque sacré-ment de Catherine Barkley's[1] ici.
Tout va bien sauf que je suis dans un état constant de dépendance et je me suis dit que ça me ferait du bien de parler à quelqu'un de sain d'esprit. Ils m'ont posé des questions sur ma vie sexuelle (qui va très bien – merci !) et sur mon enfance (normale)... J'ai toujours aimé l'armée... On n'a plus que quelques arrestations à effectuer dans ma section. On en est à incarcérer

---

1. Nom de l'héroïne de *L'Adieu aux armes*, jolie infirmière dont le narrateur tombe amoureux. (Note de l'auteur.)

des enfants de moins de dix ans s'ils ont l'air louche. Faut envoyer quelques bons vieux formulaires à la hiérarchie, pour gonfler le Rapport.

... J'ai écrit encore deux de mes nouvelles incestueuses, et quelques poèmes, et un bout de pièce de théâtre. Si je quitte un jour l'armée, je finirai peut-être cette pièce et inviterai Margaret O'Brien à la jouer avec moi. Avec des cheveux en brosse et un maquillage de chez Max Factor, je pourrais interpréter Holden Caulfield moi-même. Une fois j'ai joué avec une certaine sensibilité le personnage de Raleigh dans "Journey's End".

Comment avance votre roman ? J'espère que vous travaillez dur. Ne le vendez pas au cinéma. Vous êtes riche. En tant que Président de vos nombreux fan clubs, je sais que je parle au nom de tous les membres quand je dis non à Gary Cooper.

Je donnerais mon bras droit pour dégager de l'armée, mais pas sur un avis psychiatrique du style "cet-homme-n'est-pas-fait-pour-la-vie-militaire". J'ai une idée de roman émouvant, mais je ne veux pas qu'on dise que son auteur est un connard en 1950. Je suis un con, mais je veux que personne ne le sache.

J'aimerais tellement que vous me répondiez un mot si vous y parvenez. Sorti de tout ce foutoir, vous y voyez un peu plus clair, non ? Je veux dire pour votre travail. Nos conversations furent mes seules minutes d'espoir dans ce grand bordel. »

(Lettre authentique de J.D. Salinger à Ernest Hemingway, citée par Bradley R. McDuffie dans la *Hemingway Review* datée du printemps 2011.)

Prostré, accroupi dans son lit, les bras autour des jambes repliées en position fœtale, Jerry n'a pas réussi à dormir sans barbituriques pendant les six mois qui ont suivi la fin de la guerre. Parfois il pleurait jusqu'à l'aube sans pouvoir s'arrêter. Après la capitulation de l'Allemagne, il se demandait s'il était fou définitivement ou provisoirement. Les jours étaient tous identiques, et les nuits duraient des jours entiers. Le temps n'arrangeait rien, il n'y avait plus que des heures identiques. Il avait tenté de mettre fin à ses jours et à ses nuits en mélangeant toutes les pilules de l'étage. Il ne mangeait jamais, il était convaincu qu'il ne sourirait jamais plus. Il ressemblait aux corps décharnés qu'il avait ramassés par terre à Dachau : un squelette avec de la peau fripée dessus, des yeux cernés, dépourvu de tout, sans chair, sans âme, une marionnette démantibulée, un monstre, un zombie. La mode des films de morts-vivants date d'après la guerre. On devine où les cinéastes américains ont trouvé leur source d'inspiration. Les nazis ont fabriqué des monstres qui donnaient raison à leur racisme : on ne voulait plus les voir, ils vous rendaient insomniaque. Des zombies ont sauvé des zombies créés par des zombies. L'humanité n'avait plus rien à faire là-dedans. Concept obsolète, disqualifié, bientôt remplacé, au siècle suivant, par la posthumanité. La dénazification était une tâche impossible : les nazis avaient brûlé toutes les traces (l'autodafé était leur sport préféré : ils l'ont aussi appliqué à leurs propres œuvres). Comment distinguer les criminels de guerre de ceux qui n'étaient que des victimes allemandes d'Adolf Hitler ? Les chefs se faisaient passer pour des sous-fifres, ils expliquaient que les vrais chefs s'étaient tous suicidés, et qu'eux avaient fait leur possible pour aider les Juifs. Les tueurs prenaient des têtes d'innocents. On n'allait tout de même pas flinguer tout le pays... On avait besoin des Allemands pour reconstruire l'Allemagne. La World War One avait donné la World War Two. Il ne fallait surtout pas recommencer à humilier les Allemands, pour éviter que la World War Two n'entraîne une World War Three.

Le Juif Jerry Salinger a vu ce que personne ne doit voir. Il avait lutté pour sauver des Juifs affamés, torturés, gelés, gazés, cramés. C'était ainsi, il devait l'accepter : il venait de faire la guerre pour ces squelettes rampants. Ce qu'il ne pouvait pas imaginer : cette paix ne délivrera personne. Le massacre est allé trop loin, l'armée américaine arrivée trop tard. La paix non plus ne sert à rien. Il rêve souvent d'une femme-squelette qui l'engueule : « Merci oh merci mais pourquoi avez-vous mis si longtemps à venir ? Vous avez débarqué en juin, libéré Paris en août, et nous on mourait tous les jours, j'ai perdu ma sœur en novembre, et on vous attendait encore, et mon père a été exécuté en février, et personne ne bombardait les voies ferrées, ni le camp, mais que faisiez-vous, où étiez-vous ? Et ils ont tué tous les enfants, tous les jours, et ils ont enfermé mille personnes dans une grange et ils y ont mis le feu, et ils nous cassaient les dents et nous crevaient les yeux, tous les jours, et vous ne veniez jamais, jamais ! » Dans son rêve elle fondait en larmes, hystérique, « oh mon Dieu j'ai faim, qu'avez-vous à manger sur vous ? » Et il ne savait pas quoi lui répondre, il lui tendait sa ration.

Personne ne les avait prévenus, il ne pouvait pas deviner qu'il ne fallait pas leur donner à manger. Ces pensées morbides, inadmissibles, tournaient dans la tête de Jerry comme, plus tard, les mantras bouddhistes et refrains zen qui l'aideraient à vivre dans sa réclusion volontaire de Cornish. Personne n'est préparé à assister à une telle barbarie, surtout à vingt-cinq ans. Il ne voulait pas qu'on le remercie, il voulait oublier, il avait sommeil, il tremblait comme les feuilles de l'arbre derrière la vitre de sa chambre. Et ça recommençait, et ça continuait. La mort chimique ne lui avait accordé qu'un maigre répit. Quand le médecin militaire lui demandait comment il se sentait, il répétait toujours la même chose : « Le monde est en feu. »

Un jour, il finit par arriver à sortir dans le jardin. Il resta assis sous un arbre tout l'après-midi. Il laissait les mouches se poser sur ses yeux. Il voyait sans cesse ce qu'il ne voulait plus voir. Il entendait le grondement des chenilles de panzers et les piqués des stukas, le clic des mines explosives sous le pied et le sifflement des balles qui fendent les entrailles. Il enviait les mouches. Il voulait être la mouche posée sur sa main, qui faisait sa toilette, frottait ses pattes l'une contre l'autre, s'envolait et revenait se poser sur son visage. Il regrettait d'en avoir tué beaucoup quand il était gamin. Qu'est-ce que le traumatisme du combattant ? C'est un grand hébété qui demande pardon à une mouche.

L'usure psychique du fantassin Jerry Salinger ne guérira jamais, cette angoisse ne disparaît pas. On ne guérit pas du « Post-traumatic stress disorder ». Le suicide de Seymour Glass dans *Un jour rêvé pour le poisson-banane* est assurément le sien. A partir de mai 1945, Jerry, qui se fera désormais appeler J.D. comme sur les plaques d'identité militaire, est devenu un mort-vivant. Ou plutôt, comme le déclarent souvent les soldats atteints du syndrome du vétéran : il n'est pas mort, mais il ne fait plus partie du monde des vivants. Sa réclusion commence ici. Son isolement n'est pas un choix de dandy mais un dommage collatéral de sa campagne de libération de la France et de l'Allemagne : Salinger est romantique en 1940, espion en 1943, bipolaire en 1945, puis agoraphobe et gérontophobe jusqu'à sa mort.

Dans *Soft-Boiled Sergeant*, une nouvelle inédite en France, publiée en avril 1944, soit un an avant sa tentative de suicide, Salinger reproche au cinéma de montrer des soldats qui meurent joliment : « *On voit plein de super beaux mecs qui se font toujours tirer dessus proprement, juste là où ça ne les abîme pas physiquement, et ils ont toujours le temps, avant d'agoniser, de dire combien ils aiment leur fiancée au pays, avec laquelle, au début du film, ils se sont sérieusement disputés pour savoir quelle robe elle devait porter à la soirée de fin d'année. Ou alors le gars qui est en train de crever lentement a tout de même le temps de passer le papier qu'il a volé au général ennemi et de résumer toute l'histoire depuis le début. Et pendant ce temps, tous les autres super beaux mecs, ses copains, ont tout le temps de regarder leur encore plus beau camarade mourir. Après on ne voit plus rien, mais on entend un gars avec une trompette qui prend le temps de souffler des notes. Et vous voyez le village du mec qui est mort, avec à peu près un million de personnes, dont le maire, la famille du mort et sa petite amie,*

et peut-être le Président, tout autour de son cercueil,
faisant des discours, portant des médailles et plus chic
en deuil que la plupart des gens quand ils s'habillent
pour aller à une soirée. »

Dans la réalité, il faut remplacer le beau discours
en gros plan par des cris de putois à l'arrière-plan,
le seul message que les soldats laissent c'est « au
secours maman » et pour l'hommage national, il faut
se contenter d'un courrier-type remis en main propre
par un officier en uniforme à tête de croque-mort.
Ce qui provoque le traumatisme du vétéran, ce n'est
pas l'indifférence ni le manque de reconnaissance,
c'est que la vie a continué. De retour à New York
en 1946, Jerry fut effondré de revoir le gros portier de son immeuble promener son chien tous les
jours comme il le faisait avant la guerre. Ainsi les gens
avaient continué de mener leur vie, de prendre leur
breakfast, de faire leurs courses chez l'épicier du
coin, et de promener leur toutou autour du pâté de
maisons. Le décalage, voilà la cause principale de la
dépression du combattant. La vie a suivi son cours,
c'est pour cette vie qu'ils se sont battus, mais cette
apparition du vieux doorman imperturbable a forcé
Jerry à s'accroupir une bonne partie de la nuit dans
son parking, la tête dans les mains, sans parvenir à
faire cesser ses hoquets.

Dans *Un sergent bouilli*, un jeune officier nommé
Burke emmène un soldat au cinéma voir un film de
Charlie Chaplin. Le sergent vient d'apprendre que
sa petite amie en a épousé un autre. Et justement,
tiens, voilà qu'il aperçoit son ex-fiancée dans la salle,

une jolie rouquine assise avec son nouveau jules. Le film commence, mais le sergent se lève au milieu du film pour partir. Il dit à l'autre :

« — *Reste et regarde-le. Je t'attends dehors.* »

Quand il sort après le film, ils ont ce court échange :

« — *Qu'est-ce que t'as Burke ? T'aimes pas Charlie Chaplin ?*

J'avais mal aux côtes tellement Charlie m'avait fait rire.

Burke a dit : — Il est pas mal. Mais j'aime pas les petits gars avec une drôle de tête poursuivis par des gros gars. Et n'ayant jamais de succès avec les filles. Je me protège, en quelque sorte. »

Le sergent Burke se fait ensuite tuer par un chasseur Zéro japonais à Pearl Harbor.

Une hypothèse intéressante, bien que très tordue, serait que ce soit en réalité Charlie Chaplin, déjà voleur d'Oona, qui soit le véritable inventeur de l'adolescent éternel et torturé. Salinger n'aurait fait que reprendre le modèle du « tramp » : *L'Attrape-cœurs* est un succédané des *Lumières de la ville* où le chapeau melon est remplacé par une casquette. La pureté des enfants, la corruption des adultes : les films de Chaplin ne parlent de rien d'autre. C'est lui qui a initié le mouvement. Quant à la carica-ture des bourgeois, Balzac, Flaubert et Zola avaient bien entamé le travail. Un roman américain l'avait achevé : *Babbitt*, de Sinclair Lewis, en 1922. Ne restait plus qu'à reprendre la figure de l'adolescent romantique et dépressif, déjà présente chez Goethe et Musset. Holden Caulfield, c'est un mélange de

Charlot et du personnage d'Octave dans *La Confession d'un enfant du siècle*.

Après la guerre, entre 1946 et 1951 (date de la publication de *L'Attrape-cœurs*), J.D. Salinger va écouter Billie Holiday, Art Tatum et Charlie Parker dans les clubs de jazz sur la 52ᵉ Rue entre la 6ᵉ Avenue et Broadway, par exemple au Blue Angel. Il retourne parfois au Stork Club. Un soir, il y croise Humphrey Bogart accompagné d'un immense panda en peluche qu'il présente à tout le monde comme sa fiancée. Une fille essaie de lui voler son panda, une bagarre éclate[1]. Jerry y a peut-être revu Oona, qui dînait parfois au Stork avec Chaplin, toujours à la même table qu'avant la guerre. Je ne pense pas qu'ils se soient parlé, Chaplin étant très jaloux. Mais j'imagine bien Jerry seul au bar, ruminant son passé et sa solitude, écoutant la musique et les rires, regardant les bagarres et les étreintes avec la bouche ouverte. Jerry caché dans la grande salle, Oona et son mari dans la Cub Room : chacun son monde. Le Stork est resté ouvert sans interruption en 1944 et 1945, l'année la plus longue de la guerre. J'imagine Salinger rire trop fort, boire des whiskies cul sec et parler tout seul, je vois le barman lui demander s'il a un problème.

— Allez, bois un coup avec moi, dit Jerry. J'ai vaincu Hitler, for God's sake.

— Non merci, répond le barman.

— Mais si tu vas boire, planqué !

---

1. Lauren Bacall raconte cette scène dans ses mémoires : *By Myself*, Ballantine, 1984. (Note de l'auteur.)

Et Jerry de jeter le contenu de son verre au visage du barman.

— Lèche tes joues à ma santé putain ! Sinon je vais te scier en deux pour voir ce que tu as dans le ventre.

Jerry est porté dehors par les videurs, viré du Stork Club, tabassé, bourré, comme Joaquin Phoenix au début de *The Master*.

— C'était ma table, la table six, c'était chez moi, parfaitement, connard !

Tout ceci est hautement probable. Si Salinger a quitté New York, c'est parce qu'on ne le laissait plus rentrer nulle part. Adolf Hitler a eu la même amertume de vétéran traumatisé à partir de 1919. Démobilisé et défait, frustré et désœuvré, vaincu et loser, Jerry s'est enfui pour ne pas devenir dictateur.

New York, décembre 1947

Chère Oona,

Je suis content pour toi, tu semblais épanouie hier soir à la table six du Stork dans ta robe dorée comme du champagne, coulant en cascades sur tes épaules de marbre. Je croyais pouvoir rentrer au pays et reprendre une vie normale mais je n'y parviens pas. Je ne fais plus partie du Rêve Américain, je ne peux plus m'intégrer à la société et commander des crêpes Suzette sous les flonflons étoilés. Je ne me sens bien qu'enfermé, isolé, morfondu : tu te rappelles que c'était notre verbe préféré ?

Soudain le grondement cessa et tout fut fini. J'ai du mal à m'habituer au silence. Je ne sais pas comment on fait ses courses sans ramper pour se cacher. Je ne sais pas parler aux gens sans dégoupiller une grenade pour leur faire sauter la cervelle. Ils ne s'en rendent pas compte et je les dérange avec mes yeux hagards. Je ne sais pas marcher dans la rue sans sursauter au moindre bruit et plonger derrière les poubelles pour me mettre à l'abri. La vie civile c'est une guerre propre. Je sens que les bons citoyens m'en veulent de ne plus être capable de légèreté. Ils sont pressés, futiles, en retard pour aller au bureau. Mais je ne demande pas mieux, moi : c'est mon rêve d'aller au bureau, ou alors d'écouter du jazz toute la journée sans me souvenir. Je ne supporte que de parler à de très jeunes filles ou à de très vieux arbres.

Toutes les nuits j'y retourne en rêve. Avec les mains des prisonniers qui se tendent et nous qui leur donnons trop à manger, et on voit leur estomac qui gonfle, leur cage thoracique qui grossit à vue d'œil. Ils pleuraient mais aucune larme ne sortait de leurs yeux. C'est le décalage qui était affreux : eux qui pleuraient de joie et nous qui pleurions d'effroi. Tous les matins je suis content de me réveiller, mais tous les soirs j'ai peur de m'endormir car je sais que je vais y revenir et encore leur donner trop à bouffer, jusqu'à ce que leurs ventres explosent. Personne ne comprendra jamais, je n'arriverai jamais à raconter 1 % de ce que j'ai vu. Les photos ne montrent rien, et les phrases sont impuissantes.

Ah ça c'est sûr je ne vais pas bien du tout du tout mais ce n'est pas toi qui m'as tué oh non ce n'est même pas toi. Sois heureuse avec Charlie, ceci était vraiment ma dernière lettre.

J'ai ri[1].

---

1. En français dans le texte.

Alors Jerome David Salinger a commencé à imaginer son personnage Holden Caulfield, qui apparaissait déjà dans plusieurs de ses nouvelles publiées (*Le Dernier Jour du dernier permissionnaire* en juillet 1944, *Ce sandwich n'a pas de mayonnaise* en octobre 1945, *L'Étranger* en décembre 1945, *Je suis fou* en décembre 1945, *Légère Rébellion près de Madison* en décembre 1946) ou refusées par des journaux (*Le Dernier et Meilleur des Peter Pan*, 1942, *L'océan rempli de boules de bowling*, 1945). Il invente Holden Caulfield soigné pour troubles mentaux dans une clinique psychiatrique, après une fugue à New York. Et il commence à noter cette célèbre phrase : « Si vous voulez vraiment que je vous dise, alors sûrement la première chose que vous allez demander c'est où je suis né, et à quoi ça a ressemblé, ma saloperie d'enfance, et ce que faisaient mes parents avant de m'avoir et toutes ces conneries à la David Copperfield, mais j'ai pas envie de raconter ça et tout. »

En 1951, J.D. Salinger publie *L'Attrape-cœurs*. C'est le désespoir d'un vétéran de la Seconde Guerre mondiale transplanté dans le cœur d'un adolescent new-yorkais. Le roman a été refusé par le *New Yorker* et l'éditeur Giroux (qui rejeta aussi *Sur la route* de Kerouac). Finalement accepté par Little, Brown and Company, il sort le 16 juillet 1951 au prix de trois dollars. Salinger est respecté dans le milieu littéraire pour ses nouvelles parues dans le *New Yorker* : *Un jour rêvé pour le poisson-banane*, en 1948, et *Pour Esmé, avec amour et abjection*, en 1950. *L'Attrape-cœurs* est immédiatement salué par Faulkner et Beckett. Jerry ne fera aucune « promo ».

— Je suis incapable d'expliquer ce que j'ai voulu écrire, dira-t-il pour refuser toutes les interviews.

Le message du livre ? Soit vous vous conformez au mode de vie du cadre moyen, soit vous finissez à l'asile. A partir de 1951, l'hôpital psychiatrique est l'horizon des esprits libres en système capitaliste.

Au bout de trois mois, le livre est 4e sur la liste des meilleures ventes du *New York Times*, qui l'a pourtant éreinté. Depuis soixante ans, il s'en vend un million d'exemplaires chaque année. Ce succès et ses conséquences sur la société n'a qu'un équivalent en France : celui de *Bonjour tristesse* de Françoise Sagan, publié trois ans plus tard.

XI

1952-53 : le tournant

> « *Nos vies ne sont que d'obscurs intermèdes dans les grands jeux électriques de Dieu Le Père.* »

Eugene O'NEILL, *L'Etrange Intermède*, 1928

L'impopularité de Chaplin aux Etats-Unis devenait un problème quotidien pour sa famille. Au restaurant, les gens se levaient pour le traiter de « rouge », ou de « bolchevik ». On évitait Charlie et Oona à Hollywood. Le soir du Réveillon, ils faisaient fuir toutes les autres stars. L'échec de *Monsieur Verdoux* leur fit une peine infinie. Ils se sentaient de plus en plus détestés et pas seulement par les Républicains. Un jour, quelqu'un cracha sur Oona dans la rue. L'agressivité devenait palpable. Charlie refusa à trois reprises de témoigner devant la Commission des activités antiaméricaines. Déprimé, il se mit à écrire une histoire d'amour entre un comédien oublié et une jeune danseuse qu'il sauve du suicide. Ce sera *Limelight* (*Les Feux de la rampe*), son dernier film américain : un mélodrame sirupeux où toute la beauté du cinéma muet de Chaplin s'évapore. Il l'avait prédit lui-même : « Le jour où je parlerai, je deviendrai un comédien comme les autres. » Dans les années 1920, la grande trouvaille de Chaplin consista à ralentir le rythme du burlesque, mais cette trouvaille ne fonctionnait qu'en l'absence de dialogues. On s'attachait à son antihéros émouvant, ivre et dragueur, capable de nous faire pleurer et rire en volant un bonbon à un enfant, ou en jetant sa cigarette par-dessus son épaule avant de shooter dedans avec sa chaussure. A partir du moment où il se met à nous assener de grands discours sentencieux, il perd toute sa féerie et son mystère. (Ce qu'il y a de mieux dans *Limelight*, c'est Claire Bloom, qui épousera plus tard Philip Roth.)

L'ambiance de chasse aux sorcières est telle à Los Angeles que Chaplin décide d'organiser la première de *Limelight* à Londres, en octobre 1952. Oona et lui prennent le bateau avec leurs quatre enfants (Geraldine, Michael, Josephine et Victoria) pour traverser l'Atlantique. C'est le moment que J. Edgar Hoover, le directeur du FBI, choisit pour passer à l'action. A bord du paquebot *Queen Elizabeth*, ils reçoivent un télex des services d'immigration les avertissant que Mister Chaplin est interdit de séjour aux Etats-Unis et n'obtiendra un visa de retour que s'il répond des charges de « turpitudes morales et politiques » devant le Conseil d'enquête du département de l'Immigration. Parallèlement, le ministre américain de la Justice annonce l'ouverture d'une enquête sur Chaplin. (Aujourd'hui encore, à tous les visiteurs des Etats-Unis est posée cette question : « Etes-vous communiste ? » Si vous répondez par l'affirmative, vous allez au-devant de longues heures d'interrogatoire.) Tous les journaux font leurs gros titres sur le « bannissement » de Charlie Chaplin. A son arrivée à Londres puis à

Paris, il est accueilli triomphalement. Lors d'une conférence de presse à l'hôtel Ritz, le 29 octobre 1952, Chaplin déclare qu'il ne retournera jamais en Amérique.

Comme beaucoup de riches, Oona et Charlie choisissent alors de s'installer en Suisse, près du lac Léman. L'embêtant, c'est que toute la fortune des Chaplin est en Californie ! Le 17 novembre 1952, c'est Oona qui va se charger de récupérer l'argent dans le plus grand secret. Elle prend un avion Londres-Los Angeles sous prétexte d'assister au conseil d'administration de United Artists. En réalité elle se précipite à Summit Drive pour donner congé à tout le personnel et mettre en vente la maison, puis fonce chez l'avocat de Charlie afin de vendre ses actions. Avec la procuration de son mari, elle vide tous les coffres de la Bank of America et récupère les copies originales de tous les films de Charlot. Elle transfère le maximum de leurs avoirs par chèques et virements sur des comptes en Europe, et retire tout le reste en billets de mille dollars, qu'elle fait coudre dans la doublure de son manteau de vison. Elle prend ensuite un avion pour Londres dans lequel elle transpire abondamment, ne quittant pas sa fourrure qui contient des millions de dollars. La scène fut récemment reprise par Scorsese dans *Le loup de Wall Street*. L'année suivante, Oona renoncera à la nationalité américaine et adoptera la nationalité britannique. Chaplin ne reviendra à Los Angeles que pour recevoir un Oscar d'honneur en 1972, avec un visa exceptionnel de quinze jours, devant ce qui reste à ce jour la plus longue « standing ovation »

de l'histoire de cette cérémonie. Je mets au défi tout
être humain de regarder cette séquence sans utiliser
de nombreux mouchoirs.

Début 1953, l'hôtel Sheraton de Boston ressemble à tous les Sheraton de cette époque : la moquette est marron, les lustres sont argentés, les lampes sont orange. Les murs sont couverts de formes géométriques, des losanges, des rectangles futuristes. Le sourire de l'hôtesse d'accueil est si automatique qu'il flanque le cafard. Le doute n'a pas sa place dans les Sheraton.

Dans sa chambre beige, Eugene tremble, allongé sur son lit marron, il ne peut plus écrire. Il félicite Jerry pour son recueil de nouvelles qui vient de paraître.

— Je vous ai téléphoné pour vous voir. Vous étiez un ami de ma fille. Je vais mourir sans la revoir. Je ne sais pas pardonner, je n'y arrive pas, elle non plus. Je n'ai pas su m'en occuper, je n'étais pas fait pour être un père. Votre livre m'a donné envie de vous dire cela. Je sais que vous étiez son fiancé avant Chaplin. Je... Je n'ai jamais su comment lui parler, je n'osais même pas lui toucher le bras. On ne s'embrasse pas, dans la famille. C'est affreux de ne plus pouvoir écrire quand on ne sait pas non plus parler.

Eugene O'Neill prononce ces phrases comme s'il les lisait sur un prompteur invisible, avec la diction d'un acteur débutant, en articulant trop et en regardant le plafond. Il paraît avoir longtemps préparé son discours. Sa main tremble bêtement, il bave et sent mauvais. Il récite sa confession pour lui-même, peut-être qu'il confond Salinger avec un prêtre et espère l'absolution.

— Mister O'Neill, dit Jerry après un long silence, je vous comprends parfaitement. Vous vous êtes senti trahi, comme moi, et vous n'avez pas supporté qu'elle vous échappe. Pour moi, il y a longtemps que l'histoire est perdue, mais il n'est pas trop tard pour vous réconcilier avec votre fille. Vous n'avez pas son numéro de téléphone en Suisse ?

— Regardez ce qu'elle m'envoie : les photos de mes petits-enfants. Sa dernière lettre est sous mon oreiller mais je refuse de l'ouvrir. Qui suis-je pour Oona désormais ? Un salaud qui va mourir. Je rôtirai sans doute en enfer mais je ne la reverrai pas. Certains échecs sont irrattrapables, on ne se réconciliera pas parce qu'on ne peut pas modifier le passé, Jerome. Votre livre est très bon parce qu'il est radical sur cette question. Votre héros est intransigeant, il ne supporte pas l'hypocrisie, il est impoli et idéaliste… Il vous ressemble un peu, n'est-ce pas ? Alors vous savez que c'est foutu. Nous avons été séparés si longtemps qu'une réconciliation si tardive ne rimerait à rien.

— Je ne comprends pas pourquoi vous m'avez convoqué ici. Pour me dire cela ? Je vous abjure de faire un signe à Oona avant… Quand quelqu'un lui crachait dessus, Bouddha disait : « Je n'ai rien à faire de votre insulte, reprenez-la. »

— Où habitez-vous ?

— New York, pourquoi ?

— Quittez New York pour une maison tranquille, loin de l'agitation mondaine. Vous parlez d'une cabane en forêt dans votre roman, eh bien, trouvez-la, écoutez le conseil d'un vieux schnock, c'est en fichant le camp de leurs manigances de salon que vous accomplirez votre œuvre. Je sens en vous une folie aussi grande que la mienne... Votre « attrapeur dans le seigle » c'est vous à la guerre, n'est-ce pas ? Vous avez vu beaucoup de vos camarades tomber ?

— Tellement que je n'ai pas pu les compter, Monsieur. Je revois régulièrement les survivants. Nous ne parlons jamais de ceux qui y sont restés. Nous buvons des verres en parlant de base-ball. Les listes de noms gravées sur les monuments aux morts ne restituent guère les jeunes hommes qu'ils étaient. Certains étaient de vrais cons, d'autres des rigolos ou des froussards. Des dragueurs d'infirmières comme Hemingway ! Vous refusez de parler à Oona, moi je suis bien incapable de raconter qui étaient ces jeunes inconnus qui sont morts en France et en Allemagne.

— Vous verrez qu'un jour vous n'aurez plus le choix, ils devront déménager de votre tête, d'une manière ou d'une autre, et alors vous en serez enfin débarrassé... En attendant, quittez New York. Je vous assure que c'est ce qu'il y a de mieux à faire.

— Je suis venu vous implorer de téléphoner à votre fille et vous voulez me bannir de Manhattan ?

— Exactement. Ce sont mes dernières volontés.

Vous n'allez tout de même pas contrevenir aux dernières volontés d'un vieillard mourant ?

Quelques semaines après cette rencontre secrète, le
27 novembre 1953, dans la chambre 401 de l'hôtel,
Eugene O'Neill expirait en murmurant : « Né dans
une chambre d'hôtel, et nom de Dieu, mort dans une
chambre d'hôtel ! »

Jerry déménagea à Cornish, et les Chaplin restèrent
à Corsier-sur-Vevey. Officiellement, Oona et Jerry ne
se revirent jamais.

XII

Oyster Bar, printemps 1980

« Les hommes comme moi ne devraient jamais rencontrer les femmes comme vous. »

Guy de MAUPASSANT, *Notre cœur*, 1890

Charlie Chaplin mourut le matin de Noël 1977 au manoir de Ban. Dans leurs cadeaux au pied du sapin, ses enfants trouvèrent un projecteur Super-8 et quelques copies de ses premiers films des années 1910. Effondrée, Oona acheta alors un duplex à New York sur la 72ᵉ Rue Est, où elle se rendait souvent pour fuir ses souvenirs de Vevey. Là-bas, elle revoyait souvent Truman Capote. Il passait la chercher chez elle, enroulé dans une cape noire et coiffé d'un chapeau à larges bords. Ensemble ils se rendaient aux réunions des Alcooliques Anonymes avant de finir la soirée chez lui, au 870 U.N. Plaza (21ᵉ étage), à écouter des disques de Xavier Cugat. Oona était la seule femme du monde qui acceptait encore de lui parler après le scandale de *Prières exaucées*. Oona ne parvenait pas à vivre sans Chaplin. L'Irlandaise Déglinguée noyait son deuil dans l'alcool comme une héroïne de Jean Rhys. A Corsier, elle cachait des bouteilles dans les boîtes à chaussures, les tiroirs, sous les vêtements, derrière les livres dans les bibliothèques, dans les poches de ses manteaux et même sous son matelas. Après le départ de ses enfants du manoir, elle devint progressivement aussi misanthrope que J.D. Salinger. Certes, elle revoyait régulièrement les deux autres membres du Trio Doré, Carol (désormais mariée à l'acteur Walter Matthau) et Gloria (qui s'appelait Vanderbilt Cooper depuis son quatrième mariage). Elles passèrent quelques week-ends à Malibu, à se souvenir en gloussant de leurs nuits au Stork Club, qui n'existait plus (l'immeuble avait été détruit en 1966). De temps en temps, Oona louait un yacht pour une croisière au soleil, ou sautait dans le Concorde sur un coup de tête. A 54 ans, elle eut un petit flirt avec un jeune comédien empressé : Ryan O'Neal, 38 ans, qui venait de tourner *Barry Lyndon*. L'année suivante, le peintre Balthus l'invita à Rossinière pour lui présenter David Bowie, venu enregistrer son dernier album à Montreux. Sophia Loren emmena Michael Jackson visiter le manoir de Ban après son concert. Oona lui céda les droits de *Smile* (qu'il massacra sur un de ses albums) mais refusa de lui vendre le manoir. Un soir, chez Carol, Richard Avedon lui dit :

— Il paraît que vous êtes unique, mais je ne le vois pas.

— Je ne le suis pas, vous avez raison. Parce que tout le monde l'est.

— Oh. Maintenant je le vois, dit Avedon.

La plupart du temps, elle ne voyait personne. Petit à petit, Lady Oona O'Neill Chaplin se forgea une réputation de veuve recluse un peu siphonnée, mélangeant vodka et antidépresseurs, pieds nus dans sa Rolls-Royce avec chauffeur. Jusqu'au jour où, devant tous ses enfants et petits-enfants réunis autour d'un gâteau à soixante bougies chez elle à New York, elle porta un toast la voix pâteuse, en titubant :

— A vous tous, ma chère famille, en ce soixantième anniversaire, je peux enfin le dire : je hais mon père, Eugene O'Neill !

avant de s'effondrer dans un sofa en saignant du nez.

Dans les années 1970, Salinger se rendait parfois à New York, Londres ou Paris, en toute discrétion. Un jour de 1980, Oona reçut chez elle un bristol blanc avec ces mots griffonnés soigneusement à l'encre bleue : « Chère Oona, ne me demande pas comment j'ai retrouvé ton adresse américaine. Je te rappelle que j'ai travaillé dans le contre-espionnage. Je serai le grand type aux cheveux blancs, caché derrière un plateau de fruits de mer et une bouteille de chardonnay à l'Oyster Bar de Grand Central Station, lundi prochain à midi. Jerry ». Elle mit un certain temps à comprendre qu'il ne s'agissait pas de Jerry Lewis. Elle fit le rapprochement à cause de la gare de Grand Central, parce que Holden y dépose ses bagages à la consigne dans *L'Attrape-cœurs*. Oona déjeunait souvent à l'Oyster Bar, buvant beaucoup de champagne en commandant des huîtres. Les serveurs l'aimaient bien car Lady Chaplin laissait souvent des pourboires de cent dollars.

Le soir chez elle, Oona demanda conseil à Truman Capote. Devait-elle aller au rendez-vous ? Capote n'avait jamais pu encadrer Salinger : les mondains prennent la misanthropie pour de l'arrogance.

— Alors comme ça tu vas revoir l'ancien combattant qui écrit comme un bébé ?

— Tais-toi un peu. Tu as eu de la chance, tu étais trop jeune pour aller à la guerre. Tu n'aurais pas tenu dix minutes.

— Moi ? Au milieu de mille beaux gosses en treillis ? Mais tu me parles de mes rêves les plus humides !

— Tu n'es pas drôle. Rien que d'avoir assisté à une exécution capitale t'a traumatisé à vie. Là-bas, des exécutions ils en ont vu des centaines chaque jour.

— Pff… Je sais que tu as raison. Ne le répète à personne, mais je crois que j'ai écrit *De sang-froid* uniquement pour me faire pardonner de n'avoir pas fait la guerre. Ah, ressers-moi une vodka, chérie. Tu sais, parfois, j'ai l'impression de reconnaître Perry Smith[1] dans la rue. Je sais que c'est lui. Il me suit et puis il disparaît.

— Moi c'est pareil. Quand je suis saoule, j'ai l'impression que Charlie est à côté de moi, je me mets à lui parler, j'ai une idée d'un truc qui va le faire rire, et tout d'un coup je me souviens qu'il est mort, et il se volatilise.

— Tu crois qu'on boit pour les oublier ?

Ecartant les rideaux en taffetas bleu lavande, Tru-

---

1. Le meurtrier de la famille Clutter qui fut pendu devant Truman Capote le 14 avril 1965 dans l'entrepôt du pénitencier de Lansing (Kansas). Il raconte son exécution dans *De sang-froid*. (Note de l'auteur.)

man regardait l'East River par la fenêtre. Les rayures de son costume en seersucker étaient assorties aux rideaux. Avec ses yeux écarquillés, il ressemblait à Peter Lorre dans *M le Maudit*.

— Non, dit Oona. Je crois qu'on boit pour les revoir.

— Tu sais que tu es ma seule amie. Tu l'as toujours été. Allez, va voir ton attrapeur, à une condition : tu me répètes tout après au Studio 54 !

— Au 54 ? J'aimerais mieux me faire dévitaliser une dent.

Philippe Labro raconte dans un de ses livres de souvenirs qu'il a croisé J.D. Salinger à Grand Central Station. Labro est allé à la rencontre d'un grand vieillard voûté en lui demandant : « Are you Mister Salinger ? » et l'autre s'est mis à crier très fort : « Aaaaaahh !! » Je ne sais pas si l'anecdote est vraie, mais une chose est sûre : j'ai bien fait de ne pas sonner à sa porte en 2007. Je n'aurais pas aimé que Salinger me gueule dessus comme un enragé.

Quand Oona est entrée dans le restaurant, elle ne l'a pas reconnu tout de suite. Cela faisait quarante ans qu'ils ne s'étaient pas vus, et Salinger n'était pas le genre de type à lever les bras pour qu'on le remarque. Et puis elle a aperçu un vieux maigre aux cheveux blancs qui la dévisageait de ses yeux noirs. Tout avait changé, sauf ses yeux d'aigle bienveillant. Gus Van Sant a visé juste quand il a fait jouer son rôle par Sean Connery dans *A la rencontre de Forrester* : la ressemblance est frappante. On aurait dit James Bond à la retraite.

— Tu n'as pas du tout changé, dit Jerry, je t'ai reconnue dès ton entrée. Les pommettes saillantes, l'ossature du visage, c'est ça le secret, la structure ne bouge pas, les rides n'y changent rien. Et puis tu es restée mince.

— N'importe quoi, j'ai eu huit enfants ! Arrête de te foutre de moi, ce rendez-vous commence mal. Garçon, une vodka, s'il vous plaît. Tu ne bois rien ?

Elle tripotait nerveusement son sautoir en perles. Elle se sentait idiote d'avoir mis un tailleur Chanel. Elle avait l'air d'une vieille bourgeoise coincée. Oona se rendit compte que c'était la première fois, depuis la mort de Charlie, qu'elle se souciait de l'opinion d'autrui sur son apparence physique.

— Chaplin a été malin de te faire vite huit gosses, dit Jerry. Après tu étais coincée avec lui dans son château suisse.

— Avec toi, j'aurais été enfermée dans une cabane au fond des bois, c'est pire !

— Il t'a phagocytée, t'a forcée à laisser tomber ta carrière d'actrice.

— Le cœur léger, Jerry. J'étais heureuse, pas rongée d'ambition comme toi.

— Tu aurais pu devenir une grande star de cinéma.

— La belle affaire ! Aujourd'hui je serais une ex-grande star de cinéma.

— Tu as passé les plus belles années de ta vie avec un croulant en chaise roulante. Pas lui, lui a vécu avec une jeune beauté ! Lui ne s'est pas sacrifié pour toi !

— Mais moi non plus ! Je suis tombée amoureuse. Les hommes sont mille fois plus beaux à cinquante

ans qu'à vingt. Je ne me suis pas sacrifiée, tu le sais
très bien puisque tu l'as écrit dans tes nouvelles : il
n'y a rien de plus intéressant sur terre que de s'occuper de quelqu'un d'autre. J'étais généreuse par pur
égoïsme. Et puis, faire des enfants, c'est bien quand
on est dépressive... ça m'a interdit de me suicider
comme mes frères.

En la revoyant, Jerry se souvint de son mal de
ventre à chaque fois qu'il la voyait. Comment avait-
il fait pour partir à la guerre au lieu de rester avec
elle ? A l'époque, il aurait donné sa vie pour cette
vieille jument aux joues rougeaudes et aux dents en
avant. Il se haïssait de ne plus ressentir la brûlure de
ses vingt ans, mais il était content de souffrir tout de
même. Oona lui avait toujours fait mal : certaines
personnes sont nées pour ça ; nous leur octroyons le
droit de nous torturer durant toute notre vie. Il ne
regrettait pas la douleur, mais sa jeunesse. Il lui en
voulait d'avoir autant vieilli que lui. Ils étaient deux
ex-amants, avec leurs vies derrière eux, leurs enfants,
leurs souvenirs, deux vieillards assis sur des tabourets
en fer, avec devant eux deux choses : une bouteille
de vin blanc plongée dans un seau à glace (qu'ils ne
touchaient pas) ; et la mort inéluctable, dix ans après
pour elle, trente pour lui.

— Tu sais, reprit Jerry, j'ai fait comme Chaplin.
Quand j'ai eu cinquante-quatre ans, moi aussi je me
suis mis avec une petite de dix-huit ans. Ça a tenu un
an. Heureusement que nous n'avons pas eu d'enfants.
Elle s'appelait Joyce Maynard.

— Donc tu vois bien que ce n'est pas une question
d'âge.

— Si, l'écart d'âge est le secret des couples qui durent. J'ai compris Chaplin depuis que j'ai vécu comme lui. La jeunesse, l'innocence, l'enthousiasme et la pureté à la fois… Un corps neuf et une âme confiante, c'est tout ce dont un vieillard a besoin.

— Avant la guerre, tu n'étais pas un homme. Et moi j'avais besoin d'un homme.

— D'un père, tu veux dire.

— Nous étions si jeunes et si cons… Charlie me faisait rire et toi tu n'as jamais été drôle. Ecoute, cette rencontre était peut-être une mauvaise idée, restons-en là ou…

Au lieu de finir sa phrase, Oona préféra terminer son verre d'un geste désinvolte, comme pour chasser une mauvaise pensée par ingestion de liquide russe à quarante degrés. Amis lecteurs en pleine puberté, si vous m'avez suivi jusqu'ici, sachez que cette méthode ne mène nulle part. Quand sa gorge cessa de la brûler, elle reprit la parole un peu plus fort, pour couvrir le brouhaha des clients agglutinés autour du bar.

— Au fait, tu sais que j'ai la réponse à la question de Holden, à propos des canards de Central Park ? Ils restent tout l'hiver sur le lac. L'étang de Central Park n'est jamais complètement gelé, il y a toujours un espace pour plonger sous la surface et trouver de la nourriture sous l'eau. Si c'était gelé tout l'hiver, ils migreraient, mais ils n'en ont pas besoin. Les canards de Central Park sont là toute l'année, Jerry. Ils ne bougent jamais de là. Ils n'ont pas froid l'hiver. Ils sont comme toi, immobiles. Et les oies du Canada, les cygnes, les hérons, les mouettes, les goélands…

ils ne fuient pas, ils ne vont nulle part. Personne ne quitte New York. Tu as imaginé des sornettes toute ta vie, Jerry.

— Je suis content : je pensais que tu ne m'avais jamais lu.

— En 1941, tu étais invivable comme tous les garnements de ton âge. Et puis tu étais beaucoup trop grand. Charlie, au moins, mesurait ma taille. Nous étions parfaitement proportionnés.

— Une famille de lilliputiens !

— Jerry, je vais te dire une chose sur Charlie. Il était jaloux, radin, nombriliste, maniaque, narcissique, mégalomane, insupportable, acariâtre, snob, dragueur, mais je l'aimais, que veux-tu, je l'aimais. Je ne l'ai pas choisi sur un menu.

Salinger goba une huître en émettant le même son qu'une baignoire qui se vide.

— Charlie Chaplin est sans le moindre doute le plus grand satiriste de tous les temps, reprit-il après s'être essuyé avec sa serviette. Et c'est pour cette raison précise que je l'ai détesté toute ma vie.

— Je ne supporte pas son départ. Franchement, c'est atroce. Je n'y arrive pas, même avec huit enfants que j'aime. Vivre sans lui... A présent, je suis contre l'écart d'âge. Je donnerais n'importe quoi pour une minute de plus avec lui, même malade, gâteux, débile et sourd. Je souffre trop. Commande-moi une autre vodka straight, please, j'ai trop honte.

Jerry regarda la bouteille de vin blanc inutilisée, puis fit signe au serveur.

— Puisqu'on en est aux confidences, reprit Oona,

je me suis toujours demandé pourquoi tu n'avais jamais essayé de coucher avec moi.

— Tu ne bougeais pas dans le lit, tu ne disais rien, tu te laissais peloter en serrant les dents. Tu avais les pieds si froids… Tu étais si coincée, si belle, mais mon Dieu, quelle allumeuse !

— J'étais timide, idiot ! J'attendais que tu fasses le premier pas…

— C'était vrai qu'on était jeune et con. A l'armée, je suis tombé amoureux de toi parce que tu étais loin. Parce que mes amis mouraient par tirage au sort, à la loterie des intestins sortis. Je t'aimais parce que nous n'avions jamais couché ensemble et que j'allais mourir le lendemain. Je suis venu ici pour te dire quelque chose sur ton mari. J'ai beaucoup regretté la lettre nulle que je t'avais envoyée après votre mariage. Chaplin a échappé aux deux guerres mais il a été bien plus utile. Il a réalisé *Le Dictateur*. Les Etats-Unis traînaient pour y retourner. L'opinion n'en voulait pas. Il y avait eu trop de cadavres en 1918. Le succès de son film a vraiment changé les choses. Quand je pense que ces salauds vous ont bannis simplement parce qu'il militait pour le Second Front. Il avait raison : on aurait dû y aller plus tôt. Il fallait y aller fin 1942, en même temps que Staline. Ah tiens, je t'ai apporté un cadeau.

Jerry se penche, ouvre son sac de voyage et en sort un torchon de cuisine plié en quatre, qu'il pose avec le maximum de précaution sur le comptoir du bar.

— C'est quoi ce paquet de linge sale ? demande Oona.

— Un truc qui t'appartient. Il n'est pas en très bon

état, mais avec un peu de colle forte, tu dois pouvoir le réparer.

Oona déplie les quatre coins du mouchoir. Sur la table, devant ses yeux, elle pose cinq morceaux de porcelaine blanche, luisante comme du blanc d'œuf.

— Il manque des bouts, attention à ne pas te couper les doigts.

Tout doucement, avec une précaution infinie, Oona prend les morceaux et tente de les rassembler, comme une enfant qui se concentre sur un puzzle. Elle arrive à reconstituer une silhouette de cigogne qui porte un chapeau haut de forme et fume une cigarette. Soudain elle rajeunit de quarante ans et ses yeux scintillent de joie comme ceux d'une gamine le soir de Noël. Jerry s'est levé, il est debout, il s'en va trop vite : c'est une manie chez lui.

— Attention à la cendre dedans. Ce sont peut-être des restes de gens brûlés à Dachau, ou alors un vestige du cigare d'Ernest Hemingway. Je ne me souviens plus, je n'ai jamais lavé ce truc, il était dans une malle datant de la guerre. C'est ma fille qui l'a trouvé dans le grenier en faisant du rangement à la maison.

— Et tu m'as écrit pour me le rendre. Toujours aussi facétieux.

— Je suis content de t'avoir revue. Tu es toujours parfaitement parfaite, Lady Chaplin.

— Oh, ça oui, il est bien abîmé ce cendrier. God, le Stork Club… c'est loin tout ça.

— Je suis mort depuis mai 1945 mais toi tu étais morte depuis le début, depuis que ton père t'a quittée.

Oona évite de croiser son regard. Ses mains tremblent mais Jerry est plus ému qu'elle, c'est pourquoi il veut partir le premier, avant de se ridiculiser. Ils regardent le plafond de verre en même temps.

— Non, j'ai gagné contre mon père. J'ai vécu, moi.

— Je ne devrais pas t'en parler... J'ai rencontré Gene, peu avant sa mort, à Boston. Drôle de type, ton père. Il m'avait envoyé une lettre étrange à la publication de *Nine Stories*, une sorte de convocation comme celle que je t'ai adressée. Sais-tu qu'il gardait tes lettres sous son oreiller ? Pauvre vieux. Tu lui ressembles, tu sais. Mais il était bien plus seul que toi. A bientôt, Glamour Girl of the Year, dit Jerry d'une voix chevrotante. Je dois y aller ou je vais louper mon train. Prends soin de toi.

— Allez, bloody catcher, retourne dans ta cachette. Merci pour la cigogne.

— Toi aussi, retourne dans ton manoir suisse, tu n'as rien à faire ici. Rentre chez toi et fais comme moi : médite. Ne vois personne qui ne te soit indispensable. Sauve-toi, dans tous les sens du terme. Adieu, little Oona. Je te laisse l'addition, comme d'habitude !

Jerry lui embrasse la main. Elle la reprend vite pour qu'il ne voie pas les taches brunes dessus. Oona lève son verre, il se penche comme un Hindou pour la saluer. Elle sort une liasse de dollars de son sac à main. En le voyant sourire, elle s'aperçoit qu'elle ne l'a presque jamais vu sourire de sa vie. Elle attend qu'il soit vraiment à l'autre bout de la gare pour se laisser aller.

— Oh shoot...

En la voyant se décomposer, le barman se précipite pour lui demander ce qui ne va pas ; son apitoiement agace Oona. Elle se ressaisit, s'essuie les yeux avec le dos de la main que Jerry vient de baiser, finit son verre, puis la bouteille. En sortant de la gare, elle remet ses lunettes de soleil et le vent frais sèche ses joues. Au bout de quelques mètres, sur la banquette arrière de la Cadillac, elle recommence à pleurer. Son chauffeur blasé lui tend la boîte de Kleenex sans se retourner. Cependant, dans son rétroviseur, il peut voir Oona caresser des morceaux de porcelaine cassée.

— 3 East 53rd Street, dit-elle.

Un quart d'heure plus tard, la limousine noire s'immobilise devant un jardin public. Le chauffeur de la voiture descend ouvrir la portière à Oona, qui se lève avec dignité. Elle s'arrête devant le panneau indiquant : « Paley Park ». Elle reste immobile un instant, comme si elle cherchait à retrouver le Stork Club volatilisé, devenu un minuscule espace vert engoncé entre deux immeubles de la 53e Rue. Puis elle avance lentement dans le square vers le mur d'eau, au fond à gauche, sous les arbustes, et sort de son sac à main les morceaux du cendrier brisé. Au coin du mur, à l'emplacement exact de la table six, elle s'agenouille sur le sol et se met à creuser la terre de ses mains pour enterrer la porcelaine cassée dans la plate-bande. Les passants pressés la regardent en se demandant pourquoi cette clocharde est habillée

en Chanel. Oona pleure encore en remontant dans la
Cadillac, et son chauffeur se dit que cette fois, décidément, c'est certain : Lady Chaplin a complètement
perdu la boule.

Epilogue helvético-pyrénéen

> *« La beauté, c'est tout ce qui compte dans la vie. Si vous la trouvez, vous avez tout trouvé. »*

Charlie CHAPLIN

Je séjournais dans l'hôtel préféré de Nabokov (Montreux Palace, suite 60). Certains exégètes disent qu'il s'est inspiré du nom de Lillita Grey, la deuxième femme de Chaplin, pour baptiser sa plus célèbre héroïne. Dans le parc, entre l'immeuble et l'eau, trône une statue hideuse de l'écrivain ventripotent, avachi sur une chaise bancale. Triste fin pour l'enchanteur de nymphettes, collectionneur de papillons, magicien des mots translucides. Je prendrais volontiers ma retraite dans ce cimetière des éléphants, comme Vladimir et Véra, Charlie et Oona, James Mason, Paul Morand, William Holden, Paulette Goddard et Erich Maria Remarque (à Porto Ronco), Truman Capote (à Verbier), Audrey Hepburn (à Tolochenaz), Georges Simenon (à Epalinges), Graham Greene (chez sa fille Caroline à Corseaux), Coco Chanel (à Lausanne), Greta Garbo (à Klosters, près de Davos)… Tous ces exilés fiscaux se fréquentaient, s'invitaient à dîner, se rendaient visite. Le Léman brille malgré la brume : quand le soleil transperce les nuages, on appelle cela une gloire, dont les rayons rebondissent sur les vaguelettes ; la montagne est réfléchie dans l'eau irisée.

Nabokov parle de « clairières de lumière ». En fait, en écrivant ceci, je vois deux montagnes de mon balcon : la vraie, en face, qui découpe le ciel à la façon d'un électro-encéphalogramme sur fond gris, et l'autre, son reflet inversé dans le lac, comme une pyramide sous-marine. Dans *Autres Rivages*, Nabokov décrit le « lac moucheté de noir, à l'heure du thé, avec des foulques et des morillons ». Il y a deux manières de réagir à pareille phrase. Ou bien on hoche la tête d'un air entendu (c'est-à-dire qu'on fait semblant d'avoir compris), ou bien l'on sait qu'une foulque est un oiseau noir à bec blanc et un morillon une sorte de canard au plumage également noir à bec jaune. Je précise que j'appartiens à la catégorie qui cherche sur Wikipédia. J'ai vu aussi un grèbe huppé (oiseau à tête plate avec une crête de punk), un canard colvert (à tête verte) et un héron cendré. La vieillesse, c'est quand on commence à avoir le temps de s'intéresser aux noms des oiseaux.

A Corsier-sur-Vevey j'ai visité la maison de la famille Chaplin, qui doit bientôt devenir un musée. Le manoir de Ban changera peut-être de dénomination un jour prochain, pour être rebaptisé « Chaplin's World ». Malheureusement, la maison blanche n'est pas encore ouverte au public. Elle est entourée d'un parc de quatorze hectares où l'on peut s'infiltrer en enjambant les barbelés, quand on est courageux, acrobate ou cinéphile : le panneau « chien méchant » n'effraie personne (aucun aboiement audible en une demi-heure d'effraction). Caché derrière les hêtres jaunes et le cèdre géant plié en deux dans le jardin, je pensais à la villa Navarre, quand elle tom-

bait en ruines après la mort de mes grands-parents.
Le domaine inhabité, où Oona a vécu toute sa vie,
est-il hanté ? Ses enfants et petits-enfants racontent
qu'après la mort de Charlie, leur mère et grand-mère
se mura dans le silence. Oona Chaplin est morte d'un
cancer du pancréas, le 27 septembre 1991, à 66 ans,
vingt ans avant Jerry Salinger. Une de ses dernières
phrases fut : « What the fuck did I do with my life ! »

En sortant de chez vous, je me suis penché sur
votre tombe, Oona, au cimetière brumeux de Corsier
où vous avez fini votre vie. J'ai pris en photo cette
pierre fleurie que je considère comme le tombeau du
XXe siècle.

Le jour hésitait à se coucher derrière les grands
arbres qui nous survivront. Des stalactites se formaient dans ma barbe ; j'écoutais *Scarborough Fair* de

Simon & Garfunkel dans des écouteurs. Les paroles de cette chanson médiévale sont une définition de l'amour courtois : cet amour d'un chevalier pour une dame qu'il ne voit jamais, à distance, sans rien espérer en retour. L'amour réciproque est heureux mais ordinaire, l'amour courtois est douloureux mais noble. Salinger et Oona, c'est une histoire d'amour courtois. Chaplin et Oona, c'est le mariage le plus réussi que je connaisse. La vie parfaite, c'est d'avoir vécu les deux, dear Oona.

Je crois qu'il ne faut pas souhaiter un amour courtois, même à son pire ennemi. Mais je crois aussi que la littérature n'est pas la vie, et que rien n'est plus beau, dans un livre et seulement dans un livre, que de telles histoires non vécues. Elles n'ont pas eu lieu, elles n'ont rien donné, elles n'ont pas duré, elles n'ont existé (ou « inexisté ») que pour devenir un roman ou un poème. Il y a bien longtemps, les troubadours avec leurs costumes ridicules avaient compris que certaines histoires méritent mieux que d'être vécues ; après avoir chanté leurs odes à une gente dame inaccessible, ils rangeaient leur mandoline, remontaient sur leur cheval blanc, et rentraient se reposer dans les bras de leur femme. Ils allaient chercher le malheur en dehors de chez eux. Leur vie était riche de toutes ces histoires d'amour qui n'ont pas existé. Rendons hommage aux rendez-vous manqués qui emplissent notre imaginaire : ils sont aussi importants que nos mariages réussis. Oona a réussi à évacuer le malheur de sa vie entre l'âge de 17 ans et la mort de Charlie.

Pourquoi écrit-on un livre plutôt qu'un autre ? Je n'en ai aucune idée, sincèrement, aucune. Je viens de passer quatre ans, tous les jours, avec des gens qui auraient, s'ils étaient toujours en vie, respectivement 89 ans (Oona O'Neill Chaplin), 95 ans (Jerome David Salinger) et 125 ans (Charlot). Il faut croire que les morts sont plus jeunes que les vivants. De quel droit me suis-je autorisé à imaginer leur jeunesse ? Je viens seulement de comprendre. Je voulais savoir lequel avait gagné, de Jerry ou Charlie. L'éternel adolescent retiré du monde ? Ou le papy gâteau engrossant la mère poule ? Le rebelle reclus ou l'ex-anarchiste embourgeoisé ? Le misanthrope sylvestre ou l'exilé fiscal mondain ? Fallait-il choisir le vétéran taciturne ou le premier nabab ? Entre l'intégrité et la mondanité, j'ai fait le même choix qu'Oona. Comme les princesses des contes de fées, Oona a vécu heureuse et eu beaucoup d'enfants. Pour une fois que cette formule sonne vrai.

Je suis né en 1965, soit vingt-cinq ans après 1940. La guerre est si récente. Un quart de siècle, ce n'est rien : à peine la moitié de ma vie. Je pense que le temps ne s'écoule pas dans une seule direction : on ne devrait pas comptabiliser les secondes, minutes, heures et jours seulement sous la forme d'une addition, mais aussi comme une soustraction qui nous rapproche d'avant notre venue au monde, comme si le temps nous allégeait d'un poids, année après année. Chaque minute qui passe est aussi une minute de moins à attendre pour pouvoir retourner dans le monde qui nous a précédés. J'ai vraiment l'impression de vieillir dans les deux sens : avançant vers l'avenir et remontant en arrière. Depuis que j'ai quarante ans, je sens le passé se rapprocher ; parfois, j'ai physique-

ment eu pendant l'écriture de ce livre l'illusion de me
souvenir de 1940. Dans mon enfance, Paris grouillait
de fantômes et je ne le savais pas. On ne m'en parlait
pas. Je rassure mes lecteurs rationnels : rien à voir
avec la métempsycose ou les hallucinations psyché-
déliques (« waouuu, j'étais G.I. Joe dans une autre
vie, man ») ! Mais je me sens réellement de moins en
moins éloigné de ces décennies inconnues. Les psy-
chologues nomment ce phénomène le « syndrome de
nostalgie sans mémoire ». Ce qui nous attend après la
fin, c'est ce qu'il y avait avant le début. J'ai essayé de
me souvenir de l'époque qui a précédé ma naissance.
La guerre est tellement près, à un battement de cils ;
on m'a fait croire que c'était un événement histo-
rique alors que la guerre fait partie de mon actua-
lité. Des dizaines de millions de morts, des estropiés
partout, des fous dans le monde entier. Mon pays
venait de perdre la vie quand la mienne a commencé.
Nos grands-pères n'ont pas pu, ou pas voulu nous
raconter leur guerre. Ils ont cherché à nous épargner,
comme Jerry, en changeant de sujet. Nos grands-
pères ont fait de nous des enfants perpétuels pour
nous protéger. Mais ce n'est pas de leur faute. A
cause de la guerre, nous ne serons jamais adultes ;
uniquement à cause d'elle. Nous sommes ses petits-
enfants qui ne grandiront jamais. Nous devons essayer
d'en parler à leur place. Qui pourra régler une dette
pareille ? La France doit 2 000 milliards d'euros : elle
s'est endettée pour effacer sa destruction, combler
son humiliation par le confort matériel. Durant toute
la seconde moitié du XXᵉ siècle, la protection sociale
a servi de pansement à l'échec de la protection mili-

taire. Aujourd'hui, les gouvernements français tentent de réduire les dépenses publiques pour rembourser les emprunts qui ont servi à rassurer les perdants. Toute ma vie je vais devoir payer la dette de la guerre. (Rappelons que c'est la dette allemande qui a causé l'élection de Hitler.)

De l'autre côté du lac, des chevaux broutaient. Deux corneilles noires tournaient au-dessus du cimetière. L'automne est jaune et rouge en Suisse, alors les chevaux sont noirs pour trancher sur les feuilles mortes. Cela fait si longtemps que je vous tourne autour, Oona darling ; j'en perds toute dignité. Il y a des années, je suis tombé amoureux d'une Irlandaise décédée qui souriait trop pour cacher sa détresse, une insupportable gosse de riches aux pommettes hautes, en robe du soir prêtée par sa meilleure amie. Votre visage d'enfant qui a brisé tant de soupirants, moi non plus je ne m'en suis jamais remis. Les anges existent, le problème c'est qu'ils passent leur temps à s'envoler.

L'automne est ocre, le séquoia géant se penche dans le parc du manoir de Ban, les marronniers et les châtaigniers perdent leurs feuilles... et dans la ville de Vevey la silhouette de Charlie Chaplin, peinte sur les immeubles, mesure la même taille que les arbres de son jardin. J'ai soudain compris une chose : à la fin de tous ses films, on voit le clochard céleste avec sa canne, son chapeau trop petit et ses chaussures trop grandes, qui marche vers l'horizon... En réalité Chaplin marchait vers la Suisse !

Les canards du Léman emmerdent les cygnes à Vevey, l'hiver. Je parie que certains d'entre eux viennent de Central Park. Un rayon du soleil de

novembre a rebondi sur l'eau pour se planter dans
mon œil. Il m'a rappelé un autre rayon de soleil, celui
qui éclairait Verbier le jour de l'an où j'ai rencontré
Oona Chaplin.

J'avais quinze ans. Le 31 décembre 1980, je passais les vacances de Noël à Verbier, dans le Valais, où mon père avait acheté un chalet. Le soir du réveillon, j'avais réussi avec mon frère et une bande de copains à rentrer au Farm Club avant la foule. C'était une discothèque en bois, qui existe encore. Dans un coin tamisé de la boîte, une dame très chic aux cheveux poivre et sel attachés en chignon buvait un verre de champagne avec un petit homme qui ressemblait à un bouledogue en veste de velours rouge, enroulé dans une immense cape noire qui le faisait ressembler à Zorro (ou plutôt à Bernardo qui aurait piqué la cape de Zorro). Pendant que tout le village s'embrassait sur la place centrale, nous nous étions infiltrés dans le club le plus fermé du coin, et bien sûr nous faisions du bruit, nous étions mal élevés, et j'en ressens encore aujourd'hui une grande honte. Pour déconner, mes copains me poussèrent sur le couple à l'écart. Je tombai sur leur table, renversant leurs verres dans un fracas épouvantable. Giuseppe, l'un des jumeaux italiens qui tenaient le Farm Club, s'excusa auprès de Madame Chaplin et me demanda de déguerpir.

C'est alors que le bouledogue en veste rouge prit ma défense, en français avec l'accent américain.

— Laissez ce garçon tranquille, il n'y a aucun mal. Il est jeune et c'est le réveillon, il faut bien qu'ils s'amusent, ces petits cons.

Il articulait difficilement, la voix pâteuse. Le maître d'hôtel me lâcha le bras pour aller engueuler mes amis. En ramassant les morceaux de verre qui jonchaient la moquette, je m'excusai platement.

— Je suis absolument désolé, pardon M'sieur-dame. Ce sont mes amis qui m'ont poussé… Excusez-moi mais le patron vous a appelée Mrs Chaplin… Vous êtes de la famille de Charlot ?

— Oh, un petit peu… Monsieur… ?

— Beigbeder. Navré d'avoir détruit tous vos verres.

— Quand vous êtes tombé sur notre table comme un affreux chenapan, Mister Big-Bidet, je dois dire que vous m'avez rappelé les premiers films de mon défunt mari.

— En nettement moins dddrôle, bégaya son ami couperosé aux cheveux blancs et aux lunettes bleues, d'une voix nasillarde.

— Charlie jouait beaucoup de rôles d'ivrognes en titubant, renversant tout sur son passage. Quand il a débuté au théâtre, il disait que c'était la source de tout son comique : le gars ivre mort fait toujours marrer, dans tous les pays, quel que soit le public, dit Oona.

J'étais très impressionné et gêné. A l'époque, les adolescents connaissaient encore l'œuvre de Chaplin ; rencontrer sa veuve était un événement incroyable pour moi. Elle ne ressemblait plus beaucoup à la photographie du début de ce livre. M'étant remis

debout, je lui racontai mon gag préféré de Charlot :
dans *Les Lumières de la ville*, quand il mange des
serpentins qui pendent du plafond entremêlés à son
assiette de spaghettis.

— Charlie filmait souvent les spaghettis, dit-elle.
Par exemple, dans *La Ruée vers l'or*, quand il déguste
sa chaussure bouillie. Vous vous souvenez qu'il
enroule les lacets avec sa fourchette. Eh bien figurez-
vous qu'il s'est inspiré d'une histoire vraie. Une expé-
dition s'était perdue dans la montagne. Affamés, les
chercheurs d'or ont mangé leurs chaussures… avant
de se manger entre eux.

En évoquant son mari, Oona souriait comme une
groupie. Elle alluma une cigarette, recracha la fumée
dans les yeux de Truman Capote, qui ne cilla pas car
il y était habitué depuis quarante ans. Il bredouilla de
sa voix haut perchée :

— Il… y… a aussi des spaghettis dans *The Rink*,
s'écria-t-il. Au début il est serveur dans un restaurant… et il calcule l'addition en regardant les taches
sur la chemise d'un gros client ! Ah il a pris une
soupe… du melon, des spaghettis… ça fera quatre
dollars !

— Hahaha, oui ! s'esclaffa Oona. Et après il lui
sert un chat vivant ! Elle était hilare. Moi mon gag
préféré, c'est quand il trempe ses doigts dans un bol
et les essuie sur la barbe de son voisin. Il reste tellement sérieux en faisant ce geste ! Hahahaha !

Sous les ampoules clignotantes, Capote riait de plus
en plus fort et moi aussi, jusqu'à ce qu'Oona s'assom-
brisse. Avec un léger accent américain qui me rappela
ma grand-mère, elle me congédia poliment.

— Ah zut, je ne peux plus voir tous ces films, dit-elle, c'est trop dur. Merci jeune homme. Je n'aime pas parler de Charlie, mais j'aime qu'on m'en parle. J'ai beaucoup de petits-enfants qui cassent tout comme vous. Mais eux, je leur pardonne parce que ce sont mes petits-enfants. Allez retrouver votre bande d'abrutis et sur le chemin, demandez à Giuseppe de nous rapporter deux coupes non cassées.

— Happy new year, sale gggosse, ânonna Capote en essuyant ses lunettes.

Salinger n'est pas le seul à s'être pris un râteau avec Oona.

Le 4 mars 2012, j'ai écrit à Kate Guyonvarch qui gère les archives de la famille Chaplin pour demander à consulter les lettres de J.D. Salinger à Oona O'Neill.

« Hello, my name is Frédéric Beigbeder. I am a French writer and Nathanaël Karmitz gave me your e-mail. I am fascinated by the life of Oona O'Neill and currently working on a new novel about World War Two. As you know Oona met Jerry Salinger when she was sixteen, in 1940, before he went to England, France and Germany during the war. They had a small affair in 1941 and then she fell in love with Charlie Chaplin in Los Angeles… and they lived happily ever after ! The reason why I am bothering you is that all biographers of Oona always mention long letters from Salinger to Oona during his training in the US army. As a big fan of American literature and an admirer of Salinger's and Chaplin's work, I am very curious to see those letters. It's not for publication. The Salinger Estate is against any publishing and of course I respect that. But since Mr Salinger's passing in 2010, I believe these documents are now part of the history of literature of the 20th century.

They are treasures and it's sad that no one can even read them. It would be for me a tremendous honor to be able to spend even a few minutes studying these pages in Lady Chaplin's archives. I have a theory about them : it is possible that Salinger used his devotion for Oona as inspiration for the first version of *The Catcher in the Rye*. Which would mean he started his masterpiece using Oona as a Muse, ten years before publishing his only novel ! It would be also interesting to compare the Oona letters with his short stories published during the war in *Story*, *Esquire* and the *Saturday Evening Post*, to see if there are similarities. This would contribute greatly to understand the process of Salinger's writing about World War Two.

Thank you for your time

With my deepest gratitude.

Frédéric Beigbeder »

La réponse du « Chaplin Office » fut rapide. Elle me parvint par e-mail quelques heures après.

« Dear Frederic

Thank you very much for your email which I have passed on to the Chaplins for their consideration.

As I told Nathanael, to date they have never authorised access to any writer to these letters, but you never know.

I have asked them for a reply for next Monday, so we'll write to you again next week.

Kind regards

Kate Guyonvarch »

Le 12 mars, la réponse de la famille Chaplin tomba comme un couperet. Cette fois elle était rédigée en français :

« Frédéric, bonjour

J'ai le regret de vous annoncer que la majorité de la famille Chaplin ne souhaite pas mettre les lettres de leur mère à votre disposition pour lecture.

Bien à vous

Kate Guyonvarch »

Je renvoyai alors une missive pleine de mélancolie (également en français).

« Chère Kate,

Merci pour votre gentillesse. Je vous avoue que je m'y attendais un peu… Tant pis ou tant mieux. Ainsi les fameuses lettres de Jerry à Oona garderont leur mystère éternel.

Amitiés

Frédéric Beigbeder »

Ma lettre étonnamment calme s'avérait quelque peu hypocrite. Je dois dire que j'étais soulagé de ne pas avoir accès à cette mythique correspondance. En effet, si j'avais pu lire les vraies lettres de Jerry, j'aurais été incapable de les imaginer.

Je voudrais maintenant retranscrire ma rencontre avec Lara Micheli aussi précisément qu'Amiel dans son journal, décrivant le bal Pictet et de Saussure en 1861 : « La société était ce qu'il y a de mieux à Genève, la fleur de la bonne société, et une douzaine de très jolies personnes diapraient comme des roses ce parterre élégant de femmes élégamment parées. »

Après ma promenade à Montreux et Vevey, j'étais invité dans une galerie d'art contemporain du vieux Genève pour passer des disques. Je considérais – et considère toujours – le métier de disc-jockey comme une des plus amusantes façons de rester jeune. Un DJ doit connaître la musique du moment, il doit être à peu près présentable… sélectionner des disques coûte moins cher qu'un lifting. En 1994, j'ai publié un roman dont le héros est un disc-jockey français devenu une rockstar planétaire : depuis, David Guetta et Daft Punk ont donné une réalité à ce fantasme. Mais je n'ai pas leur savoir-faire : je ne fais que choisir des chansons, ce n'est pas un travail, ni une création, je le fais comme un voleur ou une putain, j'agite la tête et gesticule avec l'alibi culturel de passer pour un écrivain puéril. Alors que le DJ est l'opposé de l'écrivain : il cherche la satisfaction immédiate du client. Il observe attentivement les danseurs pour deviner quel morceau ils ont envie d'entendre. Il leur obéit, alors que Chaplin disait : « Le public est mon esclave. » Si un DJ est un artiste, alors l'art est vraiment devenu purement du marketing.

L'exposition était consacrée à un artiste américain nommé Gary Simmons, dont les tableaux représentent des immeubles new-yorkais dessinés à la craie sur fond noir et légèrement floutés en brossant le trait à la main. Une vision sombre d'immeubles en feu, ou noyés dans le brouillard... Je buvais du champagne alors que je déteste ça (mais il n'y avait pas de vodka). Tout d'un coup, au centre de cette ville incendiée, j'ai vu les yeux de Lara. Soudain il y avait cette femme-enfant de l'autre côté de la salle avec ses cheveux bruns, son sourire de vampire et ses yeux d'aigue-marine et je me disais « mais quelle est cette fille ? » Il est impossible de décrire des yeux pers. Ce sont des yeux sans couleur définie : il faudrait dire bleu-vert, ou bleu-gris, avec des paillettes d'or autour de la rétine, mais ce serait limiter une réalité qui nous dépasse. Les yeux de Lara changent de couleur toutes les cinq minutes. Ils sont noirs quand elle est triste, bleu clair dès qu'elle sourit, gris s'il fait froid, verts s'il fait chaud, couleur de pluie, de ciel ou de piscine selon son humeur. Ses yeux sont un kaléidoscope. Baudelaire a écrit un quatrain sur ses yeux :

> *On dirait ton regard d'une vapeur couvert ;*
> *Ton œil mystérieux (est-il bleu, gris ou vert ?)*
> *Alternativement tendre, rêveur, cruel,*
> *Réfléchit l'indolence et la pâleur du ciel.*

J'ai remarqué aussi, tout de suite, ses canines poin-tues comme les crocs d'un chat et deux fossettes creu-sées comme des guillemets autour de sa bouche, de telle sorte que chacune de ses phrases devient une cita-tion. J'ai vu tout ça car elle m'a souri quand une amie nous présenta. Ce n'était pas un sourire de politesse. C'était un sourire sincèrement bon, bienveillant, écla-tant et innocent, pas blasé du tout, au-dessus d'un petit menton volontaire à la Romy Schneider. Lara était peut-être la seule personne de Genève capable de dire « nice to meet you » en le pensant vraiment. Elle ressemblait aux sœurs Bouvier réunies en un seul visage : la mélancolie de Jacqueline Kennedy et l'élégance de Lee Radziwill. Sa chevelure châtain était longue, sensuelle, et ses sourcils dessinés comme ceux d'Oona O'Neill. La beauté de Lara est intem-porelle, inactuelle, et j'étais pétrifié : je devais avoir la même tête qu'un condamné à la chaise électrique au moment où le bourreau vient d'actionner sa manette à 2 000 volts. Je suis allé lui chercher quatre coupes de champagne pour qu'elle rattrape son retard sur moi. Je comptais sur l'alcool pour vaincre nos deux timidités. J'avais quarante-cinq ans, elle vingt – un vieux bègue essayant de faire le mariole devant une princesse interloquée. Ce n'était pas sa beauté ni sa jeunesse qui m'attirèrent ce soir-là, c'était autre chose d'indéfinissable, de presque surnaturel, comme une intuition de la joie de vivre qu'elle allait me redonner, un élan instinctif, une fenêtre entrouverte sur la possibilité d'un bonheur terrestre… mais enfin sa beauté m'intéressait, et aussi ses seins conséquents.

Je suis retourné mettre des disques mais le cœur n'y était plus. Je n'étais pas dans une boîte de nuit mais dans une galerie d'art branchée. Personne ne dansait, malgré *Black or White* de Michael Jackson (titre habituellement imparable, ou étais-je si démodé ?). Les collectionneurs d'art contemporain étaient disséminés aux quatre coins de l'exposition. Les clients, tous banquiers, sortaient fumer le cigare sur le trottoir. Je me demande s'ils se rendaient compte qu'il n'y avait pas une grande différence entre leur métier diurne (investir en actions, obligations et fonds de pension) et leur passion nocturne (investir en toiles, sculptures et installations de plastique). Le propriétaire me demandait régulièrement de baisser le son. Un plateau de coupes de champagne était disposé devant mes platines ; les gens se servaient en m'adressant des sourires apitoyés. Certains, ayant lu tous mes romans sauf *Vacances dans le coma*, ne comprenaient pas pourquoi j'avais un casque sur la tête. Bref, j'avais l'air d'un larbin clownesque devant cette créature de porcelaine. Je décidai donc de me suicider en public : je mis en marche *My Heart Will Go On*, la chanson du générique de fin de *Titanic*, par Céline Dion. Tandis que la Québécoise s'époumonait « Near, far, wherever you are », je grimpai debout sur le buffet, ivre et rougeaud, et je beuglai : « I'm the king of the world ! », les bras écartés comme le Christ DiCaprio, crucifié à la proue de sa future épave.

A ma grande stupéfaction, Lara marcha vers moi, me tendit la main, et grimpa avec moi sur la table à tréteaux, au péril de nos deux vies.

— Mademoiselle, êtes-vous un iceberg ?

— Non, mais vous, vous ressemblez au *Titanic*.

Elle dansa collée contre moi jusqu'à la fin de cette chanson sirupeuse, devenue depuis un de mes airs préférés, debout sur cette table, nos doigts entrelacés, devant sa mère préoccupée. Je lui ai souvent demandé depuis :

— Mais pourquoi es-tu montée avec moi danser sur l'air du *Titanic* ?

— La pitié. J'ai eu honte pour toi. Tu faisais vraiment peine à voir. Et puis j'aime bien ce film, et j'avais bu tes quatre coupes…

— J'étais ridicule et pourtant tu es montée me rejoindre alors qu'on ne se connaissait pas ?

— Il faut croire que j'avais envie d'être ridicule avec toi.

J'en profite pour remercier solennellement Céline Dion pour sa contribution non négligeable à mon épanouissement sentimental.

— Tu m'as dragué.

— Non c'est toi qui m'as draguée.

— Non c'est toi.

— Non c'est toi.

Cette conversation dure depuis plus de trois ans.

Ensuite, j'ai proposé à Lara de manger une fondue au fromage. Il me faut rétablir une vérité me concernant : je ne suis pas un dandy raffiné mais un gros plouc qui aime les caquelons remplis d'un liquide jaune, visqueux, brûlant et puant. Du gruyère, de

l'emmental et du vacherin fondus et mélangés avec
de l'ail et du vin blanc sec, voilà pour moi le sommet
de la gastronomie. Tant pis pour mon pull et mon costume qui empestent durant les semaines qui suivent.
Je venais de rencontrer la plus belle fille de Genève :
il fallait lui faire passer le test ultime. Normalement,
une beauté pareille aurait dû refuser, partir en courant, la mine dégoûtée. Elle accepta poliment, avec
ses deux fossettes creusées dans les joues, même si
pour elle, la fondue n'était pas suisse, c'était un truc
savoyard pour les touristes. Je compris alors que cette
demoiselle était faite pour moi : la fondue joua pour
nous le rôle de l'anneau d'or dans *Peau d'âne*. Une fille
qui accepte de manger une fondue avec un inconnu le
premier soir, c'est plus érotique que si elle acceptait
de coucher. De toute façon, après pareil dîner, il est
impossible d'envisager quoi que ce soit de sexuel. Je
vous épargne les détails de notre orgie fromagère (pour
vous en faire une idée, reportez-vous à *Astérix chez
les Helvètes* de Goscinny et Uderzo, pages 20 et 21).

Ensuite des amis nous proposèrent d'aller dans un
bar gay. J'acceptai sans hésitation : elle serait la seule
fille, et moi le seul mec hétéro ; ainsi j'augmentais
mes chances de l'embrasser (au cas où elle n'était pas
lesbienne). Ce qui se passa, après quelques shots de
tequila. Un flirt profond et doux dans un fauteuil en
cuir défraîchi, à l'arrière-salle d'un bar gay situé entre
deux sex-shops genevois… Quand deux langues se
touchent, parfois il ne se passe rien. Mais parfois il
se passe quelque chose… Oh mon Dieu, il se passe
quelque chose qui donne envie de fondre, de se désagréger, c'est comme si on entrait en l'autre les yeux

fermés, pour tout déranger à l'intérieur. Ici le lecteur se dit qu'il a déjà lu ça quelque part : c'était page 87. Comprenez-moi bien. C'est Oona qui m'a amené à Lara. Si jamais la vie est un voyage, alors, ce soir-là, en embrassant Lara, j'avais l'impression d'être arrivé, d'avoir atteint mon but.

Lara accepta de visiter ma chambre d'hôtel ; je lui proposai de dormir avec moi sans rien faire ; il faut parfois savoir mentir aux jeunes inconnues.

— D'accord mais je voudrais que tu me laves les dents.

Elle s'est assise sur le canapé de La Réserve et j'ai donc procédé comme suit : je suis allé remplir un verre d'eau dans la salle de bains, et je suis revenu avec une brosse à dents recouverte de dentifrice, le verre rempli d'eau, et un autre verre vide, puis elle a ouvert la bouche et je lui ai brossé les dents, tout doucement, avec un respect infini pour ses gencives. J'ai l'impression que cette scène se déroulait au ralenti. Après s'être rincée avec l'eau du premier verre, elle recrachait l'eau dans l'autre. Je suis sûr qu'imaginer ce geste vous dégoûte, mais ce n'était pas dégoûtant, c'était… nos débuts. Nous avons dormi ensemble le premier soir. C'est allé trop vite ? Non : nous étions impatients d'être ensemble. De mon côté, cela faisait quarante-cinq ans que je l'attendais. J'ai attrapé le bloc-notes de l'hôtel et griffonné ceci :

> *Ce poème*
> *A le mérite d'être court*
> *Je crois que je t'aime*
> *- Rai toujours.*

Ce n'était pas tout à fait Baudelaire. J'avais écrit cette chose sans réfléchir, machinalement, puis reposé mon stylo et arraché la feuille de papier, avant de la plier en quatre. Et tout d'un coup, en la voyant déplier ce petit message ridicule pour le lire attentivement, avec ses sourcils froncés et ses fossettes creusées, je m'aperçus que je le pensais.

Juste avant ma demande en mariage, j'ai emmené Lara à Mediano, en Aragon. Connaissez-vous Mediano ? C'est comme le lac de Genève, en plus petit. Mediano est un village englouti des Pyrénées espagnoles. Seul le clocher de l'église dépasse des eaux du lac. On peut survoler le village sous-marin en barque. On rame en flottant au-dessus des anciennes maisons en ruine. La construction du barrage d'El Grado sur le Cinca a inondé le village en 1973. Des arbres dépassent de l'eau turquoise. En se penchant, on imagine les ruelles enfouies, l'épicerie, les bars, le cimetière, la mairie, toutes les anciennes constructions habitées de poissons, envahies par la vase et les algues. Des gens vivaient dans cette Atlantide minuscule, et on peut voguer dessus, comme si on survolait une réalité submergée, un souvenir verdâtre, opaque et flou. Mediano c'est un Pompéi aquatique qui se visite sur un tapis clapotant d'eau claire. Au bord du lac artificiel, les ruines des maisons abandonnées confèrent au paysage un aspect gréco-romain. Des branches blanches flottent sur les vaguelettes qui lèchent la boue et les galets. Les cimes de frênes dépassent de l'eau ; la forêt submergée continue de vivre ; un îlot au centre du lac est entouré de pins et de roseaux penchés. Nous avons ramé autour du clocher sans cloche et qui, pourtant, selon une légende locale, sonne parfois, les soirs de pleine lune, aux alentours de minuit.

Comme je finissais l'écriture de ce livre, je saoulais Lara en lui racontant la vie d'Oona O'Neill. A la longue, elle était exaspérée :

— Tu aimes Oona plus que moi !

— Mais enfin elle est morte depuis trente ans !

— Nécrophile !

— Ecoute : dans la mythologie grecque, les Muses étaient neuf. Estime-toi heureuse si je n'en ai que deux !

On peut se contenter d'être heureux, à cheval

entre deux siècles, en attendant la prochaine guerre. « Le bonheur est un solide, alors que la joie est un liquide », écrit Salinger dans *L'Époque bleue de Daumier-Smith*. Nous naviguions sur une joie translucide, dans un bateau pneumatique avec Lara aux yeux multicolores, et mes paupières semblaient deux bombes à eau, toujours au bord de la pluie. Les mélilots en fleurs attiraient les foulques et les morillons. Ma crise du milieu de la vie avait duré dix ans. J'acceptai mon adolescence interminable, mon destin d'homme non mûr, inachevé ; je serais toujours un sale gosse dans un corps de vieux. Lara se pencha pour regarder encore une fois les algues danser sur les murs flottants du village sous-marin, les arbres vivants mariés aux arbres morts, les décombres mous, glauques sous notre canoë volant. Puis elle retira sa chemise pour plonger dans l'eau. Soudain je poussai un cri d'étonnement. Juste avant qu'elle ne saute dans le lac, j'aperçus au dos de sa combinaison de plongée le logo d'une célèbre marque californienne de vêtements de surf : O'Neill.

On pourra toujours m'expliquer que c'était une coïncidence… Je préfère croire qu'Oona venait de m'adresser un dernier clin d'œil, en provenance des années englouties. Nos vies n'ont pas d'importance, elles coulent au fond du temps, pourtant nous avons existé et rien ne l'empêchera : bien que liquides, nos joies ne s'évaporent jamais.

Guéthary, Pau, Genève, 2010-2014

REMERCIEMENTS

Merci à Manuel Carcassonne d'avoir cru en ce projet depuis quatre ans et soutenu son auteur dans ses moments de doute existentiel.

Merci à Andrew Nurnberg d'avoir demandé en 2012 à Phyllis Westberg quand le Salinger Estate allait publier des inédits, n'obtenant en réponse qu'un sourire énigmatique, digne du chat du Cheshire.

Merci à Nathanaël Karmitz et Kate Guyonvarch d'avoir joué les intermédiaires avec la famille Chaplin (en vain).

Merci à Olivier Nora pour son enthousiasme tenace malgré mes tergiversations insupportables.

Merci à Juliette Joste et à ma mère, Christine de Chasteigner, pour leurs lectures intransigeantes.

Merci à Lara d'avoir dit oui.

BIBLIOGRAPHIE

Kenneth Anger : *Hollywood Babylon*

Antony Beevor : *La Seconde Guerre mondiale*

Charles Chaplin : *Histoire de ma vie*

Nick Foulkes : *High Society, the History of America's Upper Class*

Charles Glass : *Les Américains à Paris sous l'Occupation*

Charles Glass : *Deserter, the Last Untold Story of the Second World War*

Ian Hamilton : *A la recherche de J.D. Salinger*

Raul Hilberg : *La Destruction des Juifs d'Europe*

Ghyslain Lévy : *Eugene O'Neill ou l'inconvenance de vivre*

Joyce Maynard : *Et devant moi, le monde*

Bertrand Meyer-Stabley : *Oona Chaplin*

George Plimpton : *Truman Capote*

Mary Louise Roberts : *What Soldiers Do*

David Robinson : *Chaplin, sa vie, son art*

Shane Salerno et David Shields : *Salinger*

Margaret Salinger : *L'Attrape-rêves*

Adam Saroyan : *Trio*

Jane Scovell : *Oona*

Kenneth Slawenski : *J.D. Salinger, a Life*

    J.D. Salinger nous a laissé un unique roman et une quarantaine de nouvelles. Seules treize de ces nouvelles ont été publiées sous forme de livres : neuf dans *Nouvelles*, deux dans *Franny et Zooey*, et deux dans *Dressez haut la poutre maîtresse, charpentiers* suivi de *Seymour, une introduction*. Voici la liste des autres nouvelles parues dans des revues avant *L'Attrape-cœurs*.

The Young Folks fut publiée en mars 1940 dans *Story*.

Go See Eddie fut publiée en décembre 1940 dans *The Kansas City Review*.

The Hang of It fut publiée en juillet 1941 dans *Collier's*.

The Heart of a Broken Story fut publiée en septembre 1941 dans *Esquire*.

The Long Debut of Lois Taggett fut publiée en septembre 1942 dans *Story*.

Personal Notes of an Infantryman fut publiée en décembre 1942 dans *Collier's*.

The Varioni Brothers fut publiée en juillet 1943 dans *The Saturday Evening Post*.

Both Parties Concerned fut publiée en février 1944 dans *The Saturday Evening Post*.

Soft-Boiled Sergeant fut publiée en avril 1944 dans *The Saturday Evening Post*.

Last Day of The Last Furlough fut publiée en juillet 1944 dans *The Saturday Evening Post*.

Once a Week Won't Kill You fut publiée en novembre 1944 dans *Story*.

A Boy in France fut publiée en mars 1945 dans *The Saturday Evening Post*.

Elaine fut publiée en mars 1945 dans *Story*.

This Sandwich Has No Mayonnaise fut publiée en octobre 1945 dans *Esquire*.

The Stranger fut publiée en décembre 1945 dans *Collier's*.

I'm Crazy fut publiée en décembre 1945 dans *Collier's*.

Slight Rebellion Off Madison fut publiée en décembre 1946 dans *The New Yorker*.

A Young Girl in 1941 With No Waist At All fut publiée en mai 1947 dans *Mademoiselle*.

The Inverted Forest fut publiée en décembre 1947 dans
    Cosmopolitan.
A Girl I knew fut publiée en février 1948 dans *Good
    Housekeeping.*
Blue Melody fut publiée en septembre 1948 dans *Cosmo-
    politan.*

Ces nouvelles n'ont jamais été rééditées depuis, ni aux
Etats-Unis, ni ailleurs dans le monde. Les extraits traduits
ici par mes soins sont inédits en France. Jusqu'à ce jour,
le Salinger Estate (composé de la veuve de J.D. Salinger,
Colleen O'Neill Salinger, de son fils Matthew et de
son agent Phyllis Westberg) interdit toute publication
posthume de ces classiques de la littérature américaine
du XXᵉ siècle.

Frédéric Beigbeder
dans Le Livre de Poche

5,90 €   n° 32414

Pour la première fois dans l'histoire de la planète Terre, les humains de tous les pays avaient le même but : gagner suffisamment d'argent pour pouvoir ressembler à une publicité. Le reste était secondaire, ils ne seraient pas là pour en subir les conséquences.

L'amour dure trois ans   n° 32653

Un amour, des infidélités, un mariage qui aura duré trois ans. Des souvenirs. En fin de volume, le scénario du film interprété par Gaspard Proust et Louise Bourgoin.

Au secours, pardon   n° 31059

Octave, l'ancien rédacteur publicitaire de *99 francs*, erre dans Moscou, sous la neige et les dollars, à la recherche d'un visage parfait. Son nouveau métier ? « Talent scout », payé par une agence de mannequins pour aborder les plus jolies filles du monde. Tout le problème est de trouver laquelle.

Dernier inventaire avant liquidation   n° 33084

Les chefs-d'œuvre détestent qu'on les respecte. Ils préfèrent vivre; c'est-à-dire être lus, triturés, contestés, abîmés. Il serait temps de faire mentir la boutade d'Hemingway : un chef-d'œuvre est un livre dont tout le monde parle et que personne ne lit.

Premier bilan après l'apocalypse   n° 32875

Le plus gigantesque autodafé de l'Histoire a commencé : des milliards de livres de papier vont disparaître dans l'indifférence générale, remplacés par des écrans. J'aurai au moins tenté avec ce bilan de sauver 100 livres du brasier, mes 100 œuvres préférées du XXe siècle. À partir de maintenant, vous ne pourrez pas dire que vous ne saviez pas.

La Trilogie Marc Marronnier   Coffret

Un coffret qui regroupe les titres : *Mémoires d'un jeune homme dérangé*, *Vacances dans le coma* et *L'amour dure trois ans*.

Un roman français   n° 31879

C'est l'histoire d'un grand frère qui a tout fait pour ne pas ressembler à ses parents, et d'un cadet qui a tout fait pour ne pas ressembler à son grand frère. C'est l'histoire d'un garçon mélancolique parce qu'il a grandi dans un pays suicidé, élevé par des parents déprimés par l'échec de leur mariage. Prix Renaudot.

Vacances dans le coma   n° 14070

« Les Chiottes » : tel est le nom du night-club branché que l'on inaugure place de la Madeleine. Marc Marronnier, jeune chroniqueur mondain, s'y rend à l'invitation de son copain Joss, le DJ le plus demandé de New York à Tokyo. Marc ne pense qu'à l'amour.

« Le seul moyen de savoir ce qui s'est passé dans le restaurant situé au 107ᵉ étage de la tour nord du World Trade Center, le 11 septembre 2001, entre 8 h 30 et 10 h 29, c'est de l'inventer. » (F. B.)

Le Livre de Poche s'engage pour
l'environnement en réduisant
l'empreinte carbone de ses livres.
Celle de cet exemplaire est de :
290 g éq. CO_2
Rendez-vous sur
www.livredepoche-durable.fr

PAPIER À BASE DE
FIBRES CERTIFIÉES

Composition réalisée par Nord Compo

Imprimé en France par CPI
en mai 2016
N° d'impression : 3017497
Dépôt légal 1re publication : septembre 2015
Édition 02 - mai 2016
LIBRAIRIE GÉNÉRALE FRANÇAISE
31, rue de Fleurus - 75278 Paris Cedex 06